人情不似春情薄

宋词中的人生百味

Renqing Busi Chunqing Bo
Songci zhongde Rensheng baiwei

邓乔彬 著

 中央编译出版社
Central Compilation & Translation Press

图书在版编目(CIP)数据

人情不似春情薄——宋词中的人生百味 / 邓乔彬著.
——北京：中央编译出版社，2013.4
ISBN 978-7-5117-1075-8

Ⅰ．①人…
Ⅱ．①邓…
Ⅲ．①宋词-诗歌欣赏-文集
Ⅳ．① I207.23-53

中国版本图书馆 CIP 数据核字(2011)第 216380 号

人情不似春情薄——宋词中的人生百味

出 版 人：	刘明清
责任编辑：	王忠波
责任印制：	尹 珺
出版发行：	中央编译出版社
地　　址：	北京西城区车公庄大街乙 5 号鸿儒大厦 B 座（100044）
电　　话：	（010）52612345（总编室）　　（010）52612339（编辑室）
	（010）66130345（发行部）　　（010）52612332（网络销售部）
	（010）66161011（团购部）　　（010）66509618（读者服务部）
网　　址：	www.cctpbook.com
经　　销：	全国新华书店
印　　刷：	北京隆元普瑞彩色印刷有限责任公司
开　　本：	787 毫米 × 1092 毫米　1/16
字　　数：	224 千字
印　　张：	15.75　24 页彩插
版　　次：	2013 年 4 月第 1 版第 1 次印刷
定　　价：	39.80 元

本社常年法律顾问：北京市吴栾赵阎律师事务所律师　闫军　梁勤
凡有印装质量问题，本社负责调换。电话：010-66509618

前言

人生自是有情痴，此恨不关风与月
——"缘情"之极品，一代之文学

"文学即人学"是曾被严加批判、又是改革开放后广为流行的一句话。在"以阶级斗争为纲"的年月里，"人性"与"人道主义"是忌语，"人学"讲"抽象的人性"，不讲阶级斗争，当然会横遭挞伐。（到了今天，因此说实为天经地义的朴素真理，经拨乱反正恢复原貌、以至于再作陈述时会没有一点激情，甚而流于空泛。）殊不知从理论上肯定文学即人学只是西方在经历了资产阶级革命后的结果，而这句话的传入我国还是几十年前的事情。在两千多年的封建社会中，文学常被政教工具论所扭曲，其"人学"的价值得不到统治者的承认。举个例子讲，《诗经》中的《国风》不仅占了整部诗集中作品的大多数，而且其中相当多的是表现男女爱情的主题，可是因受汉儒解经的影响，却长期被曲解为"后妃之德"的教本，直到南宋的大儒朱熹才在《诗集传》中对汉代以来被人们深信不疑的《毛诗序》作了总批判，指出："凡诗之所谓'风'者，多出于里巷歌谣之作，所谓男女相与咏歌、各言其情者也。"也正因为如此，所以著名学者朱自清先生在其名著《诗言志辩》中，对西晋陆机《文赋》所说的"诗缘情以绮靡"一语给予了高度的重视。

"缘情"是对于"言志"的突破。在古老的《尚书·尧典》中有"诗言志，歌永言，声依永，律和声"之说，而"言志"的"志"，其本意是记忆、记录、怀抱三义（闻一多的看法），而到了"诗言志"这句话中，就专指"怀抱"，在以后的发展中，更是与政教大事牢牢地挂上了钩。人是有感情的，"情动于中而形于言，言之不足，故嗟叹之"，这就造就出最原始的诗歌，"诗缘情"一语只不过是承认了一个早已存在的事实罢了。在我国长期的诗歌史中，"言志"的传统一直在继续着,"缘情"的传统也一直在发展着。到了唐朝中期,一种用新兴音乐"燕乐"伴奏的新诗体——词,开始兴盛,并向缘情的方向发展。隐士张志和、诗人白居易、刘禹锡都纷出新作,晚唐的温庭筠和韦庄更是大量作词,成为了"花间词派"的"鼻祖"和先导。经过五代时期、尤其是西蜀和南唐的继续开拓,到了宋代,词这种文体获得了长足的发展,不仅是"创调数百,列体盈千",而且文人学士、高官大吏纷纷染指,造就出一代之盛。

宋代是一个"郁郁乎文哉"的时代,由于从宋太祖以来就奉行优待文人的政策,出身贫寒的庶族地主阶级知识分子或过去不为人重的商人子弟,都可以通过科考的途径踏上仕途,造就出宋代特有的合文士、学者与高官为一体的现象。在他们为官之前,是以较多的精力关注经史与诗文,在诗赋及策论上用功,以求仕进;而为官之后,则常有充当多种人生角色的现象,庙堂上进国策,当众人论经史,朋友间赠诗文,酒宴中作小词,并非一二人之所为。他们在正式场合不能表露的思想与感情,在被视为"小道"的词中就可以不必避忌,可以尽情地倾诉;他们正人君子的人生角色也许扮演得太累,在词中就可以彻底放松,真实地表现出并不那么高大的一面;他们甚至可以在词中暴露自己的隐情,表达对异性的赏玩、思恋或倾慕,伤离怨别、叹老嗟卑,生活中的不满与牢骚,都可以出于笔下,流播于酒宴与歌场。尽管宋朝为知识分子提供了较多的仕进机会,但仕途毕竟拥挤,又因国力不强,长期受迫于辽、夏、金、元,南宋时期更是丧失了几近一半的国土,"中州士女"的大量南迁,使北宋以来的冗官问题更为突出,士人的为官更为困难,以至于许多人奔走江湖,以谋衣食。所以那些长期沉抑下僚或终身布衣的文士,更是没有扮演多种人生角色的顾忌,也没有分散精力、多方"经营"的机会。他们倾全力于文学,专心致志地写词,作品中完全用不着掩真作伪、虚饰矫情,而是尽情地倾诉自己的身世之感、飘零之思、沦落之悲、家国之怨,还有那些人生不遇的遗憾,难以忘怀的爱情,绵绵不绝的思恋……

在宋人的词中,我们看到的虽也有应歌、应社的无谓之作,酬酢、应景的无聊之篇,但主要的还是他们的真情实感、喜怒哀乐,摆脱了"教化"观的制约、功利目的的异化,所以不以追求"善"为最高目的,而是求真、求美,以其真感动人心,以其美悦人视听。正因为如此,千百年来,宋词得到了人们的喜爱,尽管在宋代视之为"小词"、"诗余",地位远在经史、诗文、歌赋之下,后人论宋代文学却多首先取之,近代著名学者王国维更是将其与楚之骚、汉之赋、六朝之骈文、唐之诗、元之曲并论,作为宋朝的"一代之文学"。

欧阳修曾在《玉楼春》词中写道:"人生自是有情痴,此恨不关风与月",我们的着眼点不应只限在"风与月",而要看到"人生自是有情痴"对于感情的勇敢承认,而这正是"文学是人学"的体现。当然,宋词中所表现的感情是与生活紧密相关的。生活中的家长制造就了以"父母之命，媒妁之言"决定儿女婚姻的社会现象，才会在宋词中有那么多表现婚外情的作品，使得爱情这一"永恒主题"绽放出苦涩多于甜蜜的诸多"野花"。生活中有"遇"与"不遇"，"幸"与"不幸"，但宋词的作者却都清醒地认识到生命的短促，所以伤春悲秋，惧怕老之将至，常常缅怀青春少年时。在政治斗争和日常生活中，往往会有挫折，倾诉于笔下而为词，让我们看到了或忧惧、悲戚、烦恼，或坦荡、旷达、狷介、疏狂，性情发露，而多为本真之情。社会生活的丰富性，也带来了宋词中情感表现的丰富性，既有志士对民族斗争中济世之愿失落的悲愤，又有宦游生活中对羁旅行役的厌倦，对于安定、平和生活的向往，更有在民族灾难中失去亲人、流离失所的痛楚，当然，还有节序活动和丰富的民俗，温馨的亲情以及精神生活、闲情雅趣中的诸多快乐与伤感……而多姿多彩的生活中所造就的敏感的心灵所产生的感情，都体现出"人生自是有情痴"的总体精神。

　　的确，宋词称得上是"缘情"之极品，一代之文学，尽管时间已过去了近千年，我们与祖先的精神纽带却是无法割断的，我们不仅在肌体上带着祖先的遗传基因，在精神、感情上同样如此，让我们借助宋词去了解宋人的生活，去一窥我们祖先的心灵历史……

目录

前言···1
人生自是有情痴,此恨不关风与月——"缘情"之极品,一代之文学

一 爱情···1
伤高怀远几时穷?无物似情浓——"永恒主题"的新发展
一从恨满丁香结,几度春深豆蔻梢——痴情少女的美丽形象
人面不知何去,绿波依旧东流——流水带走的和带不走的
多情自古伤离别,更那堪冷落清秋节——悲秋的岂止是宋玉
天涯地角有穷时,只有相思无尽处——超越了空间的爱情
第一是早早归来,怕红萼无人为主——分手前的叮咛嘱咐
马滑霜浓,不如休去,直是少人行
　　　　　　　　　　　——文人学士与红颜知己的婚外情
衣带渐宽终不悔,为伊消得人憔悴——男儿并非都是负心汉
天便教人,霎时厮见何妨——"愈朴愈厚"的另一个痴心男子
两鬓可怜青,只为相思老——爱情的痛苦多于甜蜜
两情若是久长时,又岂在朝朝暮暮——追求爱情高境的另一种说法
郎袍应已旧,颜色非长久——谈宋词中的衣服与爱情
无处说相思,背面秋千下——思妇怀人的无言之悲
帘卷西风,人比黄花瘦——一个闺中思妇的典型形象
把酒送春春不语,黄昏却下潇潇雨——不幸女子的断肠词
世情薄,人情恶,雨送黄昏花易落——陆游、唐琬爱情悲剧的意义
千里孤坟,无处话凄凉——旷达之人的悼亡之痛

目录

空床卧听南窗雨，谁复挑灯夜补衣——又一感人至深的悼亡之作
若得山花插满头，莫问奴归处——难道只能够是被侮辱与被损害吗？

二 闲情 …………………………………………44

夕阳芳草本无恨，才子佳人空自悲
　　　　　　　　——宋词中的感物而动与生命意识漫谈
人生如逆旅，我亦是行人——一个很老的话题，一种甚新的感悟
无可奈何花落去，似曾相识燕归来
　　　　　　　　——年光之叹是缘于对生命的强烈留恋
一场愁梦酒醒时，斜阳却照深深院
　　　　　　　　——达官贵人的淡淡哀愁是无病呻吟吗？
如此春来春又去，白了人头——铁的法则是多么的无情
春风解绿江南树，不与人间染白须——无理之妙与无奈之情
仔细思量，好追欢及早——算寿账后的醒悟
旧游无处不堪寻。无寻处，惟有少年心——失落的岂止是寻旧之情
不知筋力衰多少，但觉新来懒上楼——对不知不觉的衰老之体验
为君持酒劝斜阳，且向花间留晚照
　　　　　　　　——"对酒当歌，人生几何"的新版本

三　性情……………………………………………69

人有悲欢离合，月有阴晴圆缺，此事古难全
　　　　　　　　　　　　　——解脱之道得之于宇宙意识
回首向来萧瑟处，归去，也无风雨也无晴
　　　　　　　　　　　　　——君子坦荡荡，自能履险如夷
此心安处是吾乡——情怀旷达自能随遇而安
都为自家，胸中无事，风景争来趁游戏
　　　　　　　　　　——要以淡泊的心情来解脱人世间的烦恼
诗万首，酒千觞，几曾著眼看侯王
　　　　　　　　　　——如果不看重仕途经济，"人"字就可以大写了
个中须著眼，认取自家身
　　　　　　　　——若要解脱烦恼，就要始终记住自己的历史定位
待浮花浪蕊都尽，伴君幽独——以花拟人，为狷介者画像
当年不肯嫁春风，无端却被秋风误——君子不趋时的零落之悲
无意苦争春，一任群芳妒——坚持操守者的自诉
卖鱼生怕近城门，况肯到红尘深处——有名的严光与无名的渔父
可惜流年，忧愁风雨，树犹如此——桓温之叹的永久生命力
好是悲歌《将进酒》，不妨同赋《惜余春》
　　　　　　　　　　　　——志士终未失却骨子里的认真
长恨此身非我有，何时忘却营营——从庄子思想中寻找解脱之方
世路如今已惯，此心到处悠然——看穿名利才能看穿忧患
浮云出处元无定，得似浮云也自由——一场人与浮云的对话

目录

四 雅情 …………………………………… 104

诗酒趁年华——说说宋人的生活雅趣
碧云笼碾玉成尘，留晓梦，惊破一瓯春——说说宋人的茶趣
枕上诗书闲处好，门前风景雨来佳——宋人读书赏景的雅趣
一松一竹真朋友，山鸟山花好弟兄
　　　　　　　　　　——官场上的失意在山居中得到补偿
我见青山多妩媚，料青山见我应如是——物移我情与移情于物

五 节日 …………………………………… 116

清光畔，年年常愿琼筵看——美好的风物与节序
春已归来，看美人头上，袅袅春幡——春天带来的愉悦和悲伤
箫鼓喧，人影参差，满路飘香麝——人间灯彩与天上月色的交映
览物兴怀，向来哀乐纷纷——上巳日的情怀
芳洲拾翠暮忘归，秀野踏青来不定——清明寒食时节的游赏之乐
莫唱江南古调，怨抑难招，楚江沉魄——端午节的感慨
天孙东处，牵牛西望，劝汝一杯清醑——令人遐想的七夕
玉界拥银阙，珠箔卷琼钩——看不完、咏不尽的中秋月亮
绿杯红袖趁重阳，人情似故乡——秋天不仅仅是丰收
饯旧迎新，能消几刻光阴——除夕的人生感触

六 咏物 ……………………………………143

长记曾携手处,千树压、西湖寒碧
　　　　　　　——亦花亦人、抚今追昔的咏梅名篇
长亭路,应折柔条过千尺——人生惜别的凄恻婉转
只恐舞衣寒易落,愁入西风南浦——花中君子的赞歌和哀歌
骚人可煞无情思,何事当年不见收
　　　　　　　——且看李清照如何替桂花鸣不平
湘娥化作此幽芳,凌波路,古岸云沙遗恨——水中仙子与人间憾恨
淮山春晚,问谁识、芳心高洁——见证历史兴亡的琼花
看云外山河,还老尽、桂花影——月亮的遐思与怅想
拣尽寒枝不肯栖,寂寞沙洲冷——幽人贞吉的自我形象
飘然快拂花梢,翠尾分开红影——幸福的燕子与不幸的闺中妇
露湿铜铺,苔侵石井,都是曾听伊处——不知人间怨情的蟋蟀
推手含情还却手,一抹《梁州》哀彻
　　　　　　　——承载了多少感情重负的琵琶

七 羁旅行役 ……………………………………169

人生底事,来往如梭——幼稚的提问与深邃的哲理
未暇买田清颖尾,尚须索米长安陌——人人都要为生计而忙

目录

此身如传舍,何处是吾乡——"动"的生涯中对"定"的向往
不忍登高临远,望故乡渺邈,归思难收——"浪子"的故土情结
马蹄浓露,鸡声淡月,寂历荒村路
　　　　　　　　　　——善画早行图,岂无生活的体验
老来情味减,对别酒,怯流年——送别者的功业之慨与年光之叹
年年陌上生秋草,日日楼中到夕阳——行者能理解居者的痛苦吗
何物系君心,三岁扶床女——对变心游子的委婉劝喻
大笑了今古,乘兴便西东——少有的离别心态
但使情亲千里近,须信、无情对面是山河——感情是最重要的

八　济世之志…………………………………194

将军白发征夫泪——说说"真元帅"所作的"穷塞主"词
六朝旧事随流水,但寒烟衰草凝绿——审视历史的政治家眼光
世事一场大梦,人生几度新凉——在"奋励有当世志"失落之后
三十功名尘与土,八千里路云和月——民族英雄的慨叹
早信此生终不遇,当年悔草《长杨赋》——明里是悔,暗里是恨
时易失,心徒壮,岁将零——功业之念与生命意识的纠缠
了却君王天下事,赢得生前身后名,可怜白发生
　　　　　　　　　　——付出的与换来的
却将万字平戎策,换得东家种树书
　　　　　　　　　　——一生的理想在现实面前碰得粉碎

报国无门空自怨，济时有策从谁吐——难伸其志，令人扼腕

九　流落之悲 ·· 216

芳菲歇，故园目断伤心切——民族斗争中的人生悲剧
只言江左好风光，不道中原归思转凄凉
　　　　　　　　　　——不难体会的和难以忘怀的
旧时天气旧时衣，只有情怀不似旧家时——历尽沧桑后的淡语深情
寻寻觅觅，冷冷清清，凄凄惨惨戚戚
　　　　　　　　　　——"公孙大娘舞剑手"的难抑悲情
休舞银貂小契丹，满堂宾客尽关山
　　　　　　　　　　——从"商女不知亡国恨"得到的启发
若比广陵花，太亏他——不仅仅是"黍离之悲"
更听胡笳，哀怨泪沾衣——身处异域者的真切感受
回首天涯旧梦，几魂飞西浦，泪洒东州——亡国之音哀以思
悲欢离合总无情，一任阶前点滴到天明——忧患余生的今昔对比
三月休听夜雨，如今不是催花——淡语难掩的深情

代结语 ··· 241

人情不似春情薄，守定花枝，不放花零落
　　　　　　　　——让我们满怀感情，贴近古人，走进他们的生活

爱情

伤高怀远几时穷？无物似情浓
—— "永恒主题"的新发展

爱情，历来是文学的母题。在中国，两千多年前的《诗经》中，不乏青年男女相思相恋的动人歌唱。即使在教会统治的欧洲中世纪，禁欲主义盛行，男女之恋仍未被扼杀，尚有骑士的破晓歌。文艺复兴之后，人文主义登上历史舞台，爱情更成了欧洲诗坛的轴心，"永恒主题"表现出不尽的魅力。

我国的爱情诗虽有悠久的历史，但由于封建礼教的压迫和束缚，并未能得到顺畅、持续地发展。在欧洲，走出中世纪之后，爱情逐渐成为了婚姻的基础，使之具有了近代的意义。而由于我国封建社会特别漫长，受到"父母之命，媒妁之言"的制约，婚姻历来都是包办的，恋爱并不是婚姻的基础，充其量也只能是婚姻后侥幸得到的附加物。因此，不仅现实中留下了不少的爱情悲剧，文学作品中也有如《孔雀东南飞》这样的优秀篇章。

就诗歌的发展史而言，爱情题材有一个转移、深化的问题。著名学者钱钟书先生在他的《宋诗选注·前言》中说："据唐宋两代的诗词看来，也许可以说，爱情，尤其是在封建礼教眼开眼闭的监视之下那种公然走私的爱情，从古体诗里差不多全部撤退到近体诗里，又从近体诗里大部分迁移到词里。"所以，人谓宋诗言理而不言情，而宋词却以爱情取胜。

北宋词人张先写过这样一首《一丛花令》：

> 伤高怀远几时穷，无物似情浓。离愁正引千丝乱，更东陌、飞絮濛濛。嘶骑渐遥，征尘不断，何处认郎踪！
>
> 双鸳池沼水溶溶，南北小桡通。梯横画阁黄昏后，又还是、斜月帘栊。沉恨细思，不如桃杏，犹解嫁东风。

由于真挚的爱情是任何感情都无法替代的，这就是"无物似情浓"的深刻认知，所以就会有"伤高怀远几时穷"的重笔发问、感慨。千万条柳丝更是牵动离愁，濛濛飞絮恰似心中的纷乱，在这春天尤易撩动心绪的时候，作者为相思的女子作代言之想：回忆当时的离别，马嘶声渐杳，尘土飞扬而去，渐渐地走远了，何处又能认得情郎离去的踪迹呢？鸳鸯成双成对地在池上嬉戏，南北之水还可以有小船相通，热烈相恋的男女却难以会面。黄昏之后，登上小楼画阁，只能看到一弯斜月，这楼阁也许从前是两人经常幽会之处，如今只有冷月闲照。思量至此，饱尝相思之苦的女子，禁不住要突发奇想：与其作为人而这样受相思的煎熬，还真不如去做桃花、杏花，尚可以抓住时机，嫁给东风了。唐人有诗写道："嫁得瞿唐贾，朝朝误妾期。早知潮有信，嫁与弄潮儿。"这里还是由商人向水手的"低就"，而张先词中，却是由人及物的"无理之想"，倘非痛苦之极，是不可能作此想象、发此言语的。

前面说过，古代由于婚姻是由父母所包办，当事人自己并没有选择的自由，所以宋词中所写的或者并不是婚前的恋爱，甚至是婚外情，但我们还是应从历史的高度上来认识，以恩格斯所说的男女双方当事人应以互爱为婚姻的前提，来加以肯定。对于爱情这一"永恒主题"在宋词中的新发展，我们也应看到它的进步性。

今天，社会的进步已经给我们提供了以互爱作为婚姻前提的足够条件，梁山泊、祝英台或焦仲卿、刘兰芝的爱情悲剧是不应该发生了，虽然也有极个别的父母为了某种追求而不顾子女的意愿，但包办婚姻毕竟为社会所不齿，为法律所不容。青年男女可以自由恋爱、自主婚姻，"不如桃杏，犹解嫁东风"确实成了"无理之词"。但是，在商品经济成为主导的今天，社会的健康肌体上免不了还会长出毒瘤，出现了许多怪现象。一部分先富起来的"大款"自是"白天坐着轮子转，晚上围着裙子转"，不乏滥情纵欲、宿妓嫖娼者。而另外的"半边天"中，既有被拐卖他乡、强迫嫁给穷汉的农村妇女，又不乏为追求物质享受而主动去作"金丝鸟"的女青年，甚至还有"业余"充当"三陪"小姐的知识女性。对这些不良社会现象，我们一定要有正确的判断力，决不能被滚滚红尘迷了眼睛，不分好歹，以到人世间"潇洒走一回"的借口为之辩护，甚至跟他们一样放浪形骸。的确，"伤高怀远几时穷"？古人为了追求真正的爱情，甚至感叹人不如草木，以"不如桃杏，犹解嫁东风"，为爱情这一永恒主题谱写了新调。我们今天虽不必因人为的原因、为爱情的阻隔而伤高怀远，但也应不忘"无物似情浓"，懂得了真情应该永远高于物欲，我们才能为爱情这一永恒主题奏出美丽的新乐章。

一从恨满丁香结，几度春深豆蔻梢
——痴情少女的美丽形象

在人类的发展历史上，曾有过母系氏族社会时期，此时，女性在生产劳动中居于主导地位，所以在家庭中的地位也在男性之上。但在进入父系社会以后，女性的这种地位就不再继续，因为在家庭生活和社会生活中，劳动与经济的支配权是决定性的。所以，在漫长的封建社会，女性绝对没有恋爱与婚姻的主动权。恩格斯曾说："在整个古代，婚姻的缔结都是由父母包办，当事人则安心顺从。古代所有的那一点夫妇之爱，并不是主观的爱好，而是客观的义务；不是婚姻的基础，而是婚姻的附加物。"（《家庭、私有制和国家的起源》）这种情况对于女性而言，更甚于男性，他们在爱情与婚姻中的遭遇经常是很不幸的。

由于"父母之命，媒妁之言"决定了青年男女的婚姻，而男子尚可以在青楼歌馆找到婚姻以外的爱情的补充，女子身在闺中，与社会隔绝，除非心如古井，身如槁木，否则，对真挚的爱情的由衷向往应是很自然的。在遥远的周朝，统治者出于增殖人口以提供劳力的考虑，尚有"仲春之月，令会男女，奔者不禁"的规定，因此《诗经》中才会有那么多的爱情诗。到了封建社会的中后期，女子就绝对没有这种自由了，所以我们在晚唐韦庄的《思帝乡》词中，可以偶尔看到青年女子那种对于爱情与婚姻的强烈期盼，因为"春日游"的机会本来就难得，看见了"谁家少年足风流"更是不易，故此"妾拟将身嫁与，一生休"的想法虽大胆、却又是真情实感的自然流露。韦庄的这首词，当然不是女子自作，而是词人的"代言"，他们很少有受教育的机会，难以用笔墨表达所感与所思，而男性词人倘非抱着赏玩的心情，而是出于同情与理解，在词中塑造了这些痴情女子的形象，无疑是值得肯定的。

　　在词人所塑造的女性形象中，如韦庄笔下那样大胆而热烈地倾诉所愿所想的，毕竟极其少见，尤其是宋代较为封闭的社会环境、较为内向的心理特点，确与唐代开放型社会和受"胡风"影响形成的"通脱"风气很不相同，我们见到的多是将深情藏于心底的一类。而且比起唐代诗人所写的女子来，宋词中女子更显得美丽而痴情。李商隐曾赠诗给杜牧，谓"刻意伤春复伤别，人间惟有杜司勋"，其实他们俩都属于善写"伤春伤别"的诗人，且都有过以花拟人的佳作。杜牧写过"娉娉袅袅十三余，豆蔻梢头二月初。春风十里扬州路，卷上珠帘总不如。"（《赠别二首》）以二月初的豆蔻花来比喻十三岁刚出头的小歌女。产于南方的豆蔻，开花成穗时，嫩叶卷之而生长，待穗头深红，叶也渐渐展开，花渐放出，颜色稍变淡，其含苞待放的花被称为"含胎花"，常喻处女。诗人笔下的这一形象是美丽的，但是，怜爱之中却难以见到其内心的感情。李商隐在其《代赠二首》中写道："楼上黄昏欲望休，玉梯横绝月如钩。芭蕉不展丁香结，同向春风各自愁。"前两句是写女子欲见情人而不得的无奈，第三句以芭蕉喻情人，以丁香喻自己，芭蕉不展，丁香结而未开，都缘于不得与对方相见，"同向春风各自愁"点题，道出了心中的感情。由于杜牧与李商隐以豆蔻和丁香塑造了美丽、深情的女性形象,宋词中遂有合二者为一的作品,较杜、李二人更深入了一层。

试看李吕的《鹧鸪天·寄情》:

脸上残霞酒半消,晚妆匀罢却无聊。金泥帐小教谁共?银字笙寒懒更调。

人悄悄,漏迢迢,琐窗虚度可怜宵。一从恨满丁香结,几度春深豆蔻梢。

作者没有什么名气,此词却写得很好,尽管词中还带有"小姑独宿,不惯无郎"的类型化色彩,但词人却善于作环境渲染,表现这位女子的孤独难耐,寂寞无聊,而这又具有相当的典型性。她所恋的男子之所以离她而去,多半不是负情,或是因为追求功名,或是因为谋取钱财,因为男子担负着赡养家庭的责任,总不能不在外谋生。词人们并未将主要的同情给予了男子,而是将笔触转向独守深闺的女子,表现了他们在感情上的饥渴,态度是比较诚恳的。

今天,随着妇女解放运动的深入发展,在全世界的范围内,妇女已越来越显示出自己在社会和家庭生活中的地位。过去已经离我们越来越远,但是,古典文学中塑造的女性形象还是难以令人忘怀,"一从恨满丁香结,几度春深豆蔻梢",我们还可以体会到豆蔻年华的少女的深情缱绻,这样的美丽形象确实具有永恒的艺术魅力。

人面不知何去,绿波依旧东流
——流水带走的和带不走的

离合聚散是人生常见的事,在宋词中是重要的题材,其中的男女之别,更是常写而常新。

南北朝时期梁代的江淹,曾写过一篇著名的《别赋》,以"黯然销魂者,唯别而已矣"开头,这"黯然销魂"四字,是非常沉重的。《别赋》认为,"别虽一绪,事乃万族",赋中写了富贵者之别、刺客之别、从军之别、赴绝国者之别、学道成仙者之别、游宦之别及闺中之思、恋人之别等七种别离。在宋词中,最多的别离题材当数最后两种。

主要作于东汉末年的《古诗十九首》充满了离别相思的哀感,而造成这种夫妻或情人离别的原因即在于汉代的游学兼游宦。宋代是科举制度非常发达的时代,既然自古以来士、农、工、商"四民"就以"士"打头,此时仕途大开,又何乐而不为呢?于是求官与游宦就成了离别的主要原因。"四民"中的农与工,或依傍于土地,或劳作于城镇,基本上都属于"定"而不别的一类。"动"而不"定"的,除了"士",还有"商"。白居易《琵琶行》中"老大嫁作商人妇"的琵琶女就对"商人重利轻离别"非常不满,殊不知,倘不"重利",这衣食又将何来?宋代的商业比唐代更为发达,商人与商人妇的离别应是非常普遍的事情。在南宋时期还因为仕途拥挤而造成众多的士人游谒江湖以求衣食的现象,形成了"动"而不"定"的新的一族。

在外求官与游宦,免不了舟车劳顿、风餐露宿,至于做买卖、跑生意,则更为辛苦,弄不好还会被不法之徒谋财害命。在家的女子呢?他们虽因"主内"而无"主外"的男子那种羁旅行役之苦,却仍受到相思的折磨,所以"闺思"、"闺怨"一直是代代相沿的文学题材,到了宋代,又绽放出新花。《别赋》中所言的"居人愁卧,恍若有亡。日下壁而沉彩,月上轩而飞光。见红兰之受露,望青楸之离霜。巡层楹而空掩,抚锦幕而虚凉。知离梦之踯躅,意别魂之飞扬。"遂有了千姿百态的表现。我们不妨选其一,以见"居者"对于"行者"的思念。

晏殊有一首写离情的《清平乐》:

> 红笺小字,说尽平生意。鸿雁在云鱼在水,惆怅此情谁寄。
>
> 斜阳独倚西楼,遥山恰对帘钩。人面不知何去,绿波依旧

东流。

这首词应属于"恋人别"的性质。首两句明白无误地点明了来信的内容是表其相思之情，三、四句是说虽有天上飞过的大雁，水中游泳的鱼儿，却无法让它们传递书信，使人惆怅不已。下片则是惆怅外化的表现：在斜阳下独倚着西楼，因为这里还可以留住最后的一缕阳光，而远处的山恰又对着帘幕的钩子，之所以写斜阳、远山，是因为在阳光之下，目力只能尽于此，再也无法看到远山之外远去的相爱者。结尾两句一写人，一写水。"人面不知何去"是用唐人崔护《题都城南庄》的诗句："人面不知何处去，桃花依旧笑春风"，倘泥定于此，此词就应是写男子对女子的思念，但实际上，如前面所说，古代更多的是男子行于外、而女子居于内，故看作是女之思男为更好。在感叹"人面不知何去"之后，是以景结情的结句"绿波依旧东流"，此句与上句形成了"变"与"不变"的对比：既然"人面"一语出于"人面桃花相映红"，是对于青春容颜的倾慕与思恋，那么红颜易老（也包括李后主"只是朱颜改"之类的感触）与绿波不改是形成了多么强烈的对比！在这里，一方面可见思念者的惆怅惘然，另一方面又见出了人生的遗憾在大自然的永恒面前是显得多么无奈。

"人面不知何去，绿波依旧东流"，流水载舟，将自己的情人带走了，流水无情，将自己的青春年华也带走了，带不走的只有不尽的相思和绵绵长恨，这两句所昭示、所蕴涵的意义是很深远的。千百年来，人们不断地歌唱着爱情与青春的主题，"太阳下山明天还会爬上来，花儿谢了明天还会一样的开，我的青春小鸟一去无影踪，我的青春小鸟一去不回来。"是唱了几十年却依然没有唱厌的歌曲，它尽管不同于《清平乐》，但感叹与悼惜青春难再，又岂无渴求真挚爱情的潜台词？东流的绿波永远不变，桃花人面却转瞬即逝，古人以他们的真切体验告诉我们要珍惜青春与爱情，我们难道应该拒绝吗？不！真正理解生活真谛的人是懂得如何去珍惜的。

多情自古伤离别，更那堪冷落清秋节
——悲秋的岂止是宋玉

伤春悲秋是我国古代文学的一个重要母题。在《诗经》中已有伤春之作，到了《楚辞》，伤春悲秋的作品渐多。屈原在其名著《离骚》中写道："日月忽其不淹兮，春与秋其代序，惟草木之零落兮，恐美人之迟暮。"这是因为看到时岁播迁、草木零落而深感人的生命之短暂，在"恐年岁之不吾与"之时，兴起其通过努力来实现美政理想的愿望。所以这里的伤春表现出的却是一种努力奋发、自我鞭策的精神。宋玉的《九辩》是著名的"悲秋之祖"："悲哉秋之为气也！萧瑟兮草木摇落而变衰。憭栗兮若在远行，登山临水兮送将归。皇天平分四时兮，窃独悲此凛秋。白露既下百草兮，奄离披此梧楸。去白日之昭昭兮，袭长夜之悠悠。离芳霭之方壮兮，余萎约而悲愁。"显然，这是由于见草木变衰而引发出的另一种生命意识，表现出难抑的悲怨。

宋词中颇多伤春悲秋之作，而这类作品又常与离别相思结合在一起，其中不乏名篇，如柳永的《雨霖铃》就是。此词应是柳永从汴京南下时为惜别恋人而作，词云：

> 寒蝉凄切，对长亭晚，骤雨初歇。都门帐饮无绪，留恋处、兰舟催发。执手相看泪眼，竟无语凝噎。念去去、千里烟波，暮霭沉沉楚天阔。
>
> 多情自古伤离别，更那堪冷落清秋节！今宵酒醒何处？杨柳岸、晓风残月。此去经年，应是良辰好景虚设。便纵有千种风情，更与何人说！

柳永属于那种被称为"风流才子"的人物，他并非不要"功名"，但他的本性颇似晚唐的温庭筠，即"好逐弦吹之音，为侧艳之词"，由于喜欢音乐歌舞，纵情于青楼妓馆之中，且常应歌妓们的要求为教坊新声填词，而所作又常常传唱于都下，以至于博得了轻薄无行的坏名声。所以"务本向道"的宋仁宗对他并不欣赏,宰相晏殊也认为他虽与自己同有填词之好却并不是一路人。这样,柳永就更加流连坊曲,以异性对自己的倾慕与爱情作为仕途失意的补偿,留下了不少的情词,这首《雨霖铃》就是著名的代表作之一。在这首词中,我们可以看到许多的无奈,尽管柳永并未写出自己离汴京南行的原因,但无疑与生计问题相关。为了生计,不得不与恋人分手,在寒蝉凄切之时,作别于长亭。虽设帐饮酒以饯行,却又无情绪,难以下咽,因雇舟南下,船家不管你情绪如何,催着要出发了,当此离别之际,只有执手相看,泪眼朦胧,默默无语,似凝噎在喉。此时虽还未走,思绪却已飞驰千里之外,想到烟波渺渺,暮霭沉沉,而不尽的南天更在自己的视线之外,心里当然就更沉重了。此时,作者超越了眼前所限,在换头处感慨:"多情自古伤离别,更那堪冷落清秋节!"前句是对于人生感触的哲理体认,后句是以物候之移情来加重之。虽未行或始行,却已设想到"都门帐饮"后的"今宵酒醒何处",而杨柳岸边的杨柳系不住行舟,与自己做伴的也并非自己的所爱,只是凉凉的晓风,弯弯的残月。因为身边再无所爱的知己,所以良辰美景如同虚设,千种风情也无人可说,生活对于自己来说几乎变得毫无价值可言了。

　　柳永的离别相思之作并非只限于一己的意义。"多情自古伤离别"道出了一个普遍性的人生哲理,尤其是长期在农业文化背景下的古代中国,人们更对故土、故人和亲人、爱人怀有深深的眷恋,难舍难分,非到万不得已是不会选择分离的。所以那些见于笔下的悲悲切切、缠缠绵绵并不是言不由衷的类型化情绪,而是真切的感受,我们不应因为在词中所见甚多就不以为然。"更那堪冷落清秋节"是递进式的表达,因为人们懂得情因物感,"悲落叶于劲秋,喜柔条于芳春"几成为情感产生的形象概括,在秋日与所爱者分离更为痛苦增加了几许分量。如果说宋玉的悲秋主要是出于"贫士失职而志不平",那么柳永在这里的感慨就是在"贫士失职"的基础上又增加了"爱的失落"这一更为沉重的主题,所以这在悲秋基础之上的伤离,实又让人感受到足够的沉重。宋玉的《九辩》是"悲秋之祖",柳永的《雨霖铃》的伤离与悲秋,提出了对封建社会知识分子命运的思考与关怀,它之所以能在千百年来不断地感动着一代又一代的读者,这应是一个重要的原因。

今天,诸多的流行歌曲也在唱着不尽的"哥哥妹妹",不尽的离愁别怨,但大多只能给人以"作秀"的虚假感觉,也许是因为现代社会的"物欲"盖过了情感,也许是因为过多的情歌已难以让我们感动,所以,"多情自古伤离别,更那堪冷落清秋节"还能给我们一份激动,因为这是对于"真"的回归。

天涯地角有穷时,只有相思无尽处
——超越了空间的爱情

晏殊自小有"神童"之称,后又成"太平宰相",但是他却写了不少伤春悲秋之作,其中还有善作代言的闺怨之词。如《玉楼春》:

> 绿杨芳草长亭路,年少抛人容易去。楼头残梦五更钟,花底离愁三月雨。
> 无情不似多情苦,一寸还成千万缕。天涯地角有穷时,只有相思无尽处。

这首词曾招致"妇人语"的讥评,晏殊的幼子、同样也是著名词人的晏几道曾为乃父辩护,却无法否定这一事实,因为此词的确就是"妇人语"。我们今天读这首词,就应该欣赏作者能以高官的身份体会闺中思妇的感情,并作了准确传神的表达。晏几道在为其父辩护时,是很懂得如何抓住关键的,他把"年少"释之为"年轻",这样就将代言变为了自抒,"妇人语"之讥似乎就难以成立,但实际上全词确是被"年少"所抛的"妇人"自写其心理活动。对于今天的一般读者而言,并不会着意于古人的批评与反批评,懂得闺怨之所以产生,了解词中的感情表达,应更有意义。

闺怨的产生原因,在江淹《别赋》中道及的七种离别同时亦已经说出。对于宋人而言，最主要的当是游宦与经商，而这两者都与经济问题紧密相关，倘非作官或从商，又何来衣食的保证呢？在封建社会，男子担负起养家糊口的责任，倘无先人的余荫可仰，总免不了要离家出外谋生，与闺中人的离别也是免不了的。正是基于这一事实，所以马克思主义的经典作家一直都将妇女的解放同其经济地位的独立相联系，我国在"五四"以后之所以重视易卜生的话剧，鲁迅小说《伤逝》所引发的关于"娜拉走后会怎样"的讨论，也同样是关系到妇女的经济独立问题。直到前些年，广播电台"市民与社会"节目关于找个好丈夫的讨论，竟然引出了"找到好丈夫比找份好工作更重要"及"找丈夫等于是第二次投胎"的话题，就可知这一问题是如何的常说常新了。

还是回到有关词本身的话题。此词写了一个常见的题材：在绿杨飘拂、芳草连天的大好春光之时，自己不得已走出了香闺，踏上了长亭路，去送别所爱，而那个"年少"却是"抛人容易去"。他去了不打紧，却把自己留在了深深的相思中了：楼头五更的钟声惊醒了残梦，三月摧残鲜花的春雨犹如自己的眼泪。倘若是无情之人，就不会懂得感情丰富的人的内心世界了，这无疑又是"多情自古伤离别"的体现，一寸芳心化作了千丝万缕，缠绕着千思万念，也蕴藏着千愁万恨，终于在词的最后自然生发出题旨：即使是天之涯、地之角，天地虽有尽头，自己的相思之情却是无穷无尽，无边无涯。我们不可能据词中所写就找出"年少抛人"的原因所在，也不能肯定分别的缘由就是生计问题；当然也不能责备词中的女子不懂得体会男子的社会角色，以其不理解生活的艰辛而只知相依相傍。我们所要肯定的是那种"无情不似多情苦"的一往情深，是"天涯地角有穷时，只有相思无尽处"的难以改变。

封建时代的女子，大概除了丈夫在得高官后自己可以成为"命妇"而与之相伴外，恐怕在相当长的时间内是只能独守空房，以盼着丈夫博取功名利禄。正因为如此，人们对于崔莺莺不希望张生"昨夜成亲，今日别离"，赴京应考，对其"但得一个并头莲，煞强如状元及第"的愿望给予了高度的评价，因为其中蕴涵着难得的反封建精神。但我们应该看到，一般说来，人们很难超

一 爱情

越自己所处的时代,也正因为如此,《西厢记》才能得到那么高的评价。所以,出于历史唯物主义的认识,我们可以充分地肯定古代女子的"无情不似多情苦",正是凭借着这种专一,才能够不使爱情因为时间的流逝而变得暗淡失色,而是"楼头残梦五更钟,花底离愁三月雨",越转越深,如陈年老酒,越久越醇。

古代由于技术条件所限,地理上的阻隔很难跨越,不似今天可以借助于飞机、火车、汽车,在短时间内到达所爱者的身边。由于古代的女子几乎处于隔绝状态,无任何事业、社交可言,所以后人可以同情"荡子行不归,空床难独守"的表白,并作出人性的肯定。由此观之,那种"天涯地角有穷时,只有相思无尽处"的对于爱情的信念,不仅可见情深意真,而且更具有了超越空间所限的强烈意识,对于今天爱情观已经发生了显著变化的"地球村""居民"来说,这种意识、信念和专一,除了认识作用外,还应有教育和警示的现实意义。

第一是早早归来,怕红萼无人为主
—— 分手前的叮咛嘱咐

宋词中有不少篇章刻画了男女离别时的难舍难分之情,柳永、晏几道、秦观等以写爱情著名的词人且不说,即使是被某些论家认为"情浅"的词人,也有这方面的佳作,姜夔就是其中之一。姜夔曾写过一首《长亭怨慢》,其词前小序有云:"桓大司马云:'昔年种柳,依依汉南;今日摇落,凄怆江潭;树犹如此,人何以堪!'此语予深爱之。"据"一代词宗"夏承焘先生考证,此词之作与怀念合肥情人有关。词的下片说:

> 日暮,望高城不见,只见乱山无数。韦郎去也,怎忘得玉环分付。第一是早早归来,怕红萼无人为主。算空有并刀,难剪离愁千缕。

这里写出了一段隐情：姜夔在年轻时，曾游合肥，与善弹琵琶的一对姐妹歌女（一说是一人）相识并相恋，其后可能出于生计原因，不得不两下分离。可是这段恋情在作者的心中却难以抹去，所以屡屡见于词，这里所写的就是对当年分手时情景的回忆。唐人欧阳詹在太原与一妓女相恋，临别之时赠之以诗，有句："高城已不见，况复城中人。"词中的"望高城不见"就用此事。当年的欧阳詹在离别时，想到的是城之高大尚不可见，更何况城中之人？而今日的姜夔，望高城已不可得，只能看到乱山无数，相隔的距离更为遥远，于是不由自主地想起了当年分别时的情景。据《云溪友议》所载：韦皋游江夏时，与女子玉箫有情，临别时，留下了玉指环，约好了少则五年、多则七年来迎娶。但后来韦皋八载不至，玉箫绝食而死。词人在此处用韦皋、玉环一事，恐怕多少有些自责之意。因为当年自己临别之时应有后约，但现在难践其约，故深感有负于对方，想及此，就免不了会回忆起分手时的叮咛嘱咐："第一（加重之意）是早早归来"，原因何在呢？因为"怕红萼无人为主"，"红萼"是歌女的自拟，因为当时他们地位低下，难以主宰自己的命运，所以会有"无人为主"的担忧。事实也证明，这种担心并非多余，因为姜夔迫于生计，在离别合肥之后，一直漂泊江湖，依人旅食，他并非不爱旧日的情人，却无法与之结合，所以在深感愧疚之时，对于"树犹如此，人何以堪"会有如此深刻的生命共感和流年似水的震撼。

　　姜夔是一位多才多艺、志趣高洁的雅士，他一生布衣、依人而食，尽管博得了同代及后代人的尊敬与同情，但他生前的生活却是困顿、拮据的，知情者有"家无立锥"之评，其窘况可知，他不能与相恋的歌女最终结合，确实是情有可原。但是，由于封建社会中的女子处于社会下层，卖艺的歌女尤其更在底层，他们的命运更应值得同情。写至此，很可以让人想起姜夔经常以之自拟的杜牧。传说杜牧曾游湖州，识得一民间女子，仅十余岁，与其母相约十年后来娶，十四年后，杜牧始出为湖州刺史，寻此女时，始知已嫁人三年，并生二子。杜牧感叹此事，作《叹花》一诗："自是寻春去校迟，不须惆怅怨芳时。狂风落尽深红色，绿叶成荫子满枝。"（一作"自恨寻芳到已迟，往年曾见未开时。如今风摆花狼藉，绿叶成荫子满枝。"）由于此诗之作与传说的杜牧有约于民女而终未得有关，诗中流露出深深的惆怅，人们都将同情给予了诗人，却并没有替这一民家母女着想，所以相比之下，姜夔的词及其表达的对于歌女的思恋、负疚，更应值得肯定。在这首词中，作者不仅以树写情，有句："阅人多矣，谁得似长亭树。树若有情时，不会得青青如此！"而且并非只从自己着笔，却将回忆移到了歌女一侧。事隔多年，想起了当年分别时的嘱咐，"早早归来"的期盼是多么的殷切，"怕红萼无人为主"又说得多么委婉，如今，非但"早早"不能实现，连"迟迟"的"归来"都无法做到，至此，韦皋、玉箫就不是一般的使事用典，而是怀着异常的沉痛，想到韦郎的难践其约，而致玉箫绝望而死，自己的心中也就充满了悔与愧，这虽非自己负情，而是实在的不得已，但又岂能因此而自我原谅？

　　古人已逝，作品却永存。我们可以忘却许多相似的离别场景描写，却难以忘怀"第一是早早归来，怕红萼无人为主"的深情嘱咐，因为这不仅是对于红颜易老、青春难再的担忧，更是对于无法主宰自己命运、只能寄望于知己的殷切期待，既缘于感情，又基于社会与现实。正因为如此，所以姜夔才会有那样的沉痛，我们读来也会被深深地打动。时代在前进，社会在发展，在物质文化异常发达的今天，爱情似乎也为之异化了，不带功利目的、物欲色彩的纯真的爱也变得越来越宝贵了，因此，读到古人这类作品，犹如吹来了一阵清风，感动之余，心灵似乎也得到了净化。

马滑霜浓，不如休去，直是少人行
—— 文人学士与红颜知己的婚外情

　　宋词中经常写到文人学士与歌妓之间的婚外情，其中有的还写得非常细致生动，如周邦彦的《少年游》：

　　　　并刀如水，吴盐胜雪，纤手破新橙。锦幄初温，兽烟不断,相对坐调笙。

　　低声问:向谁行宿?城上已三更。马滑霜浓,不如休去,直是少人行。

　　据张端义《贵耳集》所说,此词有其特有的"本事":风流皇帝宋徽宗"驾幸"名妓李师师家,没想到在他之前,知名的词人、音乐家周邦彦已经来了。在得知皇帝将到的消息后,周邦彦无奈,只好躲到了床底下。皇帝带来了一颗新橙子,说是江南才进贡之物,并与李师师谈论玩笑。没想到周邦彦在床底下都听到了他们的谈话,等皇帝走后,写成了上面这首词。后来,李师师唱起此词,皇帝问是谁的作品,李师师据实回答了,由于暴露了与妓女的隐私,皇帝不由得大怒。坐朝时,找借口下令将周邦彦"押出国门"。隔了一二天,徽宗又到李师师家,没见到她本人,问她的家人,知道是去为周邦彦送行了,徽宗竟然一直坐到初更才候得李师师归来。见其愁容满面,眼泪未干,皇帝不禁大怒,问她到哪儿去了,李师师只有据实回答,说是去送周邦彦了,不知官家来,真是罪该万死。皇帝却问送行时有没有作词,李师师回答说有《兰陵王》词,遂让她唱一遍。不料一曲唱罢,徽宗竟然"大喜",即下令复召周邦彦为大晟府(国家音乐机关)乐正,重新回到了汴京。

　　据学者们的研究,上面所说并非事实,实际上,这是一首文人的狎妓词。词的上片写了一个温馨可人的美好场景:女子的纤纤素手拿起并州所产的锋利刀具(杜甫有诗句:"焉得并州快剪刀,剪取吴淞半江水"),切开了时新的果品——橙子,蘸着洁白的细盐(李白有诗句:"玉盘杨梅为君设,吴盐如花皎如雪"),向作者劝尝。然后再让我们打量这周围的环境:华丽的帏帐中温度初升,暖和如春,兽形的香炉中不断地透出丝丝缕缕的烟香。在这宜人的气氛中,两人相对而坐,款款深情地听她"调笙"。在上片所营造的温馨环境酝酿了自然生发的依恋之情后,下片以女子的口吻写出了因难以割舍、遂生挽留之意的经过。先是大概有男子的告辞,然后是女子的低声相问:"今晚到哪儿去住呢?"再接着是相劝:"夜已深,城上已经敲过了三更。霜结得很浓，马蹄容易打滑，路很难走，很少会有人在这样的时候上路，就不如别去了罢。"词中并未直接写出作者自己的感情和想法，而是从对方着笔，女子只是委婉相劝，并非直白表露，却将缠绵偎依之情与态写得深挚动人，所以一直得到后人的称道、赞赏。

一首狎妓之作，竟然写得如此缠绵而不猥亵，当然不会让人鄙噬，可是，我们究竟应该如何正确地看待古代文人学士同妓女的交往与感情呢？恩格斯认为："在整个古代，婚姻的缔结都是由父母包办，当事人则安心顺从。古代所仅有的那一点夫妇之爱，并不是主观的爱好，而是客观的义务；不是婚姻的基础，而是婚姻的附加物。"所以，古代的爱情是存在于婚姻之外。恩格斯紧接着又说："现代意义上的爱情关系，在古代只是在官方社会以外才有……在奴隶的爱情关系以外，我们所遇到的爱情关系只是灭亡中的古代世界的崩溃的产物，而且是与同样也处在官方社会以外的妇女——艺妓，即异地妇女或被释放的女奴隶发生的关系：在雅典是在它灭亡的前夜，在罗马是在帝政时代。如果说在自由民男女之间确实发生过爱情关系，那只是婚后通奸而言的。"（《家庭、私有制和国家的起源》，《马克思恩格斯选集》第四卷第72—73页，人民出版社1972年版）尽管古代中国社会与欧洲有很大的不同，但恩格斯以上的论述却足以解释古代婚姻与爱情的关系，具有很大的涵盖性，可以用来说明我国古代、尤其是宋词中常见的婚外情描写。正如恩格斯所由衷赞美的古代希腊妓女高于罗马的贵妇，我国古代的妓女虽是被侮辱与被损害的一群，但她们中并不缺乏才貌双全者，宋代的歌妓们尤其如此，文人学士与他们交往，在自己并不满意的婚姻之外寻找感情寄托，进而产生爱情，并不足怪。尽管我国古代的妓女并不像恩格斯所说："一部分优秀的雅典艺妓，在希腊，是受古人尊崇并认为她们的言行是值得记载的唯一的妇女。"但她们还是赢得了正直、善良的人的不少同情，在古代的戏曲小说中也留下了诸多的美好形象。

文学作品是时代生活的反映，《少年游》也不例外，当然，这种文人学士与妓女的交往与爱情是特定时代的产物，在今天是不应盲目仿效的。

衣带渐宽终不悔，为伊消得人憔悴
——男儿并非都是负心汉

古代的文学作品中塑造了不少负心汉的形象，如明代拟话本小说《杜十娘怒沉百宝箱》中的李甲，京剧《秦香莲》中的陈世美，都广为人知。为什么人们广泛地认同"痴心女子负心汉"之说呢？恐怕主要的原因在于封建社会男女双方的交往与结合中，男子占有了经济关系的主导面，女子由于不能取得独立的经济地位，所以多处于被动。因此，我们可以在古老的《诗·卫风·氓》中，读到那位被抛弃的女子以自己的惨痛经历对后来者的告诫："斑鸠儿啊，见着桑葚千万别嘴馋！姑娘们啊，见着男人不要和他缠！男子们寻欢，说甩马上甩；女人沾上了，摆也摆不开。"（余冠英《诗经选》译文）因为这是真正的经验之谈。

可是，男人并不都是负心汉，柳永的《蝶恋花》词就有如此表白：

> 伫倚危楼风细细，望极春愁，黯黯生天际。草色烟光残照里，无言谁会凭阑意。
> 拟把疏狂图一醉，对酒当歌，强乐还无味。衣带渐宽终不悔，为伊消得人憔悴。

此词不同于柳永其他作品的比较直露，而是写得较为含蓄。开头写了自己一人伫立楼头，感受着细细的和风，极目天涯，一种莫名的惆怅油然而生。为什么呢？因为远处的天际，烟光笼罩着草色，在夕阳的余晖映照下，令人很自然地想起《楚辞·招隐士》："王孙游兮不归，春草生兮萋萋。"显然，"无言谁会"的"凭阑意"，就是自己的倦游而思归了。在此词的下片，作者并不急于点明"凭阑意"，而是写了自己以"对酒当歌"的"疏狂"生活来排遣心中的愁闷，可是"图一醉"终有醒时，歌酒风流的"强乐"并不能消去静下来的寂寞感。至此，终于道出了春愁的原委，"衣带渐宽终不悔，为伊消得人憔悴"，原来是为了那个心中的"她"，而心甘情愿地受着折磨，以至于瘦骨伶仃、形容憔悴也是值得的。柳永的类似情感还表达在其他的作品中，如《曲玉管》："杳杳神京，盈盈仙子，别来锦字终难偶。断雁无凭，冉冉飞下汀洲，思悠悠。　暗想当初，有多少、幽欢佳会，岂知聚散难期，翻成雨恨云愁！阻追游。每登山临水，惹起平生心事，一场消黯，永日无言，却下层楼。"《八声甘州》的"不忍登高临远，望故乡渺邈，归思难收。叹年来踪迹，何事苦淹留？想佳人、妆楼颙望，误几回、天际识归舟。争知我、倚阑干处，正恁凝眸。"都可见出他对于所爱女子的深情。

不仅是柳永，宋代的词人中颇多深于情者。如张先的《千秋岁》下片："莫把幺弦拨，怨极弦能说。天不老，情难绝。心似双丝网，中有千千结。夜过也，东窗未白凝残月。"所倾诉的自己对于爱情的坚贞不渝，令人想起了汉乐府诗《上邪》的"山无陵，江水为竭，冬雷震震，夏雨雪，天地合，乃敢与君绝。"其"天不老，情难绝"的表白，更过于柳永。晏几道也是一位以写爱情词著称的词人，他的《蝶恋花》最足以见出魂牵梦萦的相思之情："梦入江南烟水路，行尽江南，不与离人遇。睡里消魂无说处，觉来惆怅消魂误。欲尽此情书尽素，浮雁沉鱼，终了无凭据。却倚缓弦歌别绪，断肠移破秦筝柱。"周邦彦《解连环》的结句："拼今生、对花对酒，为伊泪落"，则更是与"衣带渐宽终不悔，为伊消得人憔悴"同义。

以上的这些作品有一个共同的特点，即男性词人在抒发自己的感情时，都表现了对于爱情的忠贞。这可以说明，尽管有"痴心女子负心汉"之说，但并非绝对化的规律。在封建社会中，男子也免不了会受到一夫多妻制的影响，而对女性具有泛爱的倾向，连曹雪芹在《红楼梦》中塑造的封建社会后期理想人物贾宝玉，都会见一个爱一个，"见了姐姐就忘了妹妹"。所以宋代词人主要是与歌女交往，经常会有所爱对象不断转移的情况，柳永就是一个最为典型的"多情种子"。可是我们毕竟应该承认，这是一种社会性的历史文化现象，对古人的要求，不能无视他们所生活的历史条件之所限，重

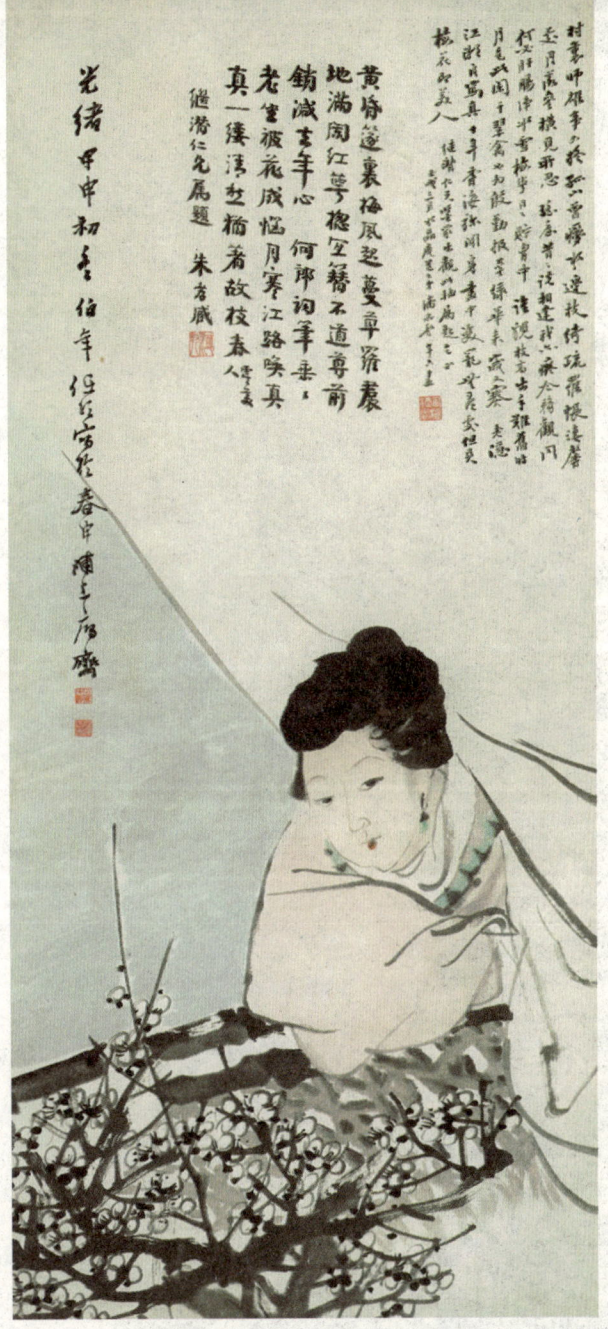

梅花仕女图,清·任伯年

"人面不知何去,绿波依旧东流",流水载舟,将自己的情人带走了,流水无情,将青春年华也带走了,带不走的只有不尽的相思和绵绵长恨。

元机诗意图，清·改琦

华丽的帏帐中温度初升，暖和如春，香炉中不断地透出丝丝缕缕的烟香。在这宜人的气氛中，相对而坐，款款深情。

要的是，即使在当时，仍然有不少才华横溢的男子，在两性关系上表现出很严肃的态度，是真心的相悦相爱，而不仅是欣赏，更不是玩弄，纵然他们不能超越历史而表现出足够的专一，但诸如"衣带渐宽终不悔，为伊消得人憔悴"的内心表白还是能深深地打动读者。

天便教人，霎时厮见何妨
——"愈朴愈厚"的另一个痴心男子

在上一篇谈柳永词中的"衣带渐宽终不悔，为伊消得人憔悴"时，我们曾列举了一系列的作家作品，来说明忠于爱情的男子并不少见，在本篇，我们将谈谈另一位著名的词人，即前面已道及的将狎妓之作写得充满温馨气息的周邦彦。周邦彦极富文才，精通音律，在元丰初年游京师时曾献《汴都赋》万余言，引起宋神宗的重视，在《宋史》中虽入《文苑传》，实际上任地方官时颇有政绩，但在他最为擅长的词中，却常以又一个"多情种子"的形象出现。如代表作之一的《风流子》：

> 新绿小池塘，风帘动，碎影舞斜阳。羡金屋去来，旧时巢燕，土花缭绕，前度莓墙。绣阁里、凤帏深几许？听得理丝簧。欲说又休，虑乖芳信，未歌先噎，愁近清觞。
>
> 遥知新妆了，开朱户、应自待月西厢。最苦梦魂，今宵不到伊行。问甚时说与，佳音密耗，寄将秦镜，偷换韩香？天便教人，霎时厮见何妨！

据南宋王明清的《挥麈余话》所说，此词是周邦彦为溧水令时所作。因溧水主簿的姬人长得漂亮而且聪慧，经常在酒宴上给官员们侑酒，周邦彦就写下了这首《风流子》以寄意。但是，近代学术大师王国维在《清真先生遗事》中说："案明清记美成事，前后抵牾者甚多，此条疑亦好事者为之也。"因为周邦彦作为一县之最高长官，如果对属下官员的小妾如此"寄意"是很不合情理的，所以王国维之辨在理。不过，这首《风流子》即使没有特定的"本事"，其作为爱情词的性质却是可以肯定的。

　　从词的文义看，作者似乎有过一段隐情，如今，不知什么原因，却已成阻隔，过去的所爱者已无法接近。当自己来到昔日心上人的住地跟前时，顿生"咫尺画堂深似海"（韦庄《浣溪沙》词有句："咫尺画堂深似海，忆来唯把旧书看"）之感，不能与之见面，所思所感就抒发在这首词中。"我"徘徊在池水泛绿的小池塘边，看见不远处的风吹帘动，帘影映入塘中，在斜阳的照射下，水波晃动，碎影摇曳，也使自己的思绪为之牵萦不已。今昔的身份与关系都不同，碍于此，是无法与之相见了，所以此时是多么羡慕那些可以自由地飞来飞去的燕子，因为它们能飞到那"藏娇"的"金屋"中，与伊人亲近；即使不能像燕子，能似土花（苔藓）一样在过去生长过的墙头上再度萌生也是令人羡慕的呀。如今，"我"是人不如物，虽重临旧地，却难温前情，只能远眺锈阁，听到传自深深的凤帏中的琴声。这琴声传递出什么信息呢？在"我"听来，似乎是难以倾诉心中的情感，大概是出于对耽搁"芳信"的担忧，故此分明听出其中的欲说还休之意。她在重重的帏帐中，应该以弹琴解闷，但从琴声中听不到欢乐，可以设想她也应愁对酒杯，未歌先噎，也是思绪满怀吧。至此，作者不知不觉地将己之思人转为人之思己，遂在换头腾挪笔墨，移至女子一侧。"遥知"是在远处设想，想着她晚妆之后打开朱红色的窗户，如唐人元稹《会真记》所写，在西厢房等待月亮上来，之所以"待月"，是因为同一轮明月会普照所有的人，"海上生明月，天涯共此时"，是相思之情的寄托。当然，这毕竟只是"我"的一种揣想，而此时自己感到最大的痛苦就是今宵梦魂不能到达她的身边，让她在西厢空等，虽仅咫尺却如天涯。在充分感受到睽隔的痛苦后，忍不住要发问："什么时候才能像汉代的徐淑因不能随夫秦嘉赴任，以明镜为赠，如晋代贾充之女因私慕韩寿而以异香相贻，将互通情愫的'佳音密耗'传递给我呢？"可是，现实是太难以改变了，不由得极其无奈地从心底喊出："老天啊，你就是能开恩让人短时间地见上一见，又有何妨碍呢！"

周邦彦本以作词"典丽精工"著称，近代著名词人况周颐却在《蕙风词话》中独称道此词的"最苦梦魂，今宵不到伊行"和"天便教人，霎时厮见何妨"是"愈朴愈厚，愈厚愈雅"。之所以如此，是因为这是一个痴情男子发自内心的真切感情的体现。我们前面说过，在古代的男女交往中，男子处于主动的地位，所以分袂之苦多是男方造成的，不过，分袂固然有如《会真记》的男主角那样"始乱终弃"，为追求功名利禄而抛弃了崔莺莺，还以"善于补过"自辩，但还有种种不得已的原因，连韦庄都有被王建夺去所爱而作《女冠子》词一说。我们无从考证周邦彦的《风流子》究竟有何"本事"，却不能不被词中表达的痴情所打动。今天，我们无论是读李商隐朦胧感慨的"相见时难别亦难"，还是读周邦彦"愈朴愈厚"的"天便教人，霎时厮见何妨"，都会透过历史的风尘，去感受古人的心灵，真情之作，总是能让人心心相印的。

两鬓可怜青，只为相思老
—— 爱情的痛苦多于甜蜜

我们今天读宋词的爱情之作，常有一个印象，即作品中所抒发的痛苦之情要多于甜蜜。前面所列举的柳永、晏殊、张先、周邦彦、姜夔，时间有先后，地位有高低，他们的爱情词却多是以表现心中的痛苦感受为主。不妨还可以举些例子：

> 吴山青，越山青。两岸青山相送迎，谁知离别情？君泪盈，妾泪盈。罗带同心结未成，江头潮已平。
> —— 林逋《长相思》

> 到此因念，绣阁轻抛，浪萍难驻。叹后约丁宁竟何据。惨离怀，空恨岁晚归期阻。凝泪眼、杳杳神京路。断鸿声远长天暮。
> —— 柳永《夜半乐》

> 断梦归云经日去，无计使、哀弦寄语。相望恨不相遇，倚桥临水谁家住？
>
> ——张先《惜双双》

> 别后不知君远近，触目凄凉多少闷。渐行渐远渐无书，水阔鱼沉何处问？
>
> 夜深风竹敲秋韵，万叶千声皆是恨。故欹单枕梦中寻，梦又不成灯又烬。
>
> ——欧阳修《玉楼春》

我们都可以不举北宋中期以后的例子了。正因为爱情带来的更多是痛苦，尤其是思念的痛苦，所以晏几道有一首颇具概括性的《生查子》词：

> 关山魂梦长，塞雁音书少。两鬓可怜青，只为相思老。
>
> 归傍碧纱窗，说与人人道："真个别离难，不似相逢好。"

此词的构思类似于李商隐的七绝《夜雨寄北》，在此时此地的"君问归期未有期，巴山夜雨涨秋池"，设想彼时彼地的"何当共剪西窗烛，却话巴山夜雨时"，也是在感慨关山阻隔、音书难通之时，设想与心上人相逢时的温馨对话。开头两句道出了相爱者的别离心态：因为两下里隔着千山万水，思念牵萦不已，只有在魂梦中才能相见，一个"长"字足以见出空间的遥远，令人感叹不已，即使是从边塞飞来的大雁也难以带来音讯、书信。在长长的、苦苦的期待中，青青的两鬓也会很快染上白雪。作者身在远方，却设想着与所爱者（"人人"是对所爱者的昵称）再见面时的情景：当我回到你的身边，在靠近碧绿色的纱窗前，与你款款深情地交谈，那时最想说的话就是最简单、也最真实的感受："真的是别离难啊，哪有相逢相聚那么好呢！"

"真个别离难，不似相逢好"，是几乎不能称之为哲理的人生信条，但是真理本身就是朴素无华的。我国由于是传统的农业国家，与航海的商业文明国家不同，后者主动，前者主静，商业以追求最大的利润为目的，农业是为求温饱、更以亲情为重。在《诗经》中，我们既可以看到"饥者歌其食，劳者歌其事"的诸般内容，也可以看到征人、役者对家乡和亲人的深深系念，而"一日不见，如三秋兮"的表白则可看成是"两鬓可怜青，只为相思老"的原型。汉代诗中的那些诸如"客从远方来，遗我双鲤鱼。呼儿烹鲤鱼，中有尺素书。长跪读素书，书中竟何如？上言加餐食，下言长相忆。"（《饮马长城窟行》）"秋风萧萧愁煞人，出亦愁，入亦愁。座中何人，谁不怀忧？令我白头。胡地多飚风，树木何休休。离家日趋远，衣带日趋缓。心思不能言，肠中车轮转。"（《古歌》）"高田种小麦，终久不成穗。男儿在他乡，焉得不憔悴？"（《古歌》）都是朴实无华的作品，都道出了同一个道理，同样的感情。而《古诗十九首》之所以被后人评为"惊心动魄，可谓几乎一字千金"（锺嵘语），正在于其中的游子思妇之情的真切动人，试看："思君令人老，岁月忽已晚"（《行行重行行》），"还顾望旧乡，长路漫浩浩。同心而离居，忧伤以终老"（《涉江采芙蓉》），都能透过尘封的岁月给人以永恒的感动。因为不得已的离别，使爱情的痛苦多于甜蜜，《诗经》以来的原型精神在宋词中得到进一步的发扬，"两鬓可怜青，只为相思老"，是对这种精神的更为形象深刻的概括。

两情若是久长时，又岂在朝朝暮暮
—— 追求爱情高境的另一种说法

"两鬓可怜青，只为相思老"表达的是最多数的爱恋中人对于离别的感受，不过也有人会在传统的恋爱题材中翻出新意，表现了另一种境界，如秦观的《鹊桥仙》就是。词云：

纤云弄巧，飞星传恨，银汉迢迢暗度。金风玉露一相逢，便胜却人间无数。
柔情似水，佳期如梦，忍顾鹊桥归路。两情若是久长时，又岂在朝朝暮暮。

这是一首写传说牛郎、织女"七夕"相会的神话题材作品,却改变了过去的一贯写法。牛郎、织女的故事发生得很早,而《古诗十九首》的《迢迢牵牛星》所写的牛、女是悲剧色彩的:"迢迢牵牛星,皎皎河汉女,纤纤擢素手,札札弄机杼。终日不成章,泣涕零如雨。河汉清且浅,相去复几许?盈盈一水间,脉脉不得语。"人们也一直对他们间的只有一年一度的会面非常同情。秦观的这首七夕词,可以说是对从前的同一题材作品的翻案。如果说"飞星传恨"尚带有离愁,可当牛郎、织女"暗度"过迢迢的银河,在金风玉露的美好环境中相逢时,这一次见面就胜过了人间的千遍万遍。下片的"柔情似水,佳期如梦",写出了他们间难舍难分的感情,如水的柔情自不必说,一年一遇的好日子竟然如在梦中,因为平时只能在梦里相逢,所以真正的相逢反而被当成是梦了。正缘于这难得的一遇,马上就要分手,当然是要"忍顾鹊桥归路"了,可是作者并不将其题旨止于此,而是在最后翻进一层,以令人警醒的"两情若是久长时,又岂在朝朝暮暮",昭示了爱的高境,正如明人沈际飞所说:"(世人咏)七夕,往往以双星会少离多为恨,而此词独谓情长不在朝暮,化腐朽为神奇!"

秦观并不是像苏轼那样豁达的人,他的爱情词常常充满了离愁别恨,不少作品都显得情绪低黯。如《水龙吟》的"玉佩丁东别后。怅佳期、参差难又。名缰利锁,天还知道,和天也瘦。花下重门,柳边深巷,不堪回首。念多情、但有当时皓月,向人依旧。"《八六子》的"倚危亭,恨如芳草,萋萋刬尽还生。念柳外青骢别后,水边红袂分时,怆然暗惊。"《满庭芳》的"销魂,当此际,香囊暗解,罗带轻分。谩赢得青楼薄幸名存。此去何时见也,襟袖上,空惹啼痕。伤情处,高楼望断,灯火已黄昏。"都写得凄婉动人。他设为女子立场着想所写的词,如《减字木兰花》:"天涯旧恨,独自凄凉人不问。欲见回肠,断尽金炉小篆香。　　黛蛾长敛,任是春风吹不展。困倚危楼,过尽飞鸿字字愁。"也愁态可掬。可以认为,《鹊桥仙》在秦观的词中是一个例外。

尽管是个例外，但毫无疑问，此词是表现出了爱情的高境。这种很高的意境，固然与所写的对象是神话人物有关，如果说《古诗十九首》的《迢迢牵牛星》是以人写神，《鹊桥仙》并未将神作为人来写，"胜却人间无数"一说应与神仙故事中的"山中方七日，世上已千年"有关。而牛女相会又是发生在广漠的天宇，美好的秋夜，面对着长长的银河，悠悠的天宇，金风拂面，玉露生凉，本来就应使人得到共感，精神上会有所提升。或许是秦观久陷于人间俗世的情感纠葛中，偶尔面对天宇，恰逢七夕，由宇宙的永恒，对照人间的短暂、无常而有所感怀，双星虽一年一遇，却永无止日，人间的相爱者虽终日厮守至老，与天、与神相比，也如同只有一瞬，恐怕"金风玉露一相逢，便胜却人间无数"之说与此不无关系。当然，词的结句还是并未脱离人间，但我们是否可以认为这是从牛女故事得到的启发有关呢？秦观是苏门弟子，既然苏轼有《水调歌头》中秋词，以天上说人间来解脱现实中的烦恼，秦观也应会偶尔受神话的启发而振拔精神。

宋词多绮思艳语，因为这是特殊的"缘情"园苑，一直以爱情为题材之大端，宋人之多对男女之别倾诉悲声，是因为在"小道"中不必掩盖真我的面目。但是，天下的有情人往往并不能成为眷属，即使属意于对方也会因种种的原因而别离，如果是情侣能幸运地结合成夫妻，也免不了会有长长短短的别离，更不用说那些文士与歌妓间的难以持久的爱情了，因此，面对生离死别，也应能自我劝慰，化解悲愁。

连有"古之伤心人"之称的秦观都有《鹊桥仙》这样的追求爱情高境之作，今天的有情人，也不应拒绝"两情若是久长时，又岂在朝朝暮暮"。至于如当代诗人舒婷《神女峰》的"与其在悬崖上展览千年，不如在爱人肩头痛哭一晚"，恐怕可以算是在爱情久遭禁锢后的一种翻案了，这是又一种高境，会给人以新的启迪。

郎袍应已旧，颜色非长久
——谈宋词中的衣服与爱情

"睹物思人"是一句老话，在宋词中，此话尤见于对衣服的描写与寄意。试看三个例子：

忆郎还上层楼曲，楼前芳草年年绿。绿似去时袍，回头风袖飘。

郎袍应已旧，颜色非长久。惜恐镜中春，不如花草新。

——张先《菩萨蛮》

曲阑干外天如水，昨夜还曾倚。初将明月比佳期，长向月圆时候、望人归。

罗衣著破前香在，旧意谁教改。一春离恨懒调弦，犹有两行闲泪、宝筝前。

——晏几道《虞美人》

辋川图上看春暮，常记高人右丞句。作个归期天定许，春衫犹是，小蛮针线，曾湿西湖雨。

——苏轼《青玉案》下片

这三首词都写到衣服，并通过写衣服来寄寓爱情。

张先的《菩萨蛮》从女方着笔，写春天的登高怀远，思念所爱。春天气和景明，草长莺飞，是撩人情思的季节，从《古诗十九首》的《青青河畔草》，经王昌龄的"忽见陌头杨柳色"，到温庭筠的《菩萨蛮》十四章，闺怨的主题已被发挥得淋漓尽致，张先此词为避免雷同，遂自出机杼。词之首句直言"忆郎"之旨与登楼之举，次句写登楼所见的眼前一片芳草，芳草的意象自淮南小山《招隐士》以来，一直就涵蕴着"王孙游兮不归，春草生兮萋萋"的原型意义，作者应有深意，读者也不应轻轻放过。芳草年年绿，今年又绿似去年时,而芳草之绿又令人想起心上人出行时所穿的袍子之绿,想起他临行时回头依恋、袖袂飘飘之状,是一直深印在我的心中。换头仍紧扣袍子来写,悬想去时之袍如春草之新绿,今日之袍应是色彩已褪,无知的袍尚已变旧,何况多情的人呢?"颜色非长久"一句语带双关,由郎之袍关合己身,青春易逝,红颜难久,自然也就引出了"惜恐镜中春,不如花草新"的感慨了。此词将"年年岁岁花相似,岁岁年年人不同"的题旨同爱情联系在一起,又从五代牛希济词的"记得绿罗裙,处处怜芳草"得到启发,将男思女换为女思男,翻出了新意。所以词中的"郎袍"不是一件简单的衣服,而是爱情的寄寓与象征。

晏几道的《虞美人》也可以看成是着笔于女子的怨别之作。上片写女子的心理与行动:倚着曲栏杆望月,由于望月怀人一直就是递相沿袭的意象,此举当然也是思念所爱,"昨夜还曾倚"一句并非多余,惟此才能见出有昨又有今,望月思人已非偶见之举。"初将明月比佳期,长向月圆时候望人归"二句,通过"初将"、"长向"、"望"却终不得的变化,将由希望变为失望的心理隐然托出。换头着笔于衣服,"罗衣著破前香在,旧意谁教改?"是长久期待而无着的联想,罗衣虽已穿破,留在上面的芳香却仍然还在,那么往日的温情是否已经改变了呢?想至此,不由得落下两行眼泪在心爱的宝筝前,长长的一个春天也没有心思去调弦弹奏了。词中的罗衣著破却前香犹在,表现出女子对于爱情的忠贞不渝,是自穿之衣,不同于张先词的"郎袍",但同样是爱情的寄托与象征。

苏轼的《青玉案》是送人归吴之作,因为被送者苏坚(字伯固)跟从苏轼已三年未归,苏轼在为他送行时所作的这首词的下片,特地指出"作个归期天定许",而结尾三句:"春衫犹是,小蛮针线,曾湿西湖雨",更以其豪放的个性却不忘温馨的提示,因为苏坚穿了三年的春衫还是"小蛮"(以白居易的舞妓代姬人或歌女)的针线,上面带着西湖的雨水啊!在这里,"小蛮"针线做成的"春衫"也是为爱所维系。所以况周颐《蕙风词话》评之曰:"'曾湿西湖雨'是情语,非艳语。与上三句相连属,遂成奇艳绝艳,令人爱不忍释。"

上面三首词,都写到衣服,都寓托爱情,寄有深意。衣服不仅是遮羞、御寒之物，而且因其与人体的亲近，很易引起联想。长期的离别，容易由对方或自己所穿的衣服想起以往曾有过的温情款款，从而借此而抒发心中的思念，表白此时此刻的心情。宋词中此类作品甚多，以上不过只是其中几例，仅此，我们已可体会古人情感世界的丰富。在"慈母手中线，游子身上衣"以外，还有另外一类的以衣服相寄托的感情，通过这些作品，我们可以窥见古人的心灵，也会为他们的爱情而为之感动。

无处说相思，背面秋千下
—— 思妇怀人的无言之悲

思妇怀人是古代诗歌常见的题材，之所以如此，是因为现实生活中的男子经常要离家外出，在家的女子在孤单寂寞中打发岁月，"怀人"是很自然的事儿。远在周朝，因为男子的服兵役、劳役，或出外谋生，使《诗经》中所留下的思妇怀人之作达到了相当的数目，其中不乏名篇。试举《王风·君子于役》一例：

> 君子于役，不知其期。曷至哉？
> 鸡栖于埘，日之夕矣，羊牛下来。
> 君子于役，如之何勿思！
> 君子于役，不日不月，曷其有佸？
> 鸡栖于桀，日之夕矣，羊牛下括。
> 君子于役，苟无饥渴。

余冠英《诗经选》今译：

> 丈夫当兵去远方，谁知还有几年当。哪天哪月回家乡？
> 鸡儿上窠，西山落太阳，羊儿牛儿下了冈。
> 丈夫当兵去远方，要不想怎么能不想！
> 丈夫当兵去得远，多少月呀多少天。几时团来几时圆？

> 鸡儿上窠，太阳落了山，羊儿牛儿进了栏。
> 丈夫当兵去得远，但愿他粗茶淡饭不为难。

在这首诗中，思妇不仅有"如之何勿思"的明言其思念，而且还有"苟无饥渴"的愿望。即使是唐人王昌龄的《闺怨》，也有"悔教夫婿觅封侯"的明确以"悔"字道出心理活动之处。

思妇怀人之作在宋词所有题材中占有很大的比例，其中固有明言思念或以物寄情者，也有表现无言之悲的佳作，晏几道的《生查子》就是这样一首作品：

> 金鞭美少年，去跃青骢马。牵系玉楼人，绣被春寒夜。
> 消息未归来，寒食梨花谢。无处说相思，背面秋千下。

此词写得很通俗易懂：一个美少年挥着金鞭，骑着青骢马走了，出外干什么？词里没有说，笔墨转向写留在家中的少妇。她虽然不愁衣食，居于玉楼，盖着绣被，可形只影单，百无聊赖，尤其在春寒之夜，更能让人体会独宿的滋味，因此只是一心牵挂着远行在外的男子。这里"牵系"一语是明确道出了女子的心理，但并无显见的感情色彩以表其悲伤，仅"绣被春寒夜"一句以环境衬托人物的孤寂难耐。下片说，他远去后没有任何音信消息，眼看寒食已过，梨花谢尽，春光抛人，心中的烦恼当然也渐渐堆积，但是作者并不点明，却转而展示了一个"定格"的镜头：秋千架下，女主人公背面站着，无伴无侣，无言无语，既无心荡秋千，又无意赏花草，她是在默默地忍受着相思的痛苦，无法诉说，也无处诉说。这"背面秋千下"的形象虽然悄无声息，却"此时无声胜有声"，给人以无尽的联想和惆怅。晏几道很擅长用前人的成句，如《临江仙》的"落花人独立，微雨燕双飞"，就是用五代翁宏的现成诗句以入词，而此处是将李商隐的诗句"十五泣春风，背面秋千下"翻出新意。南宋曾季狸《艇斋诗话》指出："晏叔原小词：'无处说相思，背面秋千下'，吕东莱极喜诵此词，以为有思致。"吕本中是理学家，却喜爱此词之"思致"，是很能说明这种思妇怀人的无言之悲所具有的感情力量是多么动人心魄。

诚然,晏几道虽长期沉抑下僚,却毕竟是贵公子出身,此词表达的也决非下层女子的相思之情,如果用以前惯用的阶级分析法来看待,确实很难与"反映现实"挂上钩。但是,这类作品毕竟是一种类型的社会生活与普遍性的人生情感的表现,至少对我们还有认识价值,何况那"无处说相思,背面秋千下"所体现出来的无言之悲,能比诸多的语言给予我们更多的感动和更高的审美价值。

帘卷西风,人比黄花瘦
——一个闺中思妇的典型形象

前面所谈及的离别相思之作都是出于男子之手,或为自抒,或为代言,自抒者当然是真情实感,代言者却有时免不了终隔一层,所以要体会女子自己的真实情感,最好还是能看到女子之所作。而遍观宋代女词人,当毫无疑问是以李清照为第一。

李清照出身于诗书官宦之家,有深厚的文化修养和杰出的文学才能,善文、工诗、能书、能画、尤以词名,十八岁时嫁给了太学生赵明诚。此时,赵明诚之父赵挺之为吏部侍郎,李清照父李格非为礼部员外郎。不久,赵挺之一路高升,李格非却入元祐党人籍。尽管有父亲成为"党人"的不幸,且清照致诗公公以救父而未成,但丈夫赵明诚开始踏上仕途,不久又毁《元祐党人碑》,赦天下,除党人一切之禁,所以李清照前期的生活还是安定、幸福的。尽管如此,她的许多作品都充满了离别相思之苦。有的写得比较含蓄,如《如梦令》:"昨夜雨疏风骤,浓睡不消残酒。试问卷帘人,却道海棠依旧。知否,知否?应是绿肥红瘦!"虽词中未见怀人字句,从女主人怜春惜春与侍女木然不觉的对照中,却可以就其伤春品味出背后的伤别。有的则明确标明"离情",如《蝶恋花·离情》:"暖雨晴风初破冻,柳眼梅腮,已觉春心动。酒意诗情谁与共?泪融残粉花钿重。　　乍试夹衫金缕缝,山枕斜欹,枕损钗头凤。独抱浓愁无好梦,夜阑犹剪灯花弄。"此词所写的是初春,雨暖了,风和了，冰封的土地破冻了，柳芽初绽，像沉睡的人才张开了眼，梅花如同少女的脸腮，带着浅红。春天万物复苏，自己也春心萌动，但是，又能与谁分享这酒意、这诗情呢？形只影单，孤苦自怜，忍不住眼泪双流，模糊了妆粉，使花钿也变得沉重了。春衫初试，虽是金缕缝就，却无人欣赏，既然不能"女为悦己者容"，也只能试而不穿，无聊中，斜靠着枕头，连美丽的饰品也无所顾惜了，这样独自怀着浓浓的愁绪，进入了梦乡，却仍无好梦，睡而又醒，深夜时还剪着灯花，再无睡意。这里尽管没有思念的直白，此意却已出。

在李清照前期的词作中，《醉花阴》堪称为表现相思之情的名篇。据元代伊世珍所说，李清照曾将这首词寄给赵明诚，赵看后，自叹不如，却又想胜出，闭门谢客、废寝忘食地写了三天三夜，共写了五十首，然后将妻子所作夹在其中给友人陆德夫看，陆德夫再三细看，最后说只有三句写得最好，而这三句却是李清照所作。此词写道：

薄雾浓云愁永昼，瑞脑销金兽。佳节又重阳，玉枕纱橱，半夜凉初透。

东篱把酒黄昏后，有暗香盈袖。莫道不消魂，帘卷西风，人比黄花瘦。

前一首写伤春，这一首写悲秋。先说天气，天从早到晚被薄雾浓云所笼罩，使人发愁，独自点燃了香料，让它在兽形的铜香炉内燃尽。时令很快，不觉已到了重阳佳节，天气转凉，半夜时，只觉得睡在碧纱橱（以此罩着床，以防蚊蝇小虫之类）内，枕着瓷枕，一阵阵的凉意袭来。重阳时节，应该赏菊饮酒，如今自己一人独对篱畔的菊花，把着酒杯，孤独中只觉得菊花暗暗的香气充盈到了衣袖之内。江淹《别赋》称"黯然销魂者，惟别而已矣"，此时此刻，为别情所扰，能说不销魂吗？于是再无心思品酒赏菊了，可是回到房中，西风还是吹开门帘，钻进来了，倘与菊花对照，相思中的人应是比这黄花还要消瘦吧！

此时的李清照虽是地位高贵的少妇，自不同于那些为衣食发愁的贫妇,但闺中的寂寞、分离的痛苦也是分量不轻。中国人重亲情,也重节日,重阳佳节本是亲人团聚的日子,王维《九月九日忆山东兄弟》一诗曾写道:"独在异乡为异客,每逢佳节倍思亲。遥知兄弟登高处,遍插茱萸少一人。"兄弟尚如此,何况夫妻?李清照对于离别可能已有较长时间的感受,故有"佳节又重阳"的"又"字。"有暗香盈袖"一句,并不只是写菊花,而是出于《古诗十九首》的"馨香盈怀袖,路远莫致之",暗含路远而难通音信与情愫之意。由于赵明诚与李清照夫妇间有着共同的情趣、爱好,情感甚笃,对于分离之苦,感受自不同于他人。

南宋初年,王灼在其所著的《碧鸡漫志》中既称道李清照为"本朝妇人,当推文采第一",但又深斥其"闾巷荒淫之语,肆意落笔。自古缙绅家之能文妇女,未见如此无顾藉也"。这显然是带有"卫道士"色彩的偏见。李清照在其词中倾诉的感情是真实动人的,她创造的"帘卷西风,人比黄花瘦"的闺中思妇典型形象有永恒的艺术魅力。

把酒送春春不语,黄昏却下潇潇雨
——不幸女子的断肠词

宋代女词人数李清照最有名,此外就是魏夫人与朱淑真了。魏夫人过的是贵妇人的生活,一生无风无浪,作品雍容典雅,朱淑真却因爱情与婚姻的不幸而留下了一部《断肠词》,通过她的作品,可以看到内心的感情世界,也可以让我们了解当时社会生活的一个侧面。

相传朱淑真出身于贵族家庭,才貌出众,工诗词,通音律,善绘画,但婚姻却很不美满。至于她的丈夫是何许人,研究者有不同的说法。有的说她是嫁给了市井小民,也有的说她的丈夫曾应试礼部,后来又在江南做官,可是朱淑真与他感情不和。不管她的丈夫是怎样出身的人,感情不和却是事实,上错花轿嫁错郎的结果,是留给她一生的痛苦和遗憾。从朱淑真的词作中,似乎也可看到她曾有过爱情的欢乐。如《清平乐》一词："恼烟撩露，留我须臾住。携手藕花湖上路，一霎黄梅细雨。　娇痴不怕人猜，和衣睡倒人怀。最是分携时候，归来懒傍妆台。"其中换头两句大胆地写出了恋爱中少女的真切体验，清人吴衡照的《莲子居词话》以之与李清照相并："易安'眼波才动被人猜'，矜持得妙；淑真'娇痴不怕人猜'，放诞得妙。均善于言情。"可是她的《断肠词》正如词名一样，表现痛苦的无疑是主调。且看：

　　独行独坐，独倡独酬还独卧。伫立伤神，无奈轻寒著摸人。此情谁见，泪洗妆残无一半。愁病相仍，剔尽寒灯梦不成。
　　　　　　　　　　　　　——《减字木兰花·春怨》

　　山亭水榭秋方半，凤帏寂寞无人伴。愁闷一番新，双蛾只旧颦。
　　起来临绣户，时有疏萤度。多谢月相怜，今宵不忍圆。
　　　　　　　　　　　　　　　　　　——《菩萨蛮》

　　前一首连用五个"独"字，可见其心中所感受到的孤单寂寞是多么强烈！在初春时节，寒意未消，风儿阵阵，无聊伫立，这轻寒撩起了春愁，孤独之情又有谁知道呢？眼泪打湿了脸，妆也残了，剩下的还没有一半，既愁又病，紧紧相连，使人难以入睡，剔尽了灯还未能成梦。全词确是春怨之情，怨的是什么呢？从这一连串的"独"字就可以知道了。前一首写春怨，后一首写秋怨。山亭水榭应是欣赏秋光的好场所，秋色方半，时光正好，但因凤帏寂寞，无人相伴，这美好的秋景也只能撩起心中的新愁闷，双眉紧皱，笑脸难开。夜间起来，美丽的"绣户"只有流萤飞过，能感谢的是一轮缺月，它为了可怜我，今晚竟然不忍独圆。这可见因孤寂之极，而出此有情却"无理"的"痴语"。
　　朱淑真的《蝶恋花·送春》可看成她的代表作。词云：

　　楼外垂杨千万缕，欲系青春，少住春还去。犹自风前飘柳絮，随春且看归何处？

　　绿满山川闻杜宇，便做无情，莫也愁人苦。把酒送春春不语，黄昏却下潇潇雨。

　　送春是因为惜春，惜春就要留春，此词不写自己如何有留春之意，而借杨柳来写之。杨柳系不住春天，只好用飘扬的柳絮去追逐春天，看她将回到哪里去？山川一片绿色，杜鹃鸟的啼声一阵阵传来，鸟虽不懂人的感情，听到这凄苦的啼声，似乎是替愁人而哀鸣。最后，既然留春不住，就只有把酒送春了，可是，春天毕竟无知、故也无语，只有黄昏的潇潇春雨不停落下，在多情的作者看来，怕是很像惜别的眼泪了。

　　春去秋来本是大自然的规律，人们之所以伤春悲秋，是生命意识的体现，是对于时光流走、年华逝去的无奈与留恋，女子的伤春更有悼惜爱情失落的特定意义。在李清照的前期词，伤春主要是伤别，是对于不能与夫君始终相伴相守的深切遗憾；而朱淑真，却因不幸的婚姻而感到终生无着，内心的悲痛远过于前者。像她这样的女子，物质生活并非第一位，精神的相通、情感的融洽是更为重要的追求，爱既已失落，心儿无所系，只能在词中倾诉自己的悲伤、失望，她自己将所作命名为"断肠词"，决非无病呻吟。朱淑真不是社会下层的妇女，没有衣食之忧，但是，她对爱情的追求，对于自己不幸婚姻的强烈不满，以及对于不满的倾诉，不仅是当时社会上层妇女精神世界的真实反映，而且是对于道学之禁锢人性的真正反抗。人们既然可以对同样是上层贵族女子的林黛玉给予深切的同情，为什么又不能充分地肯定朱淑真的《断肠词》呢？

世情薄，人情恶，雨送黄昏花易落
——陆游、唐琬爱情悲剧的意义

　　我国古代有许多爱情悲剧，其中有一类是因为婆婆对媳妇的嫌弃所造成的，汉末的《古诗为焦仲卿妻作》（又名《孔雀东南飞》）

伫立楼头,感受着细细的和风,极目天涯,一种莫名的惆怅油然而生。远处的天际,烟光笼罩着草色,在夕阳的余晖映照下,令人很自然地想起"王孙游兮不归,春草生兮萋萋。"

青绿山水图,明·沈周

潇湘八景八开之一,明·张复

徘徊在池水泛绿的小池塘边,不远处风吹帘动,帘影映入塘中,在斜阳的照射下,水波晃动,碎影摇曳,思绪为之牵萦不已。再无法与之相见了,此时多么羡慕那些可以自由地飞来飞去的燕子,因为它们能飞到那"藏娇"的"金屋"中,与伊人亲近。

所写的焦仲卿与刘兰芝的故事就是著名的代表。焦仲卿与刘兰芝婚后感情甚笃，但媳妇却不遂婆婆的心，焦母要赶走兰芝的理由是"此妇无礼节，举动自专由"，因此就"吾意久怀忿，汝岂得自由！"据《大戴礼记》的《本命篇》，汉代有"七去"之说，即："不顺父母，去；无子，去；淫，去；妒，去；有恶疾，去；多言，去；盗窃，去。"凡这七种理由之一都可以被驱赶出门，显然，焦母是以"七出"的第一条理由将刘兰芝赶出焦家的。其实，从焦仲卿为之辩护的"共事二三年，始尔未为久。女行无偏斜，何意致不厚"来看，并非不顺婆母，诗中未提及子女，看来，"无子"应是主要的原因。而有的研究者认为，据刘兰芝说：自己"鸡鸣入机织，夜夜不得息"，可是，"三日断五匹，大人故嫌迟。非为织作迟，君家妇难为"。可见她作为个体经济中的家庭手工业的主要生产者，满足不了婆婆所规定的生产额度，成为了家庭生产关系的牺牲品。焦仲卿无力阻止母亲的决定，只好约定暂时回娘家，以后再迎回，而刘兰芝回到娘家后，却为兄长不容，逼其再嫁，终于引发了刘、焦双双殉情的悲剧。

无独有偶，宋代也有类似的爱情悲剧，其结果虽非双双殉情，但也是一方因情早亡，一方遗憾终生。这，就是陆游与唐琬的故事。

据说，大诗人陆游得同郡的唐琬许配为妻，唐琬是大家闺秀出身，知书识礼，婚后，伉俪相得，感情甚洽。唐琬与陆游的母亲本是侄女与姑姑的关系，却不知因何原因而失欢于既是姑姑又是婆婆的陆母，陆游虽努力相求，却终无效，被逼休妻，而置之于别馆，时往探视，又为母发现，唐琬只得再嫁"同郡宗子"赵士程，彼此间再无音问可通。几年后的一个春日，陆游在家乡绍兴禹迹寺附近的沈氏园游赏，恰遇随后夫来游的唐琬，赵士程倒很大度，还让唐琬给陆游送去酒肴。陆游感慨不已，怅然久之，乘醉写成《钗头凤》一词：

  红酥手，黄滕酒，满城春色宫墙柳。东风恶，欢情薄。一怀愁绪，几年离索。错，错，错。

> 春如旧，人空瘦。泪痕红浥鲛绡透。桃花落，闲池阁。山盟虽在，锦书难托。莫，莫，莫！

词中先以特写镜头写唐琬的以酒相劝，而面对这满城春色、宫墙细柳，心中却只有难抑的悲怨，感叹自己之所以欢情薄，是因为"东风恶"所致（这是对于母亲的不敢明说的抱怨）。几年来的分离，使自己只有满怀的愁绪，想来这真是最大的错误啊，故连下三个"错"字。时间过去了，春天依旧如期地降临人间，可被感情折磨的人儿却是明显的消瘦了，想来她一定是经常流泪，手绢上的泪痕杂着妆痕的红色，如染血一般。桃花已落，池阁清冷，春天将去，这岂非与唐琬有几分相似？东风催春而又摧春，言其"恶"可真不为过。现在暂得一见，以后就难了，虽然当年的山盟海誓依然还在耳畔、心中，但是碍于各有家庭，今后是实在难通书信了。同在一郡，却如天人永隔，这真令人伤心欲绝，所以只能连呼"罢了，罢了，罢了！"在极沉痛的感喟中结束全词。

唐琬在陆游写词之后，作了同调的词：

> 世情薄，人情恶，雨送黄昏花易落。晓风干，泪痕残。欲笺心事，独语斜阑。难，难，难！
>
> 人成各，今非昨，病魂常似秋千索。角声寒，夜阑珊。怕人寻问，咽泪装欢。瞒，瞒，瞒！

头二句，写出了对礼教所歪曲的人情世道的愤懑，雨送黄昏，花儿易落，既呼应原词的"桃花落"，又是自己命运的象征，晓风吹干了眼泪，泪痕却还在，想写出自己的心事，却怎样落笔呢？只能斜倚栏杆独自说给自己听，真是难啊，难啊，难啊！换头点明了今天已非过去，双方已各有家庭，碍于礼教，只能将思念藏在心里，而受感情的折磨，只有病中的梦魂可以像秋千一样飘荡。在角声吹寒、夜已阑珊之时，是最难受的相思时刻。尤其怕人寻问，只好吞下苦泪，装作欢笑，瞒着，瞒着，再瞒着！

"世情薄，人情恶，雨送黄昏花易落！"这是封建时代被外力所拆散的恩爱夫妻的痛苦心声,无论是焦仲卿、刘兰芝还是陆游、唐琬,古人的爱情悲剧将永远给后人一份感动!

千里孤坟,无处话凄凉
—— 旷达之人的悼亡之痛

古典诗歌中有"悼亡"一类,西晋时的潘岳曾写过三首,似是此类题材的发端之作。三首其一写道:"……望庐思其人,入室想所历。帏屏无仿佛,翰墨有余迹。流芳未及歇,遗挂犹在壁。怅恍如或存,回惶忡惊惕。如彼翰林鸟,双栖一朝只。"睹物思人,低回不已,并以飞鸟的由双而成单,来拟丧妻后的感受。南朝时的沈约也有题为《悼亡》的诗:"去秋三五月,今秋还照房。今春兰蕙草,来春复吐芳。悲哉人道异,一谢永销亡。屏筵空有设,帷席更施张。游尘掩虚座,孤帐覆空床。万事无不尽,徒令存者伤。"开头说,去秋的十五月亮,今秋依然未变,今春的兰花蕙草,明年仍然吐露芬芳,二事的重复是为了衬托"人道"的不可重复,"悲哉"一语使诗情陡转,"一谢永销亡"的感叹见出了"悼亡"的无比沉痛。然后是对于人去室空的诸般陈述,使悲情得到进一步的渲染,最后表明自己的悲伤。唐诗中最有名的悼亡诗当数元稹的《遣悲怀》三首,其中的第二首最为动人:"昔日戏言身后意,今朝都到眼前来。衣裳已施行看尽,针线犹存未忍开。尚想旧情怜婢仆,也曾因梦送钱财。诚知此恨人人有,贫贱夫妻百事哀。"元稹之妻韦丛是太子少保韦夏卿的幼女,下嫁元稹后备尝生活的艰辛,却安于贫贱,矢志不渝地支持丈夫,当家理财。韦丛一旦去世,元稹非常悲伤。这第二首就在回忆韦丛与他人的关系中的乐善好施,表达了自己的悼念,开头两句与最后两句,写得尤其平实感人。

宋词本是酒席宴上用作"侑觞""佐欢"的歌词,题材很狭窄,多写花前月下、男欢女爱的内容,大文豪苏轼却将本是诗中的题材入之于词,引发了词坛的变化。除了著名的"大江东去"、"明月几时有"等作品外,他还将"悼亡"写入词中,此即《江诚子·乙卯正月二十日夜记梦》。词云：

  十年生死两茫茫，不思量，自难忘。千里孤坟，无处话凄凉。纵使相逢应不识，尘满面，鬓如霜。
  夜来幽梦忽还乡，小轩窗，正梳妆。相顾无言，惟有泪千行。料得年年肠断处，明月夜，短松冈。

  苏东坡是非常豁达、开朗的人，因此，有人就以其并非深于情者，其实不然，此词堪称明证。苏轼十九岁时与十六岁的王弗结婚，王弗聪颖贤惠，孝顺公婆，与苏轼非常恩爱，可惜只活了二十七岁，逝于汴京，次年归葬四川的祖茔。父苏老泉曾对苏轼说："妇从汝于艰难，不可忘也。"（《亡妻王氏墓志铭》）而后来尽管经历了许多风浪，东坡也的确没有忘记这位结发妻子。从此词的题目可见，这是东坡在乙卯年，即宋神宗熙宁八年（1075）的正月二十日夜里梦见了亡妻，梦醒后写下了这首词。词的开头直说，妻子已经去世十年了，十年来，人鬼相隔，生死茫茫，但是说是不再思量，那是不可能的，因为当年的一切都叫人难忘啊！十年来奔波在仕途，再没有回到故乡，想起她的孤坟远在千里之外（此时苏轼知密州，在今山东），而自己所遭受的磨难与困苦，她在另一个世界的孤单寂寞，是真的没有互相倾诉的机会，这又让人感到多么的凄凉！但是，退一步想，纵使能逾越天人之隔，跨过千山万水，见到了面，恐怕也不认得了，因为这些年来，自己与主张变法者意见不合，经过了太多的变化，从乞任通判杭州，到移知密州，满面尘土，两鬓如霜，已非当年风采了。上片写做梦之前，下片写梦境。在梦中，自己忽然回到了家乡，看到了小小的轩窗之下，爱妻正在对镜梳妆。相别已久，乍一重逢，应有说不完的知心话吧，可偏偏是无言哽咽，只有千行清泪滚滚流下，只有是真正的情深意切才会如此的"此时无声胜有声"。最后是梦醒后的感慨：在明月的朗照下，在栽着小松树的山冈上，坟茔中的妻子还一定会年年为思念丈夫而肝肠寸断吧！

  苏轼固然因政治上的失意而将失落感带到了词中，但是比起他后来遭受的磨难和一系列的被贬,根本就算不了什么,所以此词之作最主要的还是缘于对亡妻的深情。与前面所说的悼亡诗相比,《江诚子》的最大不同在于不是写清醒时的痛楚,而以记梦之由表达十年来的生死难忘之情,不仅在词中是一个创举,而且与前人同类题材的诗歌相较,尤显得曲折动宕,读来令人深志不忘。苏轼不仅是坦荡荡的君子,是敢于讲真话、善于做实事、经常想到老百姓根本利益的好官吏,而且心胸广阔,为人豁达,但他不寡情、不窒欲,我们似乎多能看见他的豪放,却很少看到他内心深处的缠绵,读这首《江诚子》,不仅可以了解苏轼多情、深情的一面,而且可以更真切地懂得鲁迅说的"无情未必真豪杰"的深刻涵义。

空床卧听南窗雨,谁复挑灯夜补衣
—— 又一感人至深的悼亡之作

宋词的悼亡名作除苏轼《江诚子》外,贺铸的《半死桐》也几可称伯仲。

贺铸是一位有独特个性的人物,他是宋太祖孝惠后的族孙,仕途却并不平坦。他身长七尺,面呈铁色,眉目耸拔,非但长得不英俊,甚至可以说是近于丑陋,故有"贺鬼头"之称。不过他的仕途多舛并非是因为长相的原因,据说,他极有"丈夫气",却说话没有顾忌,口无遮拦,极喜谈论世事,又对权贵不买账,稍不中意,就会将他们说得一钱不值,所以这样一位人以为有"侠气"的人物,是不会讨人喜欢的。他十七岁到汴京,作右班殿直,后到地方上担任武职,直到四十岁才转为文官。我们读他的不少作品,都会感受到其中的雄壮郁勃和英风侠气。如《行路难》(《小梅花》)上片:"缚虎手,悬河口,车如鸡栖马如狗。白纶巾,扑黄尘,不知我辈可是蓬蒿人?衰兰送客长安道,天若有情天亦老,作雷颠,不论钱,谁问旗亭美酒斗十千?"《六州歌头》上片:"少年侠气,交结五都雄。肝胆洞,毛发耸。立谈中,死生同。一诺千金重。推翘勇,矜豪纵。轻盖拥,联飞鞚,斗城东。轰饮酒垆,春色浮寒瓮,吸海垂虹。间呼鹰嗾犬,白羽摘雕弓,狡穴俄空。乐匆匆。"在宋代普遍的重文轻武风气下,文人都显得比较文弱,像贺铸这样豪气逼人、又兼备文武之质的,确是很难得的人才。

贺铸《东山词》却又颇多爱情之作,其中有些是有所寄托的,如名篇《青玉案》(凌波不过横塘路)、《踏莎行》(杨柳回塘),人们多以之并非写男女之情,而是借写情而言其不遇。更多的是真写爱情,源于乐府或出于现实的都不少。我们这里看他的悼亡之作《半死桐》:

重过阊门万事非,同来何事不同归?梧桐半死清霜后,头白鸳鸯失伴飞。

原上草,露初晞。旧栖新垅两依依。空床卧听南窗雨,谁复挑灯夜补衣!

所用的调名本是《鹧鸪天》,作者之所以自命为《半死桐》,是缘于汉人枚乘的《七发》,此赋谓龙门有桐树,树根半生半死,伐以制琴,其声为天下之至悲;又,是如其词中所云"梧桐半死清霜后",以此意象来寄托悼亡的哀思。贺铸的夫人赵氏出身于皇族,与词人结缡后,却因夫君的沉抑下僚而生活拮据,赵氏勤俭持家,辛劳与共,对丈夫百般体贴,夫妻间相濡以沫,琴瑟甚和。据学者研究,可能在宋哲宗元符元年(1098)六月后到徽宗建中靖国元年(1101)九月前,贺铸因服母丧,停官闲居苏州,其间曾于元符三年(1100)冬天有北行之举,赵氏可能就是在此时去世的。词的开头说"重过阊门万事非",就是指自己从北方归来后,一切都发生了变化,妻子的弃己先去,使自己的内心万分悲痛,故发"同来何事不同归"之问,"无理"是因为"有情",问得无理正是深蕴其情的体现。唐代诗人孟郊的《列女操》有诗句:"梧桐相待老,鸳鸯会双死。"贺铸在词的三四句用之,妻子的亡故对自己来说是重大的打击,故喻为梧桐遭严霜而半死,"鸳鸯"未能白头双死,临老了还只得失伴而飞。汉乐府诗《薤露》云:"薤上露,何易晞!露晞明朝更复落,人死一去何时归?"贺铸在词的换头用此诗意,"原上草,露初晞",是以草上的露水初干暗喻妻子的新殁,而面对着这一事实,词人的感情在新坟与旧居间牵萦不已,"依依"两字极尽其缠绵之意。结尾两句"空床卧听南窗雨,谁复挑灯夜补衣",将一腔深情寓于平凡之中,读来特别感人。作者当年曾写过一首《问内》诗,其中有句:"庚伏厌蒸暑,细君弄针缕。乌绨百结裘,茹茧加弥补。劳问汝何为,经营特先期?"从中可见妻子的辛劳与贤惠。如今爱妻已去,最令人难忘的就是日常生活中这类充满亲情的小事,所以"空床"之"空"已可见"失伴飞"的悲凉,挑灯夜补衣的不可再得,就更显凄婉难抑。

前面已说过,古代的婚姻并不以当事人的互爱为基础,宋词所写的男女之情多发生在文人与歌妓间,道及夫妇间爱情的几乎没有,连"忆内"、"悼亡"之作也很少,其中能见真情的尤为罕见。记得约半个世纪前有一部著名的电影《李双双》,它的男主人公喜旺曾对人夸示自己与女主人公李双双的关系:"人家是先恋爱后结婚,我与你嫂子是先结婚后恋爱。"古人的婚姻既然不以爱情为基础,因此能在婚后发展出爱情已属不易,而像贺铸的悼亡词所流露出那样的哀伤,足见出他们在婚后的共同生活中培育出了多深厚的爱情,这无论对于豪放任侠的词人,还是对于这个时代,都非同寻常,极其难得。今天,当我们读到那些对糟糠夫妻贫困生活的既辛酸又甜蜜的回忆,对自己临老失伴的痛彻心肺的哀吟,仍会为之感动。

若得山花插满头,莫问奴归处
——难道只能够是被侮辱与被损害吗?

根据一些学者的研究,宋代文化与宋代社会发展已具备了某些近代的特点,当然,这主要是从政治制度与经济关系而言,倘就社会生活来说,恐怕很难作出这样的论断。若以恩格斯《家庭、私有制与国家的起源》的观点为据,来衡量宋人的爱情与婚姻,是绝对与近代挂不上钩的。美学大师朱光潜先生曾对中西爱情诗作过比较，指出了其间的不同。他认为，西方社会侧重个人主义，诗人的恋爱史近于他的生命史，中国重兼善主义，文人所接触的多为同僚，且大半生奔波于仕宦；西方受中世纪骑士风影响，女子的地位及教育水准较高，中国因儒家传统影响，女子地位低，加以中国重功名事业，因此在中国得之于友朋的乐趣在西方则得之于女子；西方"恋爱至上"，中国真正的爱情见之于"桑间陌上"，所以西方在爱情中实现人生，中国诗人只能在恋爱中消遣人生。而这些不同所体现出来的中西爱情与婚姻之别，可看成是"近代"与"古代"之别。我们这样说，决非认为外国的月亮比中国的圆，而是据此可拓展我们的眼光，在世界的范围内来认识自己的历史。

中国古代的男子是不幸的，因为他们不能像《康定情歌》所唱的那样"世上溜溜的女子，任我溜溜的求哟"，但是，古代的女子更为不幸，她们除了同样不能做到"世上溜溜的男子，任你溜溜的爱哟"，更因没有独立的经济地位，没有任何社交可言，从婚前到婚后都始终处于被动的地位，除政权、族权、神权之外，还受到夫权的压抑，搞不好就会被丈夫抛弃。在宋代社会的女性中有一特殊的群体——妓女，她们更是不幸人群中最为不幸的一族，悲剧命运常与她们的一生相伴，所以她们的遭遇最值得同情。妓女之中，不乏色艺皆绝者，也不乏有骨气、重人格者，比如引起一时轰动的台州营妓严蕊就是一个代表。

严蕊是南宋孝宗淳熙年间台州（今浙江天台）的营妓（即地方官妓，之所以被称为"营妓"是因为以在乐营教习歌舞为业），她色艺俱绝，善作诗词，聪明伶俐，名传四方。知州唐仲友曾命其作词并有奖赏。当时大儒朱熹任提举两浙东路常平茶盐公事，行至台州时，恰因唐仲友被同官高文虎所谮，且告发唐仲友者不少，朱熹遂上状弹劾，又以唐与严蕊有私情为罪名，因宋代规定地方长官虽可以让官妓歌舞陪酒，却不准"全面三陪"，如查实，要拿官妓问罪，官吏也要受处分。严蕊在台州监狱中被关押月余，又受刑罚，但她始终不肯招认与唐仲友有私，后移至两浙东路治所的绍兴狱中，面对狱吏的诱供，她以"死不可诬"相斥，受刑几至于死。

朱熹改官之后，岳霖任浙东提点刑狱公事，看她伤病严重，让她作词以自陈，她口占一首《卜算子》，得岳霖怜悯，当天就判她出狱，脱去乐籍，从良嫁人。她的《卜算子》是这样写的：

> 不是爱风尘，似被前缘误。花落花开自有时，总赖东君主。
> 去也终须去，住也如何住！若得山花插满头，莫问奴归处。

词的开头就表明自己并不是喜欢风尘生活，沦落为妓恐怕是前世因缘所定，先以"不是"一词为自己辩护，再用"似"字表明对宿命的似信非信、却又无可奈何的复杂心理。第三第四句用花开花落是掌管春天的天神东君所定，来比喻自己这类人的命运操纵在有权者手中，并委婉地希望岳霖能成为护花的东君。过片的"去也终须去，住也如何住"是说自己如果被从营妓中放出，当然是最终的结局，如果仍然留在营妓中，又将如何留下呢？正说反说，互为补充，将自己想脱离苦海的意愿说得既婉转又明确。最后呼应开头"不是爱风尘"之意，表达渴望过正常人生活、哪怕是当个山姑村妇的愿望。

严蕊作为一个无法主宰自己命运的营妓，初时不得已以色艺事人，后又成为了官场斗争的牺牲品，虽然最后得到主管刑狱的长官岳霖的同情，如其所愿而脱籍从良，但在冤狱中已备尝身心、人格的伤害，差点丢掉了性命，留在她心灵上的伤害是无法治愈的。西方一位大作家将妓女称为"被侮辱与被损害的人"，严蕊就是既被侮辱又被损害的不幸女子，她的命运之悲惨决非李清照、朱淑真等贵妇可比。通过她的故事，我们可以了解宋代社会生活的一个侧面，通过她的词作，我们可以看到底层妇女、特殊人群所具有的才能，而更为可贵的是与她的地位全然相反的意志和人格。有人认为，著名学者陈寅恪之所以写《柳如是别传》，是因为在须眉之中难以找到真正的男子汉，我们说，如果将视线投向宋代，身处下贱、心却不低的严蕊也可以令不少须眉汗颜，身处当时，她不能摆脱被侮辱与被损害的命运，但她不屈的挣扎，终于证明了自己的灵魂是不可侮的。

二 闲情

夕阳芳草本无恨，才子佳人空自悲
—— 宋词中的感物而动与生命意识漫谈

记得少年时代读《红楼梦》，对林黛玉的伤春悲秋印象极深，伤春的"花谢花飞飞满天，红销香断有谁怜"；悲秋的"秋花惨淡秋草黄，耿耿秋灯秋夜长，已觉秋窗秋不尽，那堪风雨助凄凉。"至今仍能背诵。当然，那时唱的是《我的祖国》、《让我们荡起双桨》，以"我们是共产主义的接班人"自豪，虽凭直觉感到林妹妹文词的美，却实在不懂得她哪来那么多的愁怨和眼泪。稍长，阅读古典文学作品渐多，才知道几乎凡是才子佳人都会伤春悲秋。我们今日谈宋词，不能不谈这一点，因为伤春悲秋可以说是这"一代之文学"的一大内容。苏东坡门下"四学士"之一的晁补之写过一首《鹧鸪天》：

> 绣幕低低拂地垂，春风何事入罗帏？胡麻好种无人种，正是归时君未归。
>
> 临晚景，忆当时，愁心一动乱如丝。夕阳芳草本无恨，才子佳人空自悲。

我们借其结句为题，来谈谈宋词中的感物而动与生命意识问题。

　　感物而动是指人们在感受到外界景物、环境的变化时，触动了内心的情感，并有所抒发。在先民的文学作品中，感物而动主要体现为一种与生产劳动相关的生存意识。比如《诗经》的《七月》余冠英《诗经选》译文：

　　　　七月火星向西沉，九月人家寒衣分。冬月北风叫得尖，腊月寒气添，粗布衣裳无一件。怎样挨过年！正月里修耒头，二月里忙下田……

　　　　七月火星向西沉，九月人家寒衣分。春天里好太阳，黄莺儿叫得忙。姑娘们拿起高筐筐，走在小路上，去采养蚕桑。春天里太阳慢悠悠，白蒿子采得够。姑娘们心里正发愁，怕被公子带了走……

　　　　……四月里远志把子结，五月里知了叫不歇。八月里收谷，十月落树叶。

　　　　冬月里打貉子，还得捉狐狸，要给公子做皮衣……

　　在比《诗经》时代更早的商朝，对四季与月份的感受还远没有周朝那么敏锐，这与商代人尚处于以畜牧为主、兼及游农的生活有关。周朝的农业发达，对天文、气象以及季节、物候的变化逐渐变得愈来愈敏感、细腻，而伴随着春种、夏管、秋收、冬藏的农业生产活动的进行，以及生活资料达到社会的一定满足程度时，"感物而动"也渐从生产活动转移到审美活动上来。现在看来，《诗经》中单独的景物描写极其罕见，但涉及景物的比兴岂非与艺术审美活动相关？到战国时代，诞生于南方的《楚辞》，感物而动及伤春悲秋渐渐多了起来，我们前面曾举屈原与宋玉的作品以证之，并指出他们的伤春悲秋与生命意识大有关系。《楚辞》之后，文学作品似乎对主体与客体的关系愈加关心，情景交融几乎涵盖所有的诗体文学，其他文体也受到了影响。重要的文学理论著作如《文赋》、《文心雕龙》、《诗品》也都对心与物、情与景的关系作了理论探讨与阐发。

宋词比起其他各代的不同文学体裁作品来，尤其侧重于表现人的感情世界，而记大事、述功德、论学问等，于词极不相宜，故可大致被认为是内倾型的"心绪文学"。可以认为，宋词中的"心绪"又常常发之于生命意识。其中的一类源于屈原的"恐年岁之不吾与"，希望在有限的生命历程中将自己的雄心与才干用于事业，去实现人生的目标。比如辛弃疾，是一位有过非凡战斗经历、有出色的政见与政绩的人物，但他也有伤春之词。如："谁向椒盘簪彩胜？整整韶华，争上春风鬓。往日不堪重记省，为花长把新春恨。春未来时先借问，晚恨开迟，早又飘零近。今岁花朝消息定，只恐风雨无凭准。"（《蝶恋花·戊申元日立春席间作》）此词之作，与太上皇赵构新逝有关，作者寄希望于孝宗有志北伐，但又怕他难下决心，伤春的"心绪"关系着君国大事。但宋词中更多的伤春"心绪"是因感受到生命的易逝而以及时行乐相劝、自劝者。其中有得意者如宋祁的《玉楼春》："浮生长恨欢娱少，肯爱千金轻一笑？为君持酒劝斜阳，且向花间留晚照。"失意者如黄庭坚的《鹧鸪天》："身健在，且加餐，舞裙歌板尽清欢。"俗者如柳永的《定风波》："镇相随，莫抛躲，针线闲拈伴伊坐，和我。免使年少，光阴虚过。"雅者如苏轼的《望江南》："休对故人思故国，且将新火试新茶，诗酒趁年华。"都是及时行乐思想的不同体现。

"夕阳芳草本无恨，才子佳人空自悲"两句，在晁补之的词里有其特定的含义，我们借过来用作漫谈宋词中的感物而动与生命意识，下面将继续这一话题。

人生如逆旅，我亦是行人
——一个很老的话题，一种甚新的感悟

人生以及人生态度是古代哲人们难以回避且喜欢探讨的问题。孔子以"敬鬼神而远之"的态度对待鬼神，而以现实的、积极的态度对待人生。他曾如此总结自己的一生："吾十有五而志于学，三十而立，四十而不惑，五十而知天命，六十而耳顺，七十而从心所欲，不逾矩。"庄子很感叹大树的长寿和蜉蝣的短命，且认为："人生天地之间，若白驹之过郤，忽然而已。"在《逍遥游》中塑造出了"至人"、"神人"这些最早的神仙。文学作品当然也经常涉及人生与人生态度问题，文学家们对此作出了各种各样的答案，却依然代代没有穷已地在继续探索着。

《诗经》的一些作品，感叹时光的易逝，并生出及时行乐之意。如《唐风·蟋蟀》：

> 蟋蟀躲进屋里，一年快要到底。如今再不寻乐，时光所剩无几。（余冠英译）

《唐风·山枢》更不厌其详地罗列衣裳、车马、钟鼓、酒食等"子之所有"，劝其及时享受，以免留给他人。汉末无名氏所作的《古诗十九首》令人"惊心动魄"，其重要的主题就是感叹人生短暂，少数的重视身后名，更多的是以取得权势、及时行乐相号召：

> 人生天地间，忽如远行客。斗酒相娱乐，聊厚不为薄。
> ——《青青陵上柏》

> 人生寄一世，奄忽若飚尘。何不策高足，先据要路津？
> ——《今日良宴会》

> 人生非金石，岂能长寿考？奄忽随物化，荣名以为宝。
> ——《回车驾言迈》

> 人生忽如寄，寿无金石固。万岁更相送，圣贤莫能度。
> ——《驱车上东门》

三国时代起于乱世之中、统一了中原的曹操，同时也是一位大诗人，他的作品慷慨任气，以建功立业为志，但他的《短歌行》却感慨"对酒当歌，人生几何？譬如朝露，去日苦多"。西晋时期，陆机以名将之后及出众的文才见赏于显贵，心中却颇多哀怨，其《短歌行》可谓将前面诸作的主题合而出之：

> 置酒高堂，悲歌临觞。人寿几何，逝如朝霜。时无重至，华不再阳。苹以春晖，兰以秋芳。来日苦短，去日苦长。"今我不乐"，"蟋蟀在房"。乐以会兴，悲以别章。岂曰无感，忧为子忘。我酒既旨，我肴既臧，短歌有咏，长夜无荒。

唐代大诗人李白的名篇《春夜宴从弟桃李园序》说得比较简单，却概括得当：

> 夫天地者，万物之逆旅；光阴者，百代之过客。而浮生若梦，为欢几何？古人秉烛夜游，良有以也。

连一生忧国忧民、坚持儒家思想的杜甫，都有"细推物理须行乐，何用浮名伴此身"的想法。

宋人虽因能通过努力踏上仕途，不似汉末乱世人生，发《古诗十九首》式的感慨，但不少著名文豪也在对生命的感悟中流露出悲观情绪，如欧阳修《秋声赋》说：

> 草木无情，有时飘零。人为动物，惟物之灵。百忧感其心，万事劳其形，有动乎中，必摇其精……奈何以非金石之质，欲与草木而争荣。

苏东坡屡言人生短暂，人生如梦："寄蜉蝣于天地，渺沧海之一粟。哀吾生之须臾，羡长江之无穷。"（《前赤壁赋》）"故国神游，多情应笑我，早生华发，人生如梦，一樽还酹江月。"（《念奴娇》）他在《念奴娇·送钱穆父》一词的下片写道：

> 重重孤舟连夜发，送行淡月微云。尊前不用翠眉颦。人生如逆旅，我亦是行人。

我们且不评论此词,作为送别之作,如此相劝意在减轻离别的悲伤,用意是积极的,我们之所以将结句拈出以作本篇的题目,是因为这两句在旷达之中露出了前述各诗的题中之意,尤其脱胎于李白以天地为逆旅、以人生为过客的思想。苏轼对朋友的相劝,积极中见出消极,已非青年时的意气风发,勇敢精进,当与他当时的心理相关。他为摆脱新旧党之争而自请出知杭州,对政党政治不无厌倦,故发此既旷达又消极之语,可谓并不奇怪。

"人生如逆旅,我亦是行人"是苏东坡消极时之所吟,而人生比他顺当得多的高官却比他吟唱得更多,下面将继续谈谈这种现象及其原因。

无可奈何花落去,似曾相识燕归来
—— 年光之叹是缘于对生命的强烈留恋

据考古学家的观察研究,生活在距今约一万八千多年前的山顶洞人,尚处在旧石器时代的晚期,他们死后,尸体旁被撒上矿物质的红粉。为什么会有这种仪式呢?据有些学者的看法,认为这是一种原始社会的巫术礼仪。可以推测,红色不仅是为了求美,更因为山顶洞人懂得失血过多会导致死亡,撒上红粉当有祈求生命的意义,是以原始的巫术招回已逝去的生命。

从上世纪五十年代过来的人都知道,当时流行过一本书——《钢铁是怎样炼成的》,主人公保尔·柯察金有一段名言,一开头就是:"人最宝贵的是生命,这生命,属于我们只要一次。"作为共产主义战士的这位外国朋友,对我们最重要的教诲是:要将这宝贵的生命献给世界上最壮丽的事业——为全人类的解放而斗争。

从原始的人类到最先进的共产主义战士,都懂得生命的宝贵。今天,恐怕除了各种原因的自杀者以外,大概只有邪教教徒是因痴迷"教义"(也有被暴力所逼)会自戕而求"升入天国",否则都会懂得死生之为大。综观古代,杀身以成仁者因"成仁"而轻生死,游侠一类人为重"一诺"(而非"取义")去"舍生",此外,各色人等都珍惜生命。"全生"、"贵真"作为哲学是一家之论，在实际生活中，应为多数人所信奉。为了能祈求长生不老，历代的帝王，又相信过多少方士、各类骗子，付出了多少代价与努力！历史上最有作为的秦皇、汉武、唐宗、宋祖，至少是前三位，都对长生之术大感兴趣，可炼丹、服食却并未求得长生，甚至还比普通人早死。因此，《古诗十九首》的感慨"服食求神仙，多为药所误。不如饮美酒，被服纨与素"（《驱车上东门》），可以认为是一种哲学层次上的"人的觉醒"。

宋代道教流行，对长生术感兴趣的恐怕大有人在，但宋词中更多的还是面对现实人生（金代因全真道大行，金词颇多宣传教义者），在行乐时尤见对生命的留恋，但它们不像《古诗十九首》那样直露，所流露出的淡淡哀愁，得其艺术性相助，却是似淡犹浓。且看晏殊的名篇《浣溪沙》：

> 一曲新词酒一杯，去年天气旧亭台。夕阳西下几时回？
> 无可奈何花落去，似曾相识燕归来。小园香径独徘徊。

上片所写是"对酒当歌"，下片是"去日苦多"，由生命意识所决定的恋生惧死，在"无可奈何"一语背后隐约可见。

晏殊七岁能文，以神童荐，真宗景德二年召试，赐同进士出身，少年得志，官至宰相。他生于承平之时，仕至高位，志得意满，政事之余，全以诗酒为乐。叶梦得《石林诗话》曾有关于他"喜宾客，未尝一日不宴饮"的记载，在宴游之中以诗词消遣，过着征歌逐舞的生活。正由于如此，他的《珠玉词》真是如珠似玉，有"温润秀洁"之评。这首《浣溪沙》先写当前：听着歌女唱自己新作的歌词，边听唱、边喝酒，自然兴味无穷，但忽然想起去年也是此时、此地、此景、此情，一样的听歌饮酒，一样的杨柳轻拂，一样的亭台楼阁，一样的"一曲新词酒一杯"，但是"年年岁岁花相似，岁岁年年人不同"，光阴如白驹过隙，时岁匆匆竟又一年，看到西下的夕阳，未免有"几时回"之叹。光阴之逝，不可追回，虽有富贵，犹有不足，作者未免深深叹息。人无千日好，花无

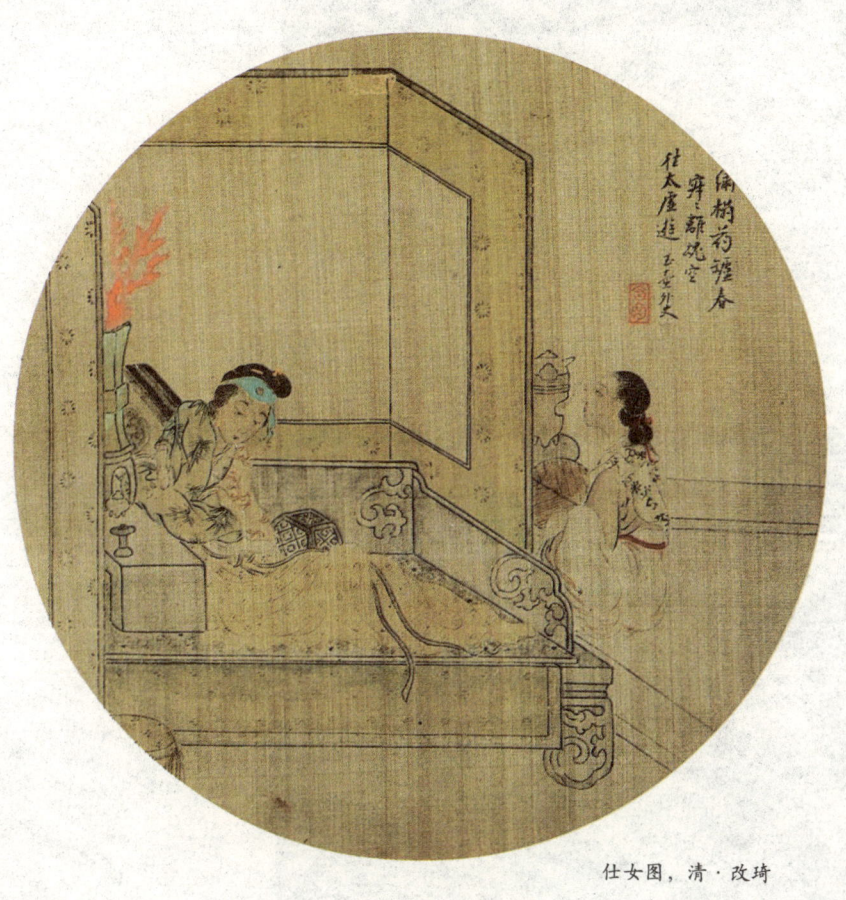

仕女图,清·改琦

在重重的帏帐中,弹琴解闷,但从琴声中听不到欢乐。愁对酒杯,未歌先噎,也是思绪满怀吧。

春闺倦读图，清·冷枚

当我回到你的身边，在靠近碧绿色的纱窗前，与你款款深情地交谈，"真的是别离难啊，哪有相逢相聚那么好呢！"

百日红,水流花落,青春逝去,美好事物的衰亡都是不可抗拒、无可奈何的事。但春天还要年复一年地到来,似曾相识、去而复来的燕子不就是证明么?燕子虽回,青春小鸟却一去永不回,酒阑人散后,未免带着莫名的哀愁在小园的花径上独自徘徊。

尽管词中"无可奈何花落去,似曾相识燕归来"一联有哲理的思考,落花之去,燕子之来,既是衰亡,又是新生,既是无情,又是有情,可见出作者在努力化解心中的惆怅;但"无可奈何"较之"似曾相识",分量要重得多,所以"燕归来"的自我劝慰并未能真正释去心灵深处的撼恨,否则为什么还要在满是落花的园中小径上徘徊不已呢?词中并没有如同《古诗十九首》式的明言直说,由落花春去引发的人生思考却似轻犹重。这种思考不是理性的,而是对外界景物季节性变化的直觉感受,是哲理的自我劝慰无法消释的。对于天地自然来说,"燕归来"代表了"不变",而对于个人来说,"花落去"却是生命流走的象征,是不可复归的"变"。所以对于年光的轻轻叹息的背后,是对生命、对生活的强烈留恋之情。"死生亦大矣"!"太平宰相"无法回避这一问题,普通人也是一样。

一场愁梦酒醒时,斜阳却照深深院
——达官贵人的淡淡哀愁是无病呻吟吗?

《诗经》、《楚辞》、汉乐府诗,直到唐代诗歌,无论是言志、抒情、叙事、状物,大多比较实在,即如晚唐"朦胧诗"之祖的李商隐"无题",也虽朦胧而不虚飘,因为它们多是缘事而起情,有其事,有其情。宋词则不然,不少作品的"感于哀乐"并非"缘事而发",而是表现一种"心绪",这种"心绪"可能是受外物的触动而有所感,故发而出之;也可能并非真的是"感物而动",只是借外物发之而已。如果是"夕阳芳草本无限,才子佳人空自悲"倒也罢了,因为才子佳人本来就多愁善感,其"自悲"也是"空"的,却偏偏不是普通的才子佳人,而是高官显宦,因此出于他们笔下的闲愁（之所以称之为"闲愁"，是因为对普通人说来，这些不应该成之为愁，只能是"富贵闲人"之愁）就常被认为是无病呻吟。

在宋代之前，南唐政权的宰相冯延巳就以善于在词中表现闲愁著称。且看他的一组《鹊踏枝》：

> 谁道闲情抛弃久？每到春来，惆怅还依旧。日日花前常病酒，不辞镜里朱颜瘦。
>
> 河畔青芜堤上柳，为问新愁，何事年年有？独立小桥风满袖，平林新月人归后。
>
> 梅落繁枝千万片，犹自多情，学雪随风转。昨夜笙歌容易散，酒醒添得愁无限。
>
> 楼上春山寒四面，过尽征鸿，暮景烟深浅。一晌凭栏人不见，鲛绡掩泪思量遍。
>
> 六曲阑干偎碧树。杨柳风轻，展尽黄金缕。谁把钿筝移玉柱？穿帘海燕双飞去。
>
> 满眼游丝兼落絮。红杏开时，一霎清明雨。浓睡觉来莺乱语，惊残好梦无寻处。

这些作品都是自抒其情，不像他的另外一些同调之作是设为女子之言。前一首"日日"的花前病酒，自应是闲愁，而"年年"的新愁，又原因何在呢？次首似可回答。梅落繁枝，笙歌易散，都昭示着美好事物的难以持久，加以后面的相思，更是将爱情的失落与理想人生的无法永恒交织为一体。第三首可看作前面的补充与形象演示：上片还是美丽的新柳与美妙的音乐，下片即转为柳絮飘飘，春天将去，红杏仅仅才开，"一霎"的春雨就将其摧残，所以黄莺惊破的不仅仅只是浓睡，而"无寻处"的"好梦"又何尝不是最美好的事物与理想呢？我们很难就当时南唐的国势及冯延巳的地位同这些作品联系起来，作知人论世的阐发，如有些论家那样去发掘词中的寄托，然而其中的好景难久、人生无常之意，却是难以掩抑的。

北宋前期与冯延巳很相似的是晏殊，不仅都是宰相，而且两人的作品风格相近，故经常相混。晏殊的作品也多写闲愁。如《踏莎行》：

> 小径红稀，芳郊绿遍。高台树色阴阴见。春风不解禁扬花，蒙蒙乱扑行人面。
> 翠叶藏莺，珠帘隔燕。炉香静逐游丝转。一场愁梦酒醒时，斜阳却照深深院。

此词写的是时序流走所引发的淡淡哀愁，上片展示了绿暗红稀的暮春初夏景色，下片转至室内，最后以斜阳深院中的梦回酒醒，点出了感慨韶光抛人的轻愁。之所以说是"轻愁"，因为词中并无更深、更重的喟叹。而他的另一首《木兰花》同样写斜阳酒醒，却点明了年光之叹的背后是"死生亦大矣"的沉重主题：

> 池塘水绿风微暖，记得玉真初见面。重头歌韵响琤琮，入破舞腰红乱旋。
> 玉钩阑下香阶畔，醉后不知斜日晚。当时共我赏花人，点检如今无一半。

一开始就点明了这是一年最美好的季节——春天，水绿风暖，酒宴初张，初次见到那位能歌善舞的玉人，她唱至"重头"（词前后阕句式和音韵全同者）时的美妙声音，她舞至"入破"（唐宋大曲最后一段称为"破"，"入破"即"破"的第一遍）时的飞旋舞姿都叫人难忘。"玉钩阑下香阶畔，醉后不知斜日晚"的情景虽从过去持续到了今天，但清醒后却是更大的醒悟：时光的流走也带走了生命，"当时共我赏花人，点检如今无一半"，人生的速朽是不容置辩的事实，现在是他人已逝，很快就是自己，所以有论者以为："往事关心，人生如梦，每读一过，不禁惘然。"

正如以前常说的，不同的阶级确有不同的爱憎，但只要不是生不如死，恋生惧死的想法应是人所共有，所以，达官贵人淡淡哀愁的背后是对死生大事的感慨，不止是无病呻吟而已。

如此春来春又去，白了人头
—— 铁的法则是多么的无情

生命意识及其引发的人生忧患一直是文学作品的重要主题，由于宋词善于传递人的心绪，展示人的灵魂，故尤见其在"打穿人生后壁说话"时的感情力量。

人们往往在人生中年的后半段会有"叹老"的现象，并常常与"嗟卑"连在一起，使"叹老嗟卑"成为一个习惯性用语。可是，历史上却并非只是卑者叹老，试看：

> 欢乐极兮哀情多，少壮几时兮奈老何！

> 人亦有言，忧令人老。嗟我白发，生一何早！

前两句出自汉武帝刘彻的《秋风辞》，后四句出自魏文帝曹丕的《短歌行》，而这两人都是人间最高的统治者，决非"位卑"。汉武帝在当时算是享高寿了，而曹丕只活到中年。杜甫曾说"人生七十古来稀"，可见古人的寿命的确要比今天短。人们对于生命流逝的感受，往往在不知不觉之中，正如陶渊明《杂诗十二首》所说：

> 昔闻长老言，掩耳每不喜。奈何五十年，忽已亲此事。

每当"亲此事"之时，就会为生命之将尽感到真切的悲哀，因为此时正如太阳的将落山，"年在桑榆间，影响不能追"（曹植《赠白马王彪》），是不可能像歌中所唱的"太阳下山明天还会爬上来"的依然故样，每个人的一生只能如一天的太阳从升起到落下，明天

的太阳是人家的。为此,多少年来,又有多少诗人感叹年光的流走,青春的速去。试看唐人所作:

宛转蛾眉能几时?须臾鹤发乱如丝。
——刘希夷《代悲白头翁》

君不见高堂明镜悲白发,朝为青丝暮成雪。
——李白《将进酒》

今年花似去年好,去年人到今年老。
——岑参《韦员外家花树歌》

江边一树垂垂发,朝夕催人自白头。
——杜甫《和裴迪登蜀州东亭送客逢早梅相忆见寄》

岁去人头白,秋来树叶黄。搔头向黄叶,与尔共悲伤。
——钱起《伤秋》

君看白发诵经者,半是宫中歌舞人。
——卢纶《过玉真公主影殿》

满眼青山未得过,镜中无那鬓丝何。
——杜牧《书怀》

　　诗人们都认识到岁月催人这一简单、朴素的真理,其中如李白虽迷信道教,也并未真正相信长生术。
　　比较而言,唐代外向,更重视开边拓土,节度使拥兵在外,权力很大,文人常有通过从军边塞以求建立边功、博取富贵者;宋代却轻武人而重文士,文人可以通过科举踏上仕途,掌握权力,享受富足的生活。如果说唐代诗人在他们的作品中表现的生活面和思想情趣还是非常广阔的话,宋代词人以词为"小道",词的内容题材要相对狭窄得多,其中,感慨时光抛人以及由此引发的哀愁极为常见,以及时行乐自劝或相劝,也是自然的延伸。我们在前面曾多次引用并分析晏殊的词,因为他作为"太平宰相"却常发悲声,而时代与地位与之相近的欧阳修说得较少,现在不妨作些补充。欧阳修是诗文革新的领袖,是著名的文学家、历史学家,他在宋史上被认为是转变士风的关键人物,但他的词却与他的诗文很不相同,爱情词且不说,感慨年光流逝之作与《古诗十九首》的主题、情调并无多大区别。如《浪淘沙》:

> 今日北池游,漾漾轻舟。波光潋滟柳条柔。如此春来春又去,白了人头。
> 好妓好歌喉,不醉难休。劝君满满酌金瓯。纵使花时常病酒,也是风流。

此词先写"今日",在北池游赏时,波光潋滟,轻舟摇漾,柳条轻柔,目之所接,身之所感,都令人赏心悦目。但作者并不将此"定格",而是想起年年都有春天,年年的春去春来,终于要使青春远去,老之将临。下片谓边听歌妓的美妙歌声边饮酒,不喝醉是难以罢休的,为此,劝在座的各位都要把酒杯斟满,纵然在这百花齐放的春天喝得过了量,醉了病了,也何尝不是风流之举呢?词中最关键的是"如此春来春又去,白了人头"两句,因为句中点明了天地不变、人生却难逃由壮而衰的规律,这是自然界无情的、铁的法则,任你身份地位不同,却同样无法抗拒衰老。尽管我国自古以来就有"三不朽"之说,可是纵然做到了立德、立功、立言,死后又能知道什么呢?前人曾有将生前一杯酒看得比身后名更为重要的,欧公在此未作选择,词中提倡及时行乐的思想却无疑是显而易见的。

春风解绿江南树，不与人间染白须
—— 无理之妙与无奈之情

据说有这样一个谜语："早上四条腿，中午两条腿，晚上三条腿，是什么？"带翼的狮身女怪斯芬克司据于山口要道，问着每一个过往的行人，如果行人回答不出，就要被吃掉；如能答出，斯芬克司就从山顶往下跳，以死相答。行人都没有猜对这个谜，山下堆起的白骨成山。后来俄迪浦斯回答出这是人，斯芬克司跳崖自杀而死。大概因为传说中的古人不怎么聪明，竟然想不到小孩在地上爬时是四条腿，成年后用两条腿走路，到老年时，足力不济，靠拐棍帮助，成了三条腿，以至猜不对而成了冤魂。人生都要经历从出生到衰老、死亡的过程，这是一个很简单的道理，我们中国的古人似乎对此感受尤深。

大概是因为中国的古代人本着"身体发肤，受之父母，不敢毁伤"的古训，不像现在要理发，而是"束发"之后戴上帽子，男子行"冠礼"就是表示成年了。留着那么长的头发，对镜之时，很容易发现自己头发的变化，所以我们在古人的诗歌中经常可以看到对白发的感叹。豪放飘逸如李太白，笔下也屡屡见之：

猿声催白发，长短尽成丝。
　　　　——《秋浦歌》

不知明镜里，何处得秋霜。
　　　　——《秋浦歌》

春风余几日，两鬓各成丝。
　　　　——《赠钱征君少阳》

朱颜君未老，白发我先秋。
　　　　——《忆襄阳旧游赠马少府巨》

杜甫也不少：

> 白头搔更短，浑欲不胜簪。
> ——《春望》

> 自知白发非春事，且尽芳樽恋物华。
> ——《曲江陪郑八丈南史饮》

> 苦遭白发不相放，羞见黄花无数新。
> ——《九日》

除了头发，胡须也是可见年龄变化的标志，不知是否唐人写白发多了，宋人认为难以过之，虽一面还写着白发，一面就转写胡须了。如辛弃疾有《鹧鸪天·有客慨然谈功名因追念少年时事戏作》，其过片云："追往事，叹今吾，春风不染白髭须。"无独有偶，不太知名的赵师侠也有一首《鹧鸪天·丁巳除夕》：

> 爆竹声中岁又除，顿回和气满寰区。春风解绿江南树，不与人间染白须。
> 残蜡烛，旧桃符，宁辞末后饮屠苏。归欤幸有园林胜，次第花开可自娱。

显然，此词的爆竹除岁和桃符、屠苏等意象都脱胎于王安石的名篇《元日》："爆竹声中一岁除，春风送暖入屠苏。千门万户曈曈日，总把新桃换旧符。""春风解绿江南树"一句，也只是将王安石的名句"春风又绿江南岸"改动两字而已，却远没有王诗中洋溢的除旧迎新之乐观情绪。开头二句是过年的喜庆气氛，但三四句就转为对岁月流逝、人之将老的感叹。下片说归去幸好家中还有园林之胜，可以遍观花开以作自娱。此词一扬一抑又一抑一扬，稍见顿宕，而写得并不怎么高明，但其中的"春风解绿江南树，不与人间染白须"两句，却不是"点金成铁"。

在爆竹声中，旧的一年又过去了，新的一年马上就要降临。氤氲的火药气与人们欢乐、吉祥的气氛合成了"满寰区"的"和气"。从这"和气"似乎可以见到季节的变换：春风很快就要吹来，将吹绿江南的树木；但是，春天能重回大地，人却不可能有第二春啊！如果说，"如此春来春又去，白了人头"是在"渐变"之中对自然界铁的法则的认识，那么"春风解绿江南树，不与人间染白须"就是在"突变"中的认识，前者显得被动，后者却很主动。

我们之所以摘出这两句以之为题，是因为它们在同样表现出大自然铁的规律同时，又将一种"无理之妙"与"无奈之情"很巧妙地结合在一起。作者承认了春风将染绿江南草树的事实，也承认它不能将老人的白胡须染黑的事实，既然都是事实，却发此"多余"的感慨，岂非无理？而他明知无理，仍然发之，则可见内心的无奈。一者是不变之"理"，一者是无奈之"情"，两相撞击而出之，可见到词人对人生与自然关系的真切体会，这也是人人心中所有、笔下所无的体验，作者将其即时之所得捕捉入之于词，遂成永恒之境。虽淡犹浓，使人震慑。

仔细思量，好追欢及早
——算寿账后的醒悟

人们都知道"人生七十古来稀"这句诗，但这却是一笔笼统的账，不细算犹可，若要仔细算算，多少有些令人感到触目惊心。但是，会有人去细算这笔账吗？有！比如宋人王观就有一首《红芍药》：

> 人生百岁，七十稀少。更除却十年孩童小，又十年昏老。都来五十载，一半被、睡魔分了。那二十五载之中，宁无些个烦恼？
>
> 仔细思量，好追欢及早。遇酒追朋笑傲，任玉山推倒。沉

醉且沉醉，人生似、露垂芳草。幸新来、有酒如渑，结千秋歌笑。

此词写得非常通俗易懂，帐却算得很精。人能活到七十岁的已经不算多了，可是这七十年还是不完整的。可不？自打从娘胎里生出来后，小孩子的十年懵懵懂懂的，懂得什么呢？最后的十年，又老又昏，还是懵懵懂懂的，又能感知、享受到什么呢？掐头去尾这么一算，七十岁就只剩下五十年了。可是五十年当中竟然有一半的时间用在了睡觉上，于是余下的仅剩二十五年了。二十五年当中如果都是令人快活的事倒也罢了，可是哪有那样的好事呢？古人说过："天下不如意，恒十居七八"，宋人方岳也说："不如意事常八九，可以语人无二三"（《别子才司令》），这一段好年华，烦恼的事儿可多着呢。这样一算，岂不叫人气馁？既然人不能逃脱上天的安排，无法延长自己的寿命，那就只有想法尽量好好地度过这一生了。

有人不满足现状，要祈求上苍尽量赐予，想实现自己的梦想，可结果又怎样呢？明朝宗室朱载堉有一首小曲写得好："逐日奔忙只为饥，才得有食又思衣。置下绫罗身上穿，抬头又嫌房屋低。盖下高楼并大厦，床前缺少美貌妻。娇妻美妾都娶下，又虑出门没马骑。将钱买下高头马，马前马后少跟随。家人招下十数个，有钱没势被人欺。一铨铨到知县位，又说官小势位低。一攀攀到阁老位，每日思想要登基。一日南面坐天下，又想神仙下象棋。洞宾与他把棋下，又问那是上天梯？上天梯子未做下，阎王发牌鬼来催。若非此人大限到，上到天上还嫌低！"愿望的无止境，将会使自己永远不满足。所以王观在词的下片很现实地只举一个"酒"字。他说，仔细想来，要抢时间来尽早"追欢"，遇到有酒宴时，尽量去与朋友们欢笑享受，任凭喝醉了，像当年的嵇康一样，如玉山被推倒。让沉醉接着沉醉，因为人生就像芳草上的露珠一样短暂。所幸的是，近来并不缺酒喝，因为酒很丰盛，就像渑水一样的多（《左传·昭公十二年》载，春秋时的鲁昭公十二年，晋昭公宴请齐景公，"齐侯举矢曰：'有酒如渑，有肉如陵。寡人中此，与君代兴。'"意谓酒像渑水一样多，肉像山陵一样高，形容宴席的丰盛。又，渑水在齐国，出临淄县北。）大家一起快乐，边歌边笑，结千年之欢。

  毫无疑问，这是在算寿账之后的醒悟，在作者看来，人的生前事业、身后名声，都算不了什么，最现实的就是要抓紧时间，及时享乐，就像晋人张翰所说："使我有身后名，不如即时一杯酒。"此词的作者王观生活期与苏轼相近，曾累官至翰林学士，因赋应制词《清平乐》有"黄金殿里，烛影双龙戏"，"折旋舞彻《伊州》，君恩与整骚头"等句，宣仁太后以为亵渎神宗，罢其职，故自称"王逐客"。如果此词作于被罢之后，是不难理解何以会如此消极看待人生的，因为在他生活的那个时代，词人至多只是感慨人生短暂，较含蓄地倡以及时行乐，像他那样直白"追欢及早"的，几为仅见。

  王观《红芍药》的主题和情感，在元散曲创作中得到了继续与发扬，因为那是一个"九儒十丐"的社会，文人学者都看不到什么希望。从不同民族的地位来说，蒙古人是第一等，色目人是第二等，汉人（北方地区先亡于元，汉民族称为汉人）第三等，南人（南方后亡，故以"南人"区别于北方）为最低一等；从职业、行当来说，知识分子（儒）的社会地位只比乞丐高一等，排到了第九，甚至还在妓女之下。故此元散曲的作者常以"抑圣为狂，寓哭于笑"的态度来创作，及时行乐成了一个重要的主题。如卢挚的《蟾宫曲》："想人生七十犹稀，百岁光阴，先过了三十。七十年间，十岁顽童，十载尩羸，五十岁除分昼夜，则分得一半儿白日。风雨相催，兔走乌飞，子细沉吟，都不如快活了便宜。"也是用"算账法"来拆分岁月，同样是在二十五年中算日子，最终自劝行乐，与王观《红芍药》有异曲同工之妙。

旧游无处不堪寻。无寻处，惟有少年心
——失落的岂止是寻旧之情

  记得在上初中时读过一本诗剧《潮来的时候》，作者好像是"鬼

才"徐讦，情节多已忘记，其中有几句诗却一直记得很清晰。这是概括人生几个重要阶段的四句诗："莫恋童年时的笑容天真烂漫，莫迷少年时的幻想花花斑斑，更难信青年时梦中的情谈，和老时来清茶浊酒的一杯一盏。"那时还是爱幻想的少年时代（尽管幻想无非只是长大了干什么之类），那个年代绝对没有早恋现象，当然不知"青年时梦中的情谈"是什么，与"老时来"的距离似乎很遥远、很遥远。转眼五十多年过去了，已到了老年之时，又想起了这四句诗，才突然发现诗人所写竟然失落了中年阶段。是因为作者当时还是青年，尚未体验到中年的滋味、还是其他？倘如此，那么为什么又写到老年的清茶浊酒呢？想来，恐怕人的中年是一个尴尬的年龄段，很难作一概括，即如现在经常讲的中年时上有老、下有小，经济负担最重，工作压力最大，孩子升学、家庭建设、自己的事业、职称，都是不能不考虑的问题，能从中取一点来概括吗？恐怕很难。如果要问，中年时回忆过去，最让人追寻的、最叫人难以忘怀是什么？一定会有各色各样的答案。那么有没有共同的呢？如果读过一首宋词——章良能的《小重山》，恐怕是能够以心会心、感其所感的。

　　章良能是南宋淳熙时的进士，累官至同知枢密院事、参知政事，官做得很大，词只有一首。唐人张若虚的《春江花月夜》曾被称作"以孤篇压倒全唐"，章良能的《小重山》自是当不起这一评价，不过也称得上是一首佳作。词云：

　　　　柳暗花明春事深。小阑红芍药，已抽簪。雨余风软碎鸣禽。迟迟日，犹带一分阴。

　　　　往事莫沉吟。身闲时序好，且登临。旧游无处不堪寻。无寻处，惟有少年心。

　　此词开头用最见特征的景物"柳暗花明"点明了时序：春事已深。小花栏中的红芍药，已抽出了像簪子一样的尖尖花苞。"雨余风软碎鸣禽"句本之于唐人杜荀鹤《春宫怨》的"风暖鸟声碎"，有论者认为，"鸣禽曰碎，于理不通"（见陈霆《渚山堂词话》），其实，这个"碎"字是最恰当地传递出百鸟争鸣的纷繁之状。词中把诗句的"风暖"改为"风软",使人有一种惬意感,而增加的"雨余"二字,统领了红药抽簪、鸣禽声碎以及后面的日犹带阴等种种"春事深"的景物、意象。春天由初春转为春深,白天渐渐变长,《诗经·七月》已有"春日迟迟"一语,说明古人观察得很细致,词中"迟迟日"当本于此,而"犹带一分阴"不仅承上"雨余"之意,而且将春天的阴晴不定又妩媚可人的特点作了准确的传递。

照一般写法,常是上片写景,下片抒情,此词却是在重游旧地、很自然要沉浸到回忆之时,插入"往事莫沉吟"作为换头,显得很突兀,无疑也有一种自我警醒的作用。作者告诫自己不要沉吟往事,而要趁着身闲无事、时序正好之时,去登临览胜,不要辜负大好的春光。尽管已经关照自己不要沉吟往事,却仍然无法做到这一点。因为游览之后,还是禁不住处处要引起对往日的追忆,眼前的风景依然如故,可物是人非,流年似水,伴随着年华的消逝,当日的少年之心已一去不可复得,再也无法追寻。眼前的时序虽好,时光却不能倒流,过去的春天是永远不能再返回了。现在虽得身闲,而当人生老大之后,对失去了少年时的心情、理想,会有难以名状的失落感,是会有所不甘的。因为"少年心事当拏云",迸发的是理想主义的光辉,人到中年,虽更有理性了,失落了少年心却失去了激情,不仅要令人"沉吟",还会令人凄然的。综观此词,由于没有叹老的语句,我们将它看成是中年所作,那种在重游旧地时所引发的惆怅,少年心无可追寻的失落,恐怕每一个从青年、从中年过来的人,都会有相似的体验。作者是言自己的心情意绪,却又写出了他人心中所有、笔下所无的体验、感受,确能引起人们的共鸣。

古人有"人到中年万事休"一说,这当然不是我们所能赞同的,如果将人的一生比作一棵树,少年是蓓蕾初放之时,青年是开花的季节,中年应是结果的时候,即使到老年也仍然可以发挥余热,近年来甚至还有"人生从六十岁开始"的说法。这充分说明了时代不同,认识也会随之变化。不过,如果在生活中失落的不止是寻旧之情,更有对"少年心"的珍惜,至少说明他的心里还保留着一份对于纯真和本然的向往。在人性被物欲异化之时,纯真、本然是多么宝贵！今天，真希望人们能多一点、再多一点"少年心"。

不知筋力衰多少，但觉新来懒上楼
——对不知不觉的衰老之体验

每一个人都要经历从出生到死亡的过程。上古时候，生产力低下，食物不足，饥寒交迫，野兽交侵，疾病袭击，原始人的寿命极短。即使是强盛的罗马帝国时期，因为战争，人们的寿命仍很短，以致我们现在看到的古代罗马人画像都是英武的青年。随着时代的前进，科学的发达，时至今天，人的预期寿命变得越来越长，从生到死的过程也随之延长，"七十小弟弟，八十不稀奇"，使"人生七十古来稀"早已成过时的老话。

在我国的历史上，魏晋南北朝时期充满了战乱、饥荒、疾疫，黄巾起义、董卓之乱、三国之争、司马篡魏、八王之乱、侯景之变……数不清的纷争杀戮，造成了社会的长期动乱，下层人民自不必说，连上层人士也不能远祸。曹植四十而亡，曹丕父子贵为天子，死时都未过四十。孔融、祢衡、杨修、何晏、嵇康、张华、陆机、陆云、郭璞等著名人士都在壮年死于非命，那个时代罕有长寿者。唐、宋都属经济发达、社会较安定、繁荣的时期，人的寿命也显较前代为长，但我们从文学作品中读到的，却不乏作者中年时已叹老的情况，最典型的就是韩愈《祭十二郎文》所说的"吾年未四十，而视茫茫，而发苍苍，而齿牙动摇"。

人生都会经历从生到死、由壮到老的过程，对于老之将至或已至，人们会有不同的感受，文学家也会有自己不同的表达。一般说来，除前面屡举的最为显见的感慨白发之生外，自道眼花也是一个重要内容。如杜甫的名句"春水船如天上坐，老年花似雾中看"（《小寒食舟中作》），后面一句就是自谓年老视力差，看花不清，如同雾中所见。又如张籍的述老兼及眼耳："老去多悲事，非唯见二毛。眼昏书字大，耳重觉声高。"（《咏怀》）宋代大词人辛弃疾的言老，更有自己的独到体会。且看他的《鹧鸪天·鹅湖归病起作》：

枕簟溪堂冷欲秋，断云依水晚来收。红莲相依浑如醉，白鸟无言定自愁。
　　书咄咄，且休休。一丘一壑也风流。不知筋力衰多少，但觉新来懒上楼。

　　最后两句传递出自己对于不知不觉的衰老的体会，就很有特色。
　　我们知道，辛弃疾是一位了不起的人物，他从小就受到爱国主义的教育，立下了崇高的志向，十九岁时在山东参加了抗金的义军，担任掌书记之职，追杀叛徒，后又说服义军领袖耿京决策南向，率部到宋军，又带领五十余骑突入金营万众之中，抓获杀害耿京的叛徒张安国，连夜急驰，献之于宋高宗之前，使高宗为之"三叹息"。后来，尽管他在地方官的任上都很有政绩，却难于久安其位，不断迁徙，甚至被罢官。此词就是辛弃疾在四十三岁至五十三岁间闲居江西上饶时所作。词的上片写景：秋天将至，溪边轩堂上的枕头和席子都透出了凉意，飘在水面上的断云在落日的余晖中渐渐消散了，水上的红莲相互依偎，似是喝醉了酒的美人，立在岸边的白鹭悄无声息，好像正在发愁。从表面看来，上片只是写景，但秋天的枕簟生凉，会令人想起扇子被弃，进而也会联想到作者的被罢官；红莲的"醉"，白鸟的"愁"，也让人体会到这是作者内心感情的外射所致。过片三句连用三个典故：《晋书·殷浩传》载，因为殷浩对功名富贵很在意，所以在被罢官后终日用手在空中写着"咄咄怪事"（哎呀，这真是怪事呀！）四个字；《旧唐书·司空图传》载，司空图淡泊名利，隐居于中条山时作《休休亭记》，以"休"字有闲退、安适二义，谓"休，休也，美也，既休而具美存焉"；《汉书·叙传》载班嗣书简云："渔钓于一壑，则万物不奸其志；栖迟于一丘，则天下不易其乐。"三句相连，是自我劝慰，面对挫折而故作旷达之语。但是，词的最后却借病后写变化，在"不知筋力衰多少"的自问后，自答以"但觉新来懒上楼"，看起来是一种很普通的感觉，实际上蕴涵着很多的无奈，让人想起作者空有抗金北伐、恢复失地之志，却不得不闲居乡村的事实，只能空待时光抛人，看自己英雄老去，功业难成。

当年刘备曾因自己的闲居无事，怕大腿上生出赘肉难以骑马而流泪，是为功业难成而悲。如今辛弃疾对不知不觉老病将至的感悟，出之虽妙，却是旷达而难掩其悲。他不是一般的叹老，筋力衰，懒上楼，对于一位曾是"壮岁旌旗拥万夫"的抗金勇士，这意味着无所作为地空自老去，所以，我们可以在将他的其他作品与此词对读时，益发感受他的诸如"春风不染白髭须"，"廉颇老矣，尚能饭否"的悲凉，尤其因为作者当时还处在人生的中年时期，这种衰老的感觉，更使我们感受到英雄失路的无奈。

为君持酒劝斜阳，且向花间留晚照
—— "对酒当歌，人生几何"的新版本

前面曾屡举《古诗十九首》的例子，说明在乱世之中由于自然人性论的勃发，导致了"人的觉醒"。当然，这是对汉代带有神学色彩的儒学的一种反动，因为在新的天人关系学说中，已消失了先秦儒学的民本精神，人成了"天"表现自己意志的手段。所以"人的觉醒"无疑是宣称人并非只是手段，而应是目的本身。但是，我们又应看到，那种宣扬力据要津、及时行乐、放情肆志的思想，是有很大的消极作用的。梁启超就曾说过："他们的人生观出发点虽在老庄哲学，其归宿点则与《列子·杨朱篇》同一论调……千余年来中国文学，都带悲观消极的气象，十九首的作者怕不能不负点责任哩！"（《中国之美文及其历史》）其消极影响即使对于紧相连接的建安文学也无例外。如曹操的《短歌行》主要是表现渴求人才以完成建功立业之志的作品，但其开头的"对酒当歌，人生几何，譬如朝露，去日苦多"，就带有"十九首"的情调、气象。我们在前面也引用过李白的《春夜宴从弟桃李园序》，其及时行乐之旨也有"十九首"的影响。

宋代前期，尽管有外患，辽与西夏一直对边境构成了很大的威胁，输银帛以求平安是既定的方针。但是，因为毕竟结束了长期以

秋窗读书图，宋·刘松年

听雨是人生开心事，晚唐韦庄写《菩萨蛮》词："人人尽说江南好，游人只合江南老。春水碧于天，画船听雨眠。"竟是何等的潇洒，何等的让人羡慕。不过，烦恼也还是有的，你看："垆边人似月，皓腕凝霜雪。未老莫还乡，还乡须断肠。"

仕女图,清·顾洛

再无心思品酒赏菊了,可是回到房中,西风还是吹开门帘,钻进来了,倘与菊花对照,相思中的人应是比这黄花还要消瘦吧!

来的纷争与分裂，政治基本安定，经济持续发展，社会呈现了繁荣兴旺的景象。宋太祖在"杯酒释兵权"时就当面对石守信等功臣宿将说，要他们"多积金帛田宅以遗子孙，歌儿舞女以终天年"，宫廷中常有庆赏、宴会，官僚贵族家中也常有文酒之会，追求享乐成为一时风尚。宋仁宗时期的宋祁，作词不多，却很能表现出这种时代风气。宋祁与兄同举进士，有"大小宋"之称，历官翰林学士、史馆修撰、进工部尚书，拜翰林学士承旨，一生得意，享尽荣华。丁传靖辑《宋人佚事汇编》卷七载：宋祁"晚年知成都，带《唐书》于本任刊修。每宴罢，开寝门，垂帘燃二椽烛，媵婢夹侍，和墨伸纸，远近皆知尚书修《唐书》，望之如神仙焉。多内宠，后庭曳绮罗者甚众。尝宴于锦江，偶微寒，令取半臂（背心），诸婢各执一枚，凡十余枚俱至。子京视之茫然，恐有厚薄之嫌，竟不敢服，忍冷而归"。这种"温柔的痛苦"正是当时高官生活的真实反映。

宋祁有《锦缠道》词："燕子呢喃，景色乍长春昼。睹园林、万花如绣。海棠经雨胭脂透。柳展宫眉，翠拂行人首。　　向郊原踏青，恣歌携手。醉醺醺、尚寻芳酒。问牧童、遥指孤村道：'杏花深处，那里人家有。'"表现了在春光正好之时的恣意享乐，没有宋词中常见的春愁酒病、淡淡哀伤。他还有一首以其中名句而知名的《木兰花》：

> 东城渐觉风光好，縠皱波纹迎客棹。绿杨烟外晓寒轻，红杏枝头春意闹。
> 浮生长恨欢娱少，肯爱千金轻一笑。为君持酒劝斜阳，且向花间留晚照。

寒冬已去，春天来临，最先是感受东风送暖，故词以"东城渐觉风光好"开头，冰化河开，水波轻漾，如细纱生皱，好像主动地迎接游人的船桨。此时，如烟的杨柳外还令人感受到拂晓时的轻寒，但是红杏花已开满枝头，让人觉得其中有一种蓬勃的生机、热闹的春意。春天是这样的美好，令人免不了要生出许多的感慨。人的一生，不如意之事常八九，忧患多而欢娱少，正如杜牧所说"人世难逢开口笑",而为了这难得的一笑,不妨一掷千金而不必顾惜了。最后是点睛之笔:"为君"(既是为你、又是为我,是为了我们大家,同时又是劝阻太阳)举起酒杯,劝斜阳不要那么快地落下山去,为了能使大家还能抓紧时间来延续欢娱,我们还希望能将你的余晖留在花间。

此词以"红杏枝头春意闹"一句而知名,有人认为好,有人认为不好。近代学术大师王国维称道它"着一闹字而境界全出",这些都是从艺术上着眼的见解。从立意上看,词中所表现的思想与李白的"夫天地者,万物之逆旅;光阴者,百代之过客。而浮生若梦,为欢几何?古人秉烛夜游,良有以也。"是如出一辙,只不过李白所说的是秉烛夜游,而宋祁所说的是向斜阳相劝,望其多停留一会罢了。他们共同的一点,都是出自于信奉"对酒当歌,人生几何,譬如朝露,去日苦多",而希望能够及时行乐,在有限的生命中能尽量延长幸福的享受。

我们能够说这是颓废的人生观、没落的情趣吗?诚然,比起范仲淹的"先天下之忧而忧,后天下之乐而乐"来,这种只追求个人享受的志向确实显得比较低下,但是,即如欧阳修是一位公认的振拔士人志节的人物,他的词中也不乏追求享乐的内容,时代的风气如此,我们是不能过高要求古人的。

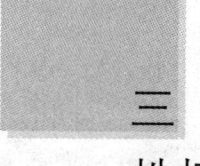

三 性情

人有悲欢离合，月有阴晴圆缺，此事古难全
——解脱之道得之于宇宙意识

人活在世上总会有烦恼，有的人善于解脱，有的人不善于解脱，结果也就不同。宋代的著名文人中，苏轼、黄庭坚都可入于善用佛家思想解脱烦恼之列，不过，这样的认定，主要还是指因党争激化后的被贬谪之时。其实，苏轼在此前已充分显示出他的豁达性格，比如他的词作名篇《水调歌头》就可见出，只不过当时用作解脱的不是佛老学说，而是可称为"宇宙意识"的思想。

"宇宙意识"是著名的诗人、学者闻一多先生提出的概念。他在《唐诗杂论·宫体诗的自赎》中论述刘希夷和张若虚，就用了这一名词："……所谓泄露天机者，便是悟到了宇宙意识之谓。从蜣螂转丸式的宫体诗一跃而到庄严的宇宙意识，这可太远了，太惊人了！"他赞叹张若虚的《春江花月夜》有"更迥绝的宇宙意识！一个更深沉，更寥廓，更宁静的境界！在神奇的永恒面前，作者只有错愕，没有憧憬，没有悲伤。"联系他在前面所说的"永恒"、"无上的智慧"等，"宇宙意识"应是指对世界与人生的哲理层次的认识。

苏东坡的《水调歌头》展现的就是一个人天交互的世界：

明月几时有？把酒问青天。不知天上宫阙，今夕是何年。我欲乘风归去，又恐琼楼玉宇，高处不胜寒。起舞弄清影，何似在人间！

　　转朱阁，低绮户，照无眠。不应有恨，何事长向别时圆？人有悲欢离合，月有阴晴圆缺，此事古难全。但愿人长久，千里共婵娟。

　　词前有一小序："丙辰中秋，欢饮达旦，大醉，作此篇。兼怀子由。"由前者可知这是写于丙辰年，即宋神宗熙宁九年（1076）中秋之日，是醉后的抒情之作，由后者可知兼有怀念其弟苏辙之意。当年，苏轼在密州（今山东诸城）任知州。苏轼是一位"奋厉有当世志"的人物，有很强的入世精神，但因同王安石政见不合，对实行新法有自己的不少保留看法，所以为了避开激烈的政治斗争，他在熙宁四年（1071）以开封府推官通判杭州，到熙宁七年又调知密州。此次调任，虽说是出于自愿，实际上是因冷遇而被外放。我们本着论世而知人的精神考察苏轼当时的心理与感情，可知他已没有"当时共客长安，似二陆初来俱少年。有笔头千字，胸中万卷；致君尧舜，此事何难"（《沁园春》）的豪情。此词借中秋明月来抒发情感，一开头就陡然发问："明月几时有？"使人不由得想起了屈原的《天问》，屈原生当战国时代后期，代表了由蒙昧转向理性时代的人们的疑惑。而苏轼此问，却是借着把酒而发，似带着醉意，分明又留着清醒。《千字文》以"天地玄黄，宇宙洪荒"打头，似乎只是一个中国人从宇宙天地讲起的习惯性开局，苏轼则不然，他在"把酒问青天"之后，经"不知天上宫阙，今夕是何年"的第二度发问之过渡，转入到"我欲乘风归去"。这一句语涉双关，结合前面的"天上宫阙"，即既是作为"谪仙人"的自己返回天宫的醉话，又是欲回到皇帝身边的清醒的意愿。但接下来的却是"又恐琼楼玉宇，高处不胜寒"的顾虑，这又是一个双关语，即"醉话"中的"谪仙人"真的怕天上的寒冷，而现实中的自己，对于权力中心的斗争，的确还是心存怕意的。因此上结的"起舞弄清影，何似在人间"，既是对自己的告慰，又是对自己的警示。过片三句写月亮的绕屋而变，终于照着我这无眠之人。此后，就展开了以"宇宙意识"作自我解脱的过程。"不应有恨，何事长向别时圆？"是发问，因为石曼卿写过"月如无恨月长圆"的句子，如今月亮是如此的圆，应不是有恨了，可又怎样解释我的满怀离恨、兄弟不能团圆呢？显然，这是作者将人事入于天象，故有此问。在自设障碍后，作者又自为化解：说到人事，人间本有悲欢离合，说到天象，月亮也有阴晴圆缺，自古以来就没有完美无缺的事物，还是寄希望于人的健康长久，"隔千里兮共明月"（谢庄《月赋》），虽分离而能共同受到这月光的朗照。

人活在世上，免不了会有各种各样的烦恼，纷纷扰扰，止而又续，如果不会自我化解，愈积愈多，甚至能摧垮人的精神、肉体，所以庄子既教人学会"无情"、"无己"，要人们不为自己的穷通、寿夭而计较和悲喜，又提倡"独与天地精神相往来"，不要纠缠于身边之事。苏东坡的这首《水调歌头》从"月有阴晴圆缺"的宇宙永恒之中得到启发，以之观照世间，使"人有悲欢离合"得到了对应，于是，个人的境遇、进退、得失，以及兄弟间的离别，也就显得不是那么困扰、纠缠不已，自己的精神境界也得到了提升。俗话说"站得高，看得远"，苏轼以"宇宙意识"来化解矛盾，或许可以给我们以启发。

回首向来萧瑟处，归去，也无风雨也无晴
—— 君子坦荡荡，自能履险如夷

俗话说，"君子坦荡荡，小人常戚戚"。但实际上人生的道路很不平坦，"戚戚"常多于"荡荡"，却与"君子""小人"无涉。举个例子讲，孔夫子应是"万世师表"的君子了，但是《论语·阳货》却载有他所说："吾岂匏瓜也哉，焉能系而不食？"意思是：我难道是葫芦瓜吗？怎能挂在那里给人看而不吃！也就是说，我不能只是摆摆样子，而不为世所用。这里，尽管是打个比方，以委婉其辞，我们还是可以感觉到他的牢骚。可见，即使像孔子这样的大君子，

也免不了因难以施展才华而心有所"戚戚"。在汉末时,"建安七子"之一的王粲,当他避乱荆州而作《登楼赋》时,就用了"匏瓜"一说,写道:我多么希望王政稳定啊,就可以在大道上驰骋、出力,我很怕像匏瓜一样被悬在那里,也怕像淘干净了的井,却没有人来饮水。确实,古人多很看重仕途经济,如同陶渊明那样,能做到"不汲汲于富贵,不戚戚于贫贱"的,的确是很少。

古人"学而优则仕",踏上仕途并不容易,"十年寒窗无人问,一举成名天下知","结果"虽美妙,"过程"却很长,这且不说,即使当了官,谁又能保证一帆风顺、步步高升呢?元人查德卿曾感叹"如今凌烟阁一层一个鬼门关,长安道一步一个连云栈",这或是极而言之,仕途艰险却是很多人的切身体验。这样,学会化解矛盾,努力作好自我心理调节,就是很重要的事情。宋代大文豪苏轼,堪称这方面的榜样。

苏轼不像他的父亲苏老泉那样晚才考中进士,他与弟弟苏辙都属于早达者,二十出头就中了进士,大名在外,踌躇满志。但是,由于他对王安石变法持有异议,在出任几处州郡长官之后,因作诗讽刺新法而被捕下狱。出狱后被贬官黄州,当了一个小小的团练副使。作为"罪废"的"逐臣",不仅精神上倍感压抑,生活上还非常困顿。他先是住在定惠院,家属来后移居临皋亭,在这江边的驿亭,苦遭太阳的暴晒,因为生活的窘迫,他不得不在营房废地上盖屋、种地,在他的"东坡"上躬耕觅食。他不但不能实现自己"涤荡振刷"的济世之志,而且连养家活口都很困难。此时的苏东坡,虽也感到苦闷,不免有消沉情绪,但是他毕竟挺直了脊梁,努力保持乐观向上的精神,极力化解内心的痛苦,表现出旷达的人生态度。

苏东坡的乐观、旷达,同他的学生秦少游相比,更见突出,可明显看出二人的不同。

少游困顿场屋二十年之后,才考中进士,登上仕途,所以虽只做了一个很小的官——为秘书省校对黄本书籍,过着靠人送米接济的生活,他还是很满足的写出了"出门尘涨如黄雾,始觉身从天上归"的诗句。但是,由于他被看成是苏轼一党,也遭贬谪,在被贬处州时，他所作的《千秋岁》词，就流露出深深的悲慨，此词的最后几句最可见之："日边清梦断，镜里朱颜改。春去也，飞红万点愁如海。"以至于当他的朋友衡阳太守孔毅甫读到此词时，感叹少游正当盛年，却出语如此悲怆，恐其将不久于人世。

苏东坡却很不同。他固然也在他的名作《念奴娇·赤壁怀古》中感叹"人间如梦"，却又对自己的早生华发释以自笑多情，词中如画的江山，英雄的历史，形成了豪迈、雄奇的基调，终难抑其积极向上的精神。此时，苏轼四十七岁，虽为自己不能像周瑜以青年统帅的身份建立丰功伟业而遗憾，又终不为被贬而消沉，他既从游蕲水清泉寺见兰溪溪水西流的地理现象中，借题生发，以《浣溪沙》词发其"谁道人生无再少？门前流水尚能西。休将白发唱黄鸡"的感悟，表现出乐观的人生态度；又借道中遇雨的经历及体会，表明了自己面对忧患的处世哲理。请看他作于元丰五年（1082）的《定风波·三月七日沙湖道中遇雨雨具先去同行皆狼狈余独不觉已而遂晴故作此》一词：

莫听穿林打叶声，何妨吟啸且徐行。竹杖芒鞋轻胜马，谁怕？一蓑烟雨任平生。

料峭春风吹酒醒，微冷，山头斜照却相迎。回首向来萧瑟处，归去，也无风雨也无晴。

从此词的小序中，我们就可以知道苏东坡与其他人的不同。当途中遇雨之时，同行诸人都很狼狈，只有东坡一人不为风雨所动。有了这份泰然，似乎风雨也被感动了，天空很快就放晴。东坡从大自然的风雨中感悟到人生的哲理，就写下了这一首词。自然界经常会有风风雨雨，人世间又何尝不是如此？如果能将这种面对风雨而不觉的态度移到人生忧患上，那么，也就能安之若素、处变不惊，虽履危难而若行平地。待到行经艰险，到达彼岸，就会如同经历风雨之后，"回首向来萧瑟处，归去，也无风雨也无晴"，只要无所畏惧，也就走过来了。我们切不要以为"料峭春风吹酒醒"，是如同流行歌曲所唱的"留一半清醒留一半醉"，酒意尚未全消而故作壮语,尽管苏东坡是得之于庄子"任天而动"的思想,却将消极变为积极,消解了在逆境中的"戚戚"之情,而以开阔的胸怀,做到坦坦荡荡,如《易经》所说:"天行健,君子以自强不息"。

苏轼与秦观都是愈贬愈远,苏轼即使到了非常落后的海南,依然豪气不减,秦观却愈来愈气馁。宋代惠洪《冷斋诗话》说:"少游谪雷(州)凄怆,有诗曰:'南土四时都热,愁人日夜俱长。安得此身如石,一时忘了家乡。'……东坡《雨中诗》曰:'平生万事足,所欠惟一死。'有英特迈往之气,可畏而仰哉!"两相对照,苏轼"回首向来萧瑟处,归去,也无风雨也无晴"的人生态度无疑是更值得我们学习,在今天,仍可以给我们以足够的启示。

此心安处是吾乡
——情怀旷达自能随遇而安

一个情怀旷达的人,不管是在顺境还是逆境,都应该能坦然处之。以晋人为例,如果说,那个为了莼菜羹、鲈鱼脍而弃官南归的张翰,其"任性自适,无求当世,时人贵其旷达",自谓"使我有身后名,不如即时一杯酒",还并非处于逆境;那么,陶渊明的既能"三仕"又能"三隐",以"环堵萧然,不蔽风日。短褐穿结,箪瓢屡空"的"五柳先生"自况,过着"晨兴理荒秽,戴月荷锄归"的生活而自得其乐,就应是真正的旷达了。从陶渊明的《责子诗》来看,他的儿子似乎很不争气,但他却能在无奈之中自我宽慰:"白发被两鬓,肌肤不复实。虽有五男儿,总不好纸笔。阿舒已二八,懒惰故无匹。阿宣行志学,而不爱文术。雍端年十三,不识六与七。通子垂九龄,但觅梨与栗。天运苟如此,且尽杯中物。"能有旷达的精神,所以在后来他的房子被烧、生活转为极其困顿之时,他也没有呼天抢地,病卧在床时,也拒绝了权贵的馈赠。

说到宋代文人的旷达,当然首先会想到苏轼。对苏轼的旷达,首先是可看他的自我表达，但是他有时也通过赞许别人以表现之，甚至所写的还是身份卑微的歌女。如《定风波》：

　　常羡人间琢玉郎，天教分付点酥娘。自作清歌传皓齿，风起，雪飞炎海变清凉。
　　万里归来年愈少，微笑，笑时犹带岭梅香。试问岭南应不好？却道，此心安处是吾乡。

此词原有序："王定国歌儿曰柔奴，姓宇文氏，眉目娟丽，善应对，家世住京师。定国南迁归，余问柔：'广南风土，应是不好？'柔对曰：'此心安处，便是吾乡。'因为缀词云。"这王定国名叫王巩，跟从苏轼学为文，苏轼因"乌台诗案"被捕入狱，审结后被贬为黄州团练副使，而王定国因曾收受苏轼的诗而遭牵连，被贬宾州（治所在今广西宾阳南）监盐酒税，歌女柔奴同行。三年后，王巩北归，又与苏轼相遇，设宴招待，并叫柔奴向苏轼劝酒。苏轼有感于广西在岭南地区，荒凉僻远，柔奴同行三年而愈见年轻，相问之下，竟然有如此富有哲理的回答，实是大合于苏轼的性格。当然，这也许正是柔奴"善应对"之处，而苏轼则正好借此作引申发挥，所以写下了这首富含哲理、又颇见性情之词。

此词先写王巩之得到柔奴：真羡慕王巩你这个"琢玉郎"（出于唐人卢同《与马异结交诗》的"白玉璞里琢出相思心，黄金矿里铸出相思泪"，指多情种子），老天竟然交付给你这样一位心灵手巧的"点酥娘"（可能指柔奴有类似于今天的"裱花"工艺，梅尧臣曾说他的亲家有女子能"点酥为诗"。也可能因柔奴肤色白皙，加以"柔"与"酥"相关，"点酥娘"可谓一语多义）。她不仅貌美、手巧，而且异常聪慧，能够自己创作歌曲，歌声从她的朱唇皓齿间传出来，就像一阵清风吹来了雪花飞舞，使得炎热之地也为之变得清凉了。换头点出了被贬归来之事，很惊奇为什么在万里之遥、气候酷热的南方三年，竟然会越来越年轻，你就看她那微笑的样子吧，笑的时候好像还带着大庾岭上梅花的香气。最后写了作者与她的对话:"试问岭南应不好"是出于常理的否定性设问,而"却道"二字来了一个转折,"此心安处是吾乡"变成了肯定,也见出了年纪轻轻的柔奴竟然会有如此高的认识。所以倘回过头来再看"岭梅"一语,就很可以体会出其中的寓意,因为柔奴不就像那大庾岭上的梅花一样,是不为风霜雨雪所折服的吗?

  柔奴性聪慧而又善于应对,也许是懂得面对像苏轼这样的人物应该怎样说话,于是才有"此心安处,便是吾乡"的对答,因为苏轼出入于佛老,在遇危难之时能努力做到恬然自适、随遇而安,泰然面对一切。《金刚经》有"应无所住而生其心"之说,"无所住"就是要圆通透脱,不要"住"而板滞僵化。只有这样,才能不惧忧患,苦乐随缘。苏轼在他被贬多次、且越贬越远后,依然能做到坦然处之。正因为他有这种不为穷通所扰、处惊而不变的乐观精神和人生态度,所以对于柔奴所说的"此心安处,便是吾乡"大加赞赏,以至有此词之作。而我们也不妨可将它看成是苏轼借柔奴之口来表达自己的思想。苏轼在初贬黄州之时,自感政治环境的险恶,因而《卜算子》之写孤鸿,有"拣尽寒枝不肯栖"之句。而一旦从佛道思想中得到解脱后,他的其他作品就能写得超旷悠然。待到自己被贬岭南后,他还真能做到"此心安处是吾乡",在惠州是如此,被更远地贬到海南的儋州之后仍然如此。有了旷达的情怀,就能随遇而安。这首《定风波》似是为柔奴而写,却又是自己人生态度的寄寓,同时又成了今后生活的预言,确实很有意义。

都为自家,胸中无事,风景争来趁游戏
——要以淡泊的心情来解脱人世间的烦恼

  人活在世上总有烦恼。在古代,尽管富贵者不像穷汉子为没钱娶妻而发愁,但是他在成群的妻妾中也会感到争风吃醋的烦恼;不像穷人家为揭不开锅而叹气,但是空对山珍海味而难以消食解气也是烦恼;不像穷人家为天冷没衣服穿而瑟瑟发抖,却也会为皮袍子焐得出鼻血而烦恼。俗话说,知足者长乐,如果"人心不足蛇吞象",

就会像前面所引的明代《山坡羊·十不足》小曲一样，会"上到天上还嫌低"。

其实，知足与不足，愉快与烦恼，本身具有相对性。鲁迅先生说过，美国的煤油大王不会知道北京捡煤渣的老婆子的烦恼，这和贾府的焦大不会爱上林妹妹、弱不禁风的小姐出的是香汗、卖苦力的工人出的是臭汗等，当然是论证感情的阶级性的很好的例子。但我们是不是也可以设想煤油大王也有他的烦恼呢？比如同行间的竞争、兼并，产油国的政治不稳定，工人罢工，运输困难等，都可以成为他的烦恼，否则我们就不能理解为什么"自杀王国"日本的自杀者并不乏老板了。近来好几次看到这样一则寓言式的小故事：一个看来是贫穷的渔夫在海边钓鱼，一个看来是阔佬的游客对他做了一番劝喻，意思是："你过着这样的穷日子难道就甘心吗？你为什么不好好地去经商、去奋斗，等挣了大把的钱，不就可以过上好日子了吗？"渔夫问："什么是好日子呢？"阔佬答："像我一样，有了钱，就离开城市，来到这海边度假，晒晒太阳，钓钓鱼，多好啊！"渔夫说："那好，你看我现在在干什么？不就在海边、在太阳下、在钓鱼吗？"当然，我们不必进一步地去追究，因为看来是同样的钓鱼却有谋生与休闲的不同，阔佬奋斗了好久，却似乎只来到了渔夫的出发点，我们不必说这一"圆圈游戏"式的故事类似于哲学上的诡辩，它给我们的启示，只是重在人生要有一份好心情，而不在于物质的享受。

宋人不同于前代的学士文人，因为自宋立国以来的既定方针就优待文士，宋代的科举取士数要较唐代多得多，各类特科考试也有不少，所以宋代似乎不像前代有那么多的隐士逸民，好像除了林逋、魏野，就很难想起其他有名的隐者来。在人们的印象中，宋代的城市生活特别繁荣，宋人也特别追求生活上的享受。其实，宋代文人至少被两件大事所困，一是朝中的党争，一是民族的矛盾。如果说，苏轼的一再被贬是因为党争的原因，那么辛弃疾的被迫长期闲退，就是因为由宋金矛盾引起的主和与主战之争。苏轼在被贬时多借助庄禅来解脱，辛弃疾也多有慕庄羡陶之作。而遍观宋代词人，善作解脱之词的，不能不说到朱敦儒。

朱敦儒有的作品对表现解脱之道写得很有禅悦味，如《临江仙》：

> 信取虚空无一物，个中着甚商量。风头紧后白云忙。风元无去住，云自没行藏。
> 莫听古人闲话语，终归失马亡羊。自家肠肚自端详。一齐都打碎，放出大圆光。

上片用形象来表现佛家教义，风无去住，云没行藏，即众生所见皆幻象之意，亦即是对"虚空无一物"的"信取"。下片说不要执著于塞翁失马与亡羊补牢的得失祸福，而要打破一切成说，跳出三界之外，在佛家的经义中求得解脱。显然，这不像苏轼那样以消极见积极，他的精神解脱是消极的。相比之下，他的《感皇恩》所阐发的解脱之道更可取些。词云：

> 一个小园儿，两三亩地。花竹随宜旋装缀。槿篱茅舍，便有山家风味。等闲池上饮，林间醉。
> 都为自家，胸中无事。风景争来趁游戏。称心如意，剩活人间几岁。洞天谁道在、尘寰外。

词写得很通俗易懂，正如其词中所说的"有山家风味"，而"等闲池上饮，林间醉"，则可以看出从容自在的生活，和不为人间诸事所困的逍遥心态。过片"都为自家，胸中无事。风景争来趁游戏"是全词的点睛之笔。一个人如果能做到忘却营营世念，不为名利得失所困扰，就能以审美的态度来对待人生。这是一种类似于"万物静观皆自得，四时佳兴与人同"（程颐《秋日偶成二首》）的认识，且又不带宗教的说教意味。对朱敦儒来说，有了这样的认识，就能在"剩活人间几岁"的余生中过得"称心如意"；对于他人来说，不汲汲于富贵，不戚戚于贫贱，甘于淡泊的生活，也就能解脱人世间的烦恼。即使在今天，也还能给我们一定的启示。

诗万首，酒千觞，几曾著眼看侯王
——如果不看重仕途经济，"人"字就可以大写了

中国古代的士人多很看重仕途经济，因为古代的中国是官本位的国家。宗法社会从家庭的家长制发展为宗族的家长制，进而为整个国家的家长制，居于最上的皇帝将老百姓看成"子民"，又通过各级官员来治理，他们被称作"父母官"。虽然不少人都记住了"民以食为天"这句话，却不太记得住"国以民为本"，民主、民主，民是做不了主的，只能求"青天大老爷"做主。若有幸遇着个清官、好官，还能喊出"当官不为民做主，不如回家卖红薯"的很大众化、农民化的口号，拼着不要头上的这顶乌纱为百姓做主。事实上，"三年清知府，十万雪花银"的却大有人在，官官相护当然也是屡见不鲜的现象。读书人"学而优则仕"，不就是为了能出人头地，改变自己的境遇，或也想着要为官清正，为老百姓做主吗？反之，如果不想踏上仕途，又怎能实现从"经邦济世"到改善自身环境、条件的"经济"之愿呢？所以，千百年来，士人们几乎都是往做官的路上挤。像《儒林外史》中的杜少卿、《红楼梦》中的贾宝玉那样鄙视仕途经济，显然已是带有近代意识的理想人物，肩负着为封建社会挖墓的任务了。

但是，我国自古以来，又有另一类人物，即事实上宁愿"游戏于污渎"也不想当官的庄子，和虚拟中的《楚辞》之渔父。《后汉书》开始为"逸民"立传，称道那些"不事王侯，高尚其事"的逸民、隐士。又将他们分成各种类型："或隐居以求其志，或曲避以全其德，或静己以镇其躁，或去危以图其安，或垢俗以动其概，或疵物以激其清。"《后汉书·隐逸传》又说，西汉末，王莽篡政时，"裂冠毁冕、相携持而去之者，盖不可胜数"。而光武帝登位，"侧席幽人，求之若不及"，但仍然是"若薛方、逢萌，聘而不肯至，严光、周党、王霸，至而不能屈"，还是坚持隐逸生活。在东晋时代，又有被称为"隐逸诗人之宗"的陶渊明。唐朝的隐士要比前代少，这与政治比较清明、士人普遍怀有建功立业的思想有关，但唐代又

以假隐士的"终南捷径"著称。宋代为知识分子提供了比唐代更为宽广的仕进之路,所以隐士很少,终生隐居者可谓微乎其微。宋代的最高统治者对文人很优待,一旦为官,就能得到很好的生活待遇。名相寇准在做官前生活很贫困,当了大官,就极力追求享受,宋祁与他的哥哥同中进士,也一路仕至高官,他生活奢侈,哥哥劝其不要忘记当年吃过的苦,他却说:当年吃苦,不就是为了今天的享受吗?所以,宋人对仕途经济是很看重的。

"一登龙门,身价百倍",不仅是李太白一人的体会,也是众多士人的共同体验。但是,在"登龙门"之前,还常有"伺候于公卿之门,奔走于形势之途,足将进而趑趄,口将言而嗫嚅"(韩愈《送李愿归盘谷序》)的情况,心高气傲的人是很难因此而委屈自己的。而一旦为官,也难保一帆风顺,搞不好就要丢官受刑,家破人亡,妻离子散。也许是因为北宋文人多"仲夏夜之梦",不屑于仕途经济的很少,所以朱敦儒的《鹧鸪天·西都作》显得很抢眼。此词写道:

> 我是清都山水郎,天教分付与疏狂。曾批给雨支风券,累上留云借月章。
> 诗万首,酒千觞。几曾著眼看侯王?玉楼金阙慵归去,且插梅花醉洛阳。

朱敦儒"志行高洁,虽为布衣而有朝野之望"(《宋史·文苑传》),北宋时,隐居避世,靖康年间,钦宗将他召至京师,欲授以学官,他自称"麋鹿之性","爵禄非所愿",固辞而还山。此词堪称是他前期生活的写照。词以"我是清都山水郎"开局,就透露出傲岸之气,"清都"出于《列子·周穆王》:"清都紫微,钧天广乐,帝之所居。"作者竟然宣称自己是天帝身边主管山水的侍从,所以连"疏狂"都是"天教分付"的。非但如此,"山水郎"还对下"曾批给雨支风券",对上"累上留云借月章",这一浪漫的"自我设计"将"疏狂"表现得极其生动。下片回到了现实,"诗万首,酒千觞"是自己诗酒风流的生活,"几曾著眼看侯王"则再度表现出极度自尊、自傲的"疏狂"本性。最后说，我连天上的玉楼金阙都懒得归去，更何况人间的官衙？还是在洛阳且插梅花以图一醉吧。

　　此词的"眼目"是"疏狂"两字，而最见光彩的是"诗万首，酒千觞，几曾著眼看侯王"。有了这样的傲骨，就不会为富贵、贫贱而烦心，能以高尚的志行、无垢的胸襟对待人生、社会。的确，在古代如果不看重仕途经济，"人"字就可以大写了，朱敦儒不是自封为"清都山水郎"了吗？在今天，有了这种精神，也就不会在权力、金钱面前低眉顺眼，丧失人格了。

个中须著眼，认取自家身
——若要解脱烦恼，就要始终记住自己的历史定位

　　人世间的烦恼有很多是因为欲望得不到满足而造成的，所以老子说："人之大患，在我有身。"这话的一个主要意思就是因为有这个身子就有了许多欲念，反之，若没有这个身子也就没有这么多的忧患了。要满足欲念和愿望，除了机会，还有一个既认识客观条件、又充分认识自己的问题。否则，对自己的人生道路就设计得不够准确，目的难以达到，就会心理失衡，平添许多烦恼。另外，对看准了的、正确的东西就要坚持，要将原来设计好了的人生正确角色一直扮演下去，以免因经不起外力压迫或利益引诱，在"错位"之后落下话把，遗恨终生。总之，能够这样做了，就是正确的人生定位，也可以为尽量避免人世间的烦恼，找到了最好的解脱之道。朱敦儒就有这样的真切体会，他在词中曾因此而反思人生，总结教训。

　　朱敦儒的生活期跨越南北宋，《宋史》本传谓其"有文武才"，他自己在《雨中花·岭南作》一词中回忆过早年的生活："故国当年得意，射麇上苑，走马长楸。对葱茏佳气，赤县神州。好景何曾虚过，胜友是处相留。向伊川雪夜，洛浦花朝，占断狂游。"比起陈与义的"杏花疏影里，吹笛到天明"要狂放、浪漫得多。前面所说的《鹧鸪天·西都作》以"清都山水郎"自诩，以"诗万首，

酒千觞，几曾著眼看侯王"表其志趣、人格，孤傲之气不难想见。但是，由于"靖康之变"，"清都山水郎"当不成了，却成了难民。"胡尘卷地，南走炎荒"，一直逃到了广东的南雄州，再到南海（今广州），在两广地区活动了三年多。后得诸人赞誉，皇帝赏识，赐进士出身，当上了官。十多年后，被罢官，再归隐。他本来可以继续年轻时曾行之许久的隐居生活的，却因秦桧喜其才，强起之为鸿胪少卿，仅二十余日，秦桧死，即致仕，再度隐居。即便如此，已因失节于大奸臣而遭物议，有人借前引的《鹧鸪天》词讥其晚节不保，写了讽刺他的诗："少室山人久挂冠，不知何事到长安。如今纵插梅花醉，未必王侯著眼看。"长年隐居的高节妙士，仅仅因为爱其子而畏惧秦桧，怕不从其命会遭窜逐，最后未能咬紧牙关，落得个前功尽弃，遭人讥讪。这当然使之后悔不已，所以他的晚年作品多消极"看穿"之语。

朱敦儒有一首《临江仙》，表达了在历尽沧桑之后，对人世的反思之意。词云：

　　堪笑一场颠倒梦，元来恰似浮云。尘劳何事最相亲？今朝忙到夜，过腊又逢春。

　　流水滔滔无住处，飞光忽忽西沉。世间谁是百年人？个中须著眼，认取自家身。

起头两句是说人生就好像一场颠倒的梦，又像天上的浮云一样，飘忽不定，在尘世之中辛劳不已。试问什么事情最令人感到亲切呢？作者没有回答，而时间的脚步却似乎难以停止下来，以让人能好好地欣赏、品味一下，匆忙之中只见一天天地从早忙到夜，过了腊月就又到了春时。过片用流水的滔滔流去，不肯停留，用太阳如飞转的光轮，很快就西沉，以比时间的消逝。孔子曾说过："逝者如斯夫，不舍昼夜。"庄子曾说："人生天地之间，若白驹之过隙，忽然而已。"都是对于时间飞逝、生命难久的体会。既然古人有"人生七十古来稀"的感叹，当然作者也可以在这里发问："人世间有谁是百年长寿的人呢？"于是，用最后两句来点题："这其间可一

梅茶山雀图，明·朱竺

山川一片绿色，鸟的啼声一阵阵传来，鸟虽不懂人的感情，听到这凄苦的啼声，似乎是替愁人而哀鸣。

小青小影图，清·顾洛

雨送黄昏，花儿易落，晓风吹干了眼泪，泪痕却还在，想写出自己的心事，却怎样落笔呢？

定要注意看准了,在人生中必须要认清自己的立足点啊!"

前面说过,朱敦儒早年清高绝俗,在为官多年后又隐居于嘉兴,这在主和势力占据统治地位而主战派纷遭打击、迫害之时,应是一个正直之士的较好的处世方式和解脱之道,如果能坚持始终,他将以"清都山水郎"的形象永留在宋代人物的画廊中。二十多天的出山,且又是因为大奸臣秦桧的原因,能体谅者犹解其中苦衷,但一般人谁又会为他的身家性命多作设想呢?中国人历来将"立德"放在"立功"、"立言"之前,可见对德行、人品的重视,朱敦儒青年时虽自塑"狂放"的形象,实际上极重名节,在徽宗朝奸相当道时,他谢绝征召,不愿同流合污。南渡后做官,也是直士推荐、友人相劝的结果,连宋高宗都有"此人朕用橐荐以隐逸命官"之说,却遗憾地未能将这一角色坚持到底。

当然,我们今天应该用历史唯物主义的观点来看待历史人物和历史现象,要论其世、解其事,才能知其人,对朱敦儒不必求全责备。而朱敦儒在这首词中所总结出的"个中须著眼,认取自家身",却是很重要的经验教训,在他不失为消极的解脱之道,而对我们今天来说,也具有现实的警示意义。

待浮花浪蕊都尽,伴君幽独
——以花拟人,为狷介者画像

苏东坡是性情中人,故为词开豪放先声。但他的不少作品又写得温柔婉约,著名的《水龙吟》杨花词就是一个很好的例子。比如说,用"萦损柔肠,困酣娇眼,欲开还闭"的拟人手法,来写杨花,还真亏他老人家想得出来!他还有一首《贺新郎》,与上面这首可称为姊妹篇,且应另有政治上的寄托。词是这样写的:

> 乳燕飞华屋,悄无人,桐阴转午,晚凉新浴。手弄生绡白团扇,扇手一时似玉。渐困倚、孤眠清熟。帘外谁来推绣户?枉教人梦断瑶台曲。又却是,风敲竹。

> 石榴半吐红巾蹙，待浮花浪蕊都尽，伴君幽独。秾艳一枝细看取，芳心千重似束。又恐被、西风惊绿。若待得君来向此，花前对酒不忍触。共粉泪、两簌簌。

此词一开头就将读者引向一座栽有梧桐树的深院，小燕子在华丽的屋子里飞，房里却是悄无声息，梧桐的树阴已转过了中午，一位刚出浴的美人在树阴下乘凉，等待着晚风的到来。只见她手拿生绡做成的白团扇，纤纤素手和团扇竟然都像玉一样洁白。在这样困人的夏天，新浴的美人渐渐感到疲倦了，一个人在这清幽的环境中入睡，进入了梦乡。在梦中，好像有人推开了绣户珠帘，使到达瑶台仙境的美梦被打断了，孤单的女子还是忍不住一阵兴奋，猜想莫不是她思念的人来到了身边？可叫人失望的是，这并非心上人的到来，而是风儿吹动竹子发出的声音，真是枉断好梦了。

下片写她穿过桐阴，来到了石榴树下，只见榴花半开，像摺起来的红巾。石榴在夏天开花，此时春天已过，百花已开尽，只有这美丽的石榴花清幽而孤独地陪伴着你。此时，如摘下一枝细看，你看到的是芳心千重还没有打开。在花尚未盛开之时，已想到她的衰败，如果秋风一起，很快就连绿叶都要凋谢，更何况娇嫩的花儿呢！美人又想，现在等待你来，你却不来，等到他日来时，若再到这石榴前持酒赏花，恐怕是看不到美丽的花儿了，那时，只有凋零的花瓣与带着脂粉的眼泪一起簌簌下落。

对于这首词，有人努力去寻找它的"本事"，有认为是为官妓秀兰而作的，也有认为是为一个名叫榴花的侍妾而作的。前者说苏轼知杭州时，宴集于西湖，官妓秀兰因浴后疲倦，睡过了头，未能及时赶来唱曲，折下一枝石榴花请罪，东坡作了这首词，让秀兰当场唱了为大家佐酒。后者说，在晁以道家见到此词的真迹，打听下来，原来是为侍妾榴花作的。当然，这样的理解未免是太过于刻板了。在生活中，或许会发生为某一女子写诗、写词之事，但此词境界之高，断非具体的事实可限。胡仔就认为："东坡此词，冠绝今古，托意高远，宁为一娼而发耶！"（《苕溪渔隐丛话》后集卷三十九）而结合现实来看，此词应该是有寄托的。

苏轼自称"早岁便怀齐物志,微官敢有济时心"(《和柳子玉过陈绝粮》),有积极用世之心,但因政见上的分歧,不能实现自己的抱负,他也就免不了会运用《离骚》以来的"芳草美人"传统,表现君臣难以遇合的感触。词中的美人应是作者自喻,她的被冷落自然也如现实中一样,梦中的期待与醒后的失望,表现出心中的真实情感。至于团扇的形象,又有秋扇见捐的特定涵义。石榴花的"伴君幽独"可看出一片忠心,而年华易逝、红花难久则有《离骚》"恐美人之迟暮"的寓意。可以认为,此词发展了杜甫"天寒翠袖薄,日暮倚修竹"的佳人形象,与"浮花浪蕊"判然有别的榴花志在"伴君幽独",而"幽独"一词也就同那些好为逢迎的小人划清了界限,表现出狷介之士的高洁。

宋词作品的是否有寄托,必须结合作者所处的环境、时势及其本人的抱负、情怀来看。苏轼在他的经历中,有过君臣遇合的缺憾,后来更是因为"乌台诗案"而获罪,成为"元祐党人"而被贬。如果写作此词之时他任官于杭州,还是在获罪和被贬之前,那么"伴君幽独"的一片忠心和狷介之士的形象,无疑是有寄托的。神宗皇帝读到他的"我欲乘风归去,又恐琼楼玉宇,高处不胜寒",曾有"苏轼终是爱君"之叹,是对于《水调歌头》词中寄托的认可。人们在他被贬黄州时所写《卜算子》的孤鸿形象中,也看到了托意,都说明了东坡词确有寄托,也确能被理解。《贺新郎》时而榴花、时而美人的美丽动人的艺术形象,是生活所激起的创作激情创造出来的,绝不是游戏闲笔,我们应该有这样的认识。

当年不肯嫁春风,无端却被秋风误
—— 君子不趋时的零落之悲

人生在世,常会遇到与自己的意志和愿望不相符合的事,有些人出于对利益的考虑,就会让意志、愿望屈服于利益,甚至为了自己的利益而不惜出卖朋友,打击别人,落井下石,无所不用其极。而有些人却不为利益所屈,坚持自己的信仰和节操,要知道,这样的做法将意味着什么？轻则难有晋升的机会，重则被贬、获罪，甚至妻离子散，家破人亡。所以，趋时与否，几乎可以看成是君子与小人的一条分界线，因为所谓的"趋时"往往不仅是迎合众人之所好，在高度集权的封建社会里，众人之所好又常是最高统治者的所好，岂不闻"楚王好细腰，国中多饿人"？这比起"城中好高髻，四方高一尺"的追求时尚来，可要重要得多。

伍子胥是为吴国立下大功的人物，可就是因为不迎合吴王之所好，犯颜上谏，被国君怒而杀之。屈原"明于治乱，娴于辞令"，很得楚王信任，但因群小盈朝，而屈原又不会看风使舵，终被楚王怒而疏之，最后自沉于汨罗江。宋朝有不杀文臣的"祖宗家法"，可是，若不趋时，被贬谪的命运还是会光顾的。苏东坡就是一个很好的例子，在变法派掌权时，他很不识相地陈说新法的毛病，认为不应操之过急，以至于在京城里呆不下去，还被人抓住把柄，遭"乌台诗案"而被贬黄州。可后来反对变法的司马光掌权时，他却反过来说新法也有好处，又遭不信任。甚至到了"文化大革命"期间，还有"革命的笔杆子"称他是两面派。

宋代的词人未必都有苏轼般的命运，然而与他命运相同或相近的，也不在少数。所以也就会用咏物之作以表现自己不趋时的零落之悲。东坡的《贺新郎》咏榴花是为狷介之士画像，美人迟暮与榴花零落具有相同的意义。我们还可以看贺铸咏荷花的《踏莎行》：

> 杨柳回塘，鸳鸯别浦，绿萍涨断莲舟路。断无蜂蝶慕幽香，红衣脱尽芳心苦。
>
> 返照迎潮，行云带雨，依依似与骚人语。当年不肯嫁春风，无端却被秋风误。

开头两句写荷花生长在杨柳环绕、回环曲折的池塘，那里有成双成对的鸳鸯在戏水。接着写因为池塘小，当它长满了绿萍之后，连采莲小船来回的水路都被遮断了。既然采莲舟难以进入，当然荷花只能是自开自落，无人理睬了。不但是人，就连蜜蜂、蝴蝶也不去爱她的幽香，与她接近，所以荷花只能像美人般的脱尽红衣，她的花瓣一片片地褪尽红色，萎败脱落，只剩下莲蓬中所结的莲子，它的苦味也就是美人的心情啊。过片两句，宕开一笔，转写风景：夕阳的余晖照着水面，好像在迎接晚潮的到来，漂浮的云彩似乎酝酿着雨意。而晚风中的荷花好像在同雅士骚人满怀深情地说话。晚唐诗人韩偓有"莲花不肯嫁春风"（《寄恨》）句，贺铸用此化作"当年不肯嫁春风"，以表早先的不愿趋时，而到今天，"无端却被秋风误"，是既错失了当年的机会，又被尚未到来的秋天所耽误。

荷花开在夏天，前不着春，后不着秋，而春天的花开最盛，秋天也值多种花期，所以自然界中的荷花的确给词人提供了寄托"失时"、"不遇"的基础。若展开联想，桃、李、杏花之在春天盛开，是为了讨春神"东君"的欢心。荷花却孤傲地开在夏天，不趋时、不从俗，无疑是幽洁、贞静品格的表现。而待到秋天来时，她已红衣落尽，芳华逝去，又误花时。这难道不是现实中某些志士仁人的写照吗？古人不仅将山水"比德"，赋之予"仁者"、"知者"的德性，而且"比德"于草木。春天的梅、夏天的荷、秋天的菊、冬天的竹，都有不从众、不趋时的特点，所以有"君子"之赞。屈原"制芰荷以为衣兮，集芙蓉以为裳"就有爱荷的芳洁之意。

贺铸虽出身于有贵戚背景的家庭，却为人耿直豪爽，不趋炎附势。时人称其每"俯首北窗下，作牛毛小楷，雌黄不去手，反如寒苦一书生"，其品质可见一斑，也因此而长期沉抑下僚。《踏莎行》之以荷花自喻，确有现实基础，论词者也能许其词有楚骚之遗意。前面已说，宋代尽管是文人从政的好时代，但是因为对政治见解的不同，最高当政者的取舍之异，就形成了宋代著名的政党政治，有多次"党争"，也造就出许多在党争中失败的文人贤士的悲剧命运。从范仲淹等人以来，宋人就极重品格操守，人或许能得意于一时，但却难经历史的检验。贺铸尽管不是著名的政治家，但他那种不趋时的品格是值得肯定的，《踏莎行》虽有零落之悲，其"比德"的意义却是更重要的。

无意苦争春，一任群芳妒
——坚持操守者的自诉

　　古代诗人喜咏梅花，而宋代尤甚。与此同趣，松、竹、梅作为"岁寒三友"，或梅、兰、竹、菊"四君子"，也成为了绘画的主要题材。宋人之爱梅，与他们生活中重雅趣有关，也与诗文革新运动以来所树立的人格精神有关。宋人尊儒重道，更使之向孔子的"山水比德"说认同，而花卉草木也就成了"比德"的最好载体。梅花开在冬春之交，此时东风未送，冰雪犹在，遂使人很容易有抗拒严寒、坚持节操的联想。如果说荷花是出于污泥而不染，那么梅花则是先于百花而不争。在诸多的宋词作品中，陆游的《卜算子》大概算得上是最有名的咏梅篇章了。凡是现在年龄在五十多岁以上的人，都知道"文化大革命"中毛泽东主席公开发表的《卜算子》词："风雨送春归，飞雪迎春到。已是悬崖百丈冰，犹有花枝俏。俏也不争春，只把春来报。待到山花烂漫时，她在丛中笑。"此词是国际共产主义运动处于低潮时，表达对于革命前景的信念，谱曲后更广为传唱。毛泽东的这首词就是受到陆游的启发而作的。

　　陆游是南宋"中兴四大诗人"之一，生平作诗有万首之多，但他从不以诗人自限，他自问"此身合是诗人未？"梁启超则赞叹他"诗中十九从军乐，亘古男儿一放翁"。陆游降生的那年，金兵大举南侵，他的父亲陆宰是军粮转运官，却在军事紧急关头被劾免官，携家流亡。陆游孩提时就懂得颠沛流离之苦，在幼小的心灵里撒下了仇恨敌人的种子。陆宰结交的都是有气节的爱国之士，陆游从年幼时起，就耳濡目染，接受爱国主义的教育，青年时期更成了爱国志士。他二十九岁时考进士，因名列秦桧孙子之前，受秦桧排挤，直到三十四岁才当上县中小吏，三十六岁做敕令所删定官。由于此职对朝廷用人有发言权，他除主张君主亲贤能、远小人、杜绝幸进以外，还屡次请求朝廷出兵北伐，但无论是高宗还是孝宗都同样听不进，他始而被调职，继而被外放，终而被免官，只能去做诗人。

论其世，知其人，所以陆游的《卜算子》词是有寄托的。词写道：

驿外断桥边，寂寞开无主。已是黄昏独自愁，更著风和雨。
无意苦争春，一任群芳妒。零落成泥碾作尘，只有香如故。

此词一开始就极力渲染梅花的寂寞：在冷落的驿站之外，在无人经行的断桥边上，一株无主的寒梅默默地开放。她不仅寂寞，在黄昏时刻独自忧愁，而且风雨相加，使她的处境更为艰难。尽管如此，但她却不为外部环境所动。作者托物言志，借梅花表达自己的理想志趣：因梅花先于百花凌寒而开，"无意苦争春"当然是她的所愿，一个"苦"字，写出了作者对争宠者奔竞、争逐的鄙夷，其中难道不是包含着对主和派的冷然相对吗？无意于争春，却在东风送暖之前开放，只是出于自己的一片赤诚，所以如果"群芳"有妒心，也就让她们去妒忌吧，梅花并不需要为自己辩解。所要表白的是：即使自己已飘零坠落，被碾成了泥土，但一点芳心不会改变，香气依然如故。

在陆游生活的时代，尽管南宋政权已经基本站稳了脚跟，但北方的金朝并没有放弃武装侵略的政策，尤其是北方沦陷区的人民还在对"南师"引领而望。陆游写过"遗民泪尽胡尘里，南望王师又一年"的诗句。范成大出使金朝时，亲见了遗民的意愿，其《州桥》一诗写道："州桥南北是天街，父老年年等驾回。忍泪失声问使者：'几时真有六军来？'"所以像陆游这样从小就懂得爱国的志士，是必然不会忘记恢复失地、统一北方的。但是，朝廷中的主和势力很大，高宗统治多年，从无北伐之志，民族英雄岳飞还因为意在"直捣黄龙，迎还二圣"，被以"莫须有"的罪名杀害，抗金将领被解去兵权。孝宗继位后，曾想有所作为，但在"符离战败"后即放弃北伐，签订了"隆兴和议"。所以"驿外断桥边，寂寞开无主"的寒梅，的确是陆游等主战派处境的写照。如果只是要追求个人的功名富贵，陆游完全可以放弃自己抗敌北伐的主张，但正如他在《落梅》诗中所写："雪虐风饕愈凛然，花中气节最高坚"，爱国理想和气节操守无疑要比个人利益重要得多，因此他借梅花以明志，表示决不会放弃自己的主张，改变自己的初衷，决不会与主和派为伍，去阿谀逢迎，诏媚邀宠。"零落成泥碾作尘，只有香如故"的结局是悲惨的，但不屈的傲骨，坚贞自守的节操却永远为人所敬仰。连毛泽东都汲取其词立意而为之翻新，难道不是很好的说明吗？

卖鱼生怕近城门，况肯到红尘深处？
——有名的严光与无名的渔父

仕途经济似乎一直都是古代中国士人需要首先考虑的问题，因为对中国文化影响极大的孔夫子早就给士人安排好了一条道路："修身、齐家、治国、平天下"。尽管他老人家一生中真正称得上是进入"仕途"的，只是在鲁国担任了三个月的司寇，其余的时间多用来教书授徒，可他对于教师这一"阳光下最光辉的职业"似乎并不自豪，对自己只能像个葫芦瓜那样被挂着，光看而不能吃一直感到遗憾。那么为什么仕途经济就那么重要呢？这除了"学成文武艺，货与帝王家"，不是当个被挂起来的葫芦瓜以外，成就感、权力欲以及经济保证都实现了，因为"经济"一词实具经邦济世和"经家济贫"两个含义。所以我们确实不难理解为什么会有"书中自有黄金屋，书中自有颜如玉，书中自有千钟粟"的说法，也不难理解为什么"十年寒窗无人问，一举成名天下知"，之所以"春风得意马蹄疾，一夜看尽长安花"，是因为在科举制度下的中举意味着命运的彻底改变。

不过，古代也有另外一种人，像传说中的巢父、许由，他们都不愿意接受圣君的让位，甚至认为这些话玷污了自己的耳朵，要跑到溪水边洗耳，而当周武王伐纣时，伯夷、叔齐兄弟却大加反对，武王得天下，他俩竟然发誓不食周粟，隐居于首阳山采薇而食。庄子对战国中的杀戮、争霸非常痛恨和失望，所以也无意于当官，甚至把官位比作死老鼠,当楚威王派人拿着很多钱去找他,并许之为相时,他笑着说:"你快走吧,不要让我受侮辱了,我宁可在污水中游戏快乐,都不愿意做官,终身不仕才是我的志愿。"东汉初,还有一位有名的隐士——严光,在光武帝刘秀还未成为皇帝前,他俩本是同学,刘秀当了皇帝后,立即将他请到了首都,厚待他,还同他在一个被窝里睡觉。刘秀知道他有学问,品德高尚,想将他留下来做官,但严光拒绝了,还是回到了浙江老家,独自一个人披着羊裘在富春江边钓鱼。严光得到了后人的广泛赞誉,以宋人言,范仲淹就有一篇很有名的《严先生祠堂记》,称道他的"不事王侯,高尚其事",并作歌以赞:"云山苍苍,江水泱泱,先生之风,山高水长!"

陆游写过渔父词,也道及严光。他的《鹊桥仙》写道:

一竿风月,一蓑烟雨,家在钓台西住。卖鱼生怕近城门,况肯到红尘深处?

潮生理棹,潮平系缆,潮落浩歌归去。时人错把比严光,我自是无名渔父。

渔父词是唐人张志和首创,后来南唐后主李煜也写过同类题材之作。宋人有强烈的入世精神,本来对渔父题材不太感兴趣,但因南宋初宋高宗推行对金主和的政策,似有意于让人忘掉北方失地,销损斗争精神,带头作渔父词,一时纷纷仿效。陆游是抗金的志士,却壮志难伸,被迫闲退,不得已而作此词,以表自己的情怀。词的头两句说渔父手把钓竿,这钓竿浴着清风明月,这蓑衣披着烟光雨滴,他的家住在钓台的西面。钓台在今浙江桐庐的富春山,山半有两磐石,耸立东西,俯瞰大江,东面是严光(子陵)钓鱼台,西面是谢翱台(文天祥兵败被害,谢翱登台而哭奠)。当然,这里的钓台并不一定是实指,当是借此而提高渔父的形象。上结两句说,渔父以卖鱼为生,但他却无心求利,卖鱼时远离城门,当然更不肯到红尘深处争逐名利了。下片说,渔父的日常生活是潮水起来时要理棹摇船,潮水涨平后要系缆停舟,潮水落下后高唱着渔歌归去。人家错把我比作严光,其实我只是无名的渔父。这里看起来似乎是以为无名的渔父难以同大名鼎鼎的严光相比,实际上,严光虽辞征召,却因光武帝而得名,又披着羊裘垂钓,更有求名之心,所以陆游认为,无名的渔父之卖鱼生怕近城门,实际上比有名的严光还要清高脱俗。

陆游是很想在抗金复国的大业中作一番事业的,但是,由于最高统治者无意于北伐,恢复失地,他只是在剑南前线经历了短暂的抗敌生涯,很快就被投闲置散,只得在家乡徜徉山水,而遭受像陆游一样命运的人,也不在少数。这首《鹊桥仙》看起来像表现隐逸情致的张志和《渔歌子》一样,"一竿风月,一蓑烟雨","潮生理棹,潮平系缆,潮落浩歌归去",是闲适生活,与世无争的恬淡情趣,这应与陆游自我化解思想上的矛盾有关。但是,实际上似乎还应有强抑的幽愤,"生怕近城门",不肯"到红尘深处",以及"我自是无名渔父"云云,应是对为求一己私利而不计国家根本利益的那些人的讽刺。倘如此看,作者自塑以无名渔父清高的形象,并不消极,而是有积极意义的。

可惜流年,忧愁风雨,树犹如此
——桓温之叹的永久生命力

俗话说,十年树木,百年树人,是说树木成材虽然不容易,但人的德行、操守、业绩、名声更须百年时间的检验。但是,人作为生物体,其生命却比树木要短得多。美国西部的红杉树,高达几十米,寿命长达几千年,台湾阿里山的神木,也是长寿的树木,山东泰安岱庙和陕西黄帝陵都有汉柏,树龄超过两千年。所以,作为万物灵长的人,在树木面前,常会有人生短暂、速朽的感叹。《世说新语·言语》有一记载:

> 桓公北征,经金城,见前为琅邪时种柳,皆已十围,慨然曰:"木犹如此,人何以堪!"攀枝执条,泫然流泪。

桓公指桓温，人称其少有豪迈风气，得到温峤的赏识，累迁琅邪内史，进征西大将军。他以一代枭雄，竟然会在自己当年种下的柳树面前流泪感叹，可见对于生命的流走、消逝有着多么沉痛的感情，其中所表现出来的生命意识是多么的强烈！

桓温"木犹如此，人何以堪"的感叹，千百年来一直在人们的心头上回荡，宋词中也可以看到这一类似的感慨。比如姜夔的《长亭怨慢》作有小序：

>……桓大司马云："昔年种柳，依依汉南；今看摇落，凄怆江潭；树犹如此，人何以堪！"此语予深爱之。

尽管他将庾信的《枯树赋》误记为桓温的话，但精神是一致的。他在词中继续演绎"树犹如此"之意："阅人多矣，谁得似长亭树。树若有情时，不会得青青如此！"之所以有这一感慨，是因为他曾有过与合肥歌女的一段恋情。歌女善弹琵琶，而姜夔长于音律，郎才女貌，且互为知音。大概由于生活所迫，不得已分手了，但词人心中对这一交往和感情一直无法忘怀，所以在此词的下片追忆了当年分手时的叮咛："第一是早早归来，怕红萼无人为主。"可如今只能面对乱山无数而看不到高城。岁月流逝，生命逝去，怎不令人起"树犹如此，人何以堪"之叹呢！

有温峤、桓温之才的辛弃疾，同样也有"树犹如此，人何以堪"之叹。他作于乾道四年至乾道六年（1168—1170）间建康通判任上的《水龙吟·登建康赏心亭》写道：

>楚天千里清秋，水随天去秋无际。遥岑远目，献愁供恨，玉簪螺髻。落日楼头，断鸿声里，江南游子。把吴钩看了，栏干拍遍，无人会、登临意。　　休说鲈鱼堪脍，尽西风、季鹰归未？求田问舍，怕应羞见，刘郎才气。可惜流年，忧愁风雨，树犹如此！倩何人唤取，红巾翠袖，揾英雄泪！

辛弃疾在擒获叛徒、"奉表南归"后，并未得到最高统治者的赏识，只是因为他有出众的才干，无论到何处、干什么，都政绩昭然，才经常被派到需要处理棘手事情的岗位上，可是还得不到信任，以至有"孤危"之感。此词所抒发的登临感慨，是渴望为国建功、恢复北方失地，同难以实现平生大志的冲突，所以也引发了"树犹如此"的桓温之叹。

　　词的上片先写自己在登高远望之所见：南方的秋天，天空一碧如洗，江水流向天际，一望无边，远山虽像美人的青螺髻、头发上的碧玉簪一样美，但因为自己心中忧郁，看起来也好像是献愁供恨，引不起心中的愉快。接着写登临之所怀所感：对着楼头落日，听着孤雁叫声，自己作为流落江南的北方游子，纵然手把吴钩细看，醉拍栏杆不停，却并没有人理解我的登临之意。下片表明自己的志向：且不要说张翰见西风起，就想念家乡的鲈鱼脍、莼菜羹，弃官南归，我并不想向他学习；许汜在国家多难之时，只想到求田问舍，遭到胸有大志的刘备之鄙弃，我当然也不会像他那样。最令人感叹的是：年华就像流水一样的白白流走了，即使是树木，也会为遭受风雨的摧残而发愁，更何况是人呢！国事艰难，时光速逝，恢复中原的愿望何时才能实现呢？想到这儿，真叫人气短，又有谁唤取红巾翠袖的歌女，为我擦干英雄的泪水呢！

　　"可惜流年，忧愁风雨，树犹如此"，桓温之叹之所以具有永恒的生命力，是因为这带着悲情的喟叹具有强烈的生命意识。人生苦短，去日不可追，来日已无多，才子姜夔为自己爱情的失落而痛苦，英雄辛弃疾为自己志向的难圆而感叹。他们之间虽有情感、志趣的不同，但生命意识却是相同的。"树犹如此，人何以堪"的感叹分别落实在私事与国事两端，而这两者也恰是宋词的重要主题，我们可不必评说孰轻孰重。

好是悲歌《将进酒》，不妨同赋《惜余春》
——志士终未失却骨子里的认真

　　大诗人李太白写过著名的诗篇《将进酒》，诗中云：

> 君不见黄河之水天上来，奔流到海不复回。君不见高堂明镜悲白发，朝如青丝暮成雪。人生得意须尽欢，莫使金樽空对月……钟鼓馔玉不足贵，但愿长醉不复醒。古来圣贤皆寂寞，惟有饮者留其名。

他也写过《惜余春赋》，赋中云：

> ……试登高而望远，极云海之微茫。魂一去兮欲断，泪流频兮成行。吟清风而咏沧浪，怀洞庭兮悲潇湘。何余心之缥缈兮，与春风而飘扬。飘扬兮思无限，念佳期兮莫展。平原蔓兮绮色，爱芳草兮如剪。惜余春之将阑，每为恨兮不浅。

又说：

> 春每归兮花开，花已阑兮春改。叹长河之流速，送驰波于东海。春不留兮时已失，老衰飒兮情逾疾。恨不得挂长绳于青天，系此西飞之白日。

显然，这一诗一赋都有些消极情绪，这种情绪应与李白的处境有关，而不是出于他的天性。

宋代词人张元幹写过一首《瑞鹧鸪》，词前有小序："彭德器出示胡邦衡新句次韵"，词云：

> 白衣苍狗变浮云，千古功名一聚尘。好是悲歌《将进酒》，不妨同赋《惜余春》。
> 风光全似中原日，臭味要须我辈人。雨后飞花知底数？醉来赢取自由身。

从词的小序可看出，此词是因为胡铨而写。胡铨字邦衡，宋高宗建炎二年（1128）进士，为枢密院编修官，在绍兴八年（1138）宋金和议垂成之际，他上书极力反对向金人投降，请斩王伦、秦桧、孙近三人头，并羁留金使，兴师问罪。此议出，群情振奋，却因有忤主和派，被除名编管新州（治所在今广东新兴县）。张元幹愤于直道不行、志士被屈，作《贺新郎》词相送，《四库全书总目提要》称道此词"慷慨悲凉，数百年后，尚想其抑塞磊落之气。"胡铨在被贬新州后，仍写了一些感慨国事的词，这些作品通过胡铨与张元幹的共同朋友彭德器相传，使张元幹得以看到，读后感慨良多，遂写下这首和韵之作。

此词开头用杜甫《可叹》诗中句子："天上浮云似白衣，斯须改变如苍狗。"如果说杜诗是重在表现自然界的变化无穷，那么词中所用就是变为对世事变幻莫测的感慨。次句承接世事之变，"千古功名"显然是指极力反对与金和议之事，因结果是胡铨被贬，主战派被迫缄口，故有"一聚尘"之叹。"一聚尘"曾见于唐人寒山子诗："谁家长不死，死事旧来均。始忆八尺汉，俄成一聚尘。"寒山子诗多宣扬勘破世幻的宗教思想，此处的"一聚尘"即表现出人生幻灭之意。岂不？八尺男子汉说倒就倒，很快便化成了一堆尘土。词中将消极的宗教意识同"千古功名"联系在一起，反对和议、力主抗金的大业竟然成了"一聚尘"，可见作者内心是多么激愤！豺狼当道，英雄失路，空有一腔忠愤，只能令志士扼腕。既然如此，无奈中只能放声悲歌《将进酒》，发泄心中的愁闷。因与胡铨相隔遥远，只得借《惜余春赋》表达"试登高而望远，极云海之微茫"的思念，和"春不留兮时已失，老衰飒兮情逾疾"的感慨。

下片"风光全似中原日"一句，是现在的感受，也是对过去中原生活的怀念，令人想起"过江诸人""风景不殊，正自有河山之异"的"新亭"之叹。"臭味要须我辈人"，实是同志的勉励，因为"臭味"即气味，气味之相同即志向、情趣的相投，说明即便遭受打击、贬谪仍不会改变初衷。"雨后飞花知底数"是问句，化用杜甫《曲江》的"一片花飞减却春，风飘万点正愁人"，呼应"惜余春"之意，还让人想起南宋政权的前景。结句"醉来赢取自由身"是对胡铨的安慰，因为他已被编管，失去自由，只有在喝醉了酒的时候还能忘却现实，而这样的安慰也足见沉痛。

南宋初年，因宋高宗与秦桧等人推行对金求和的政策，岳飞被冤死，李纲、胡铨等主战派遭受打击。张元幹不怕牵连，作词相送，此词又继表安慰、鼓励，不仅可使我们间接看到当时的政治、社会状况，了解有志抗敌者压抑的心境，而且在似乎是消极的《将进酒》诗、《惜余春》赋的后面，又让我们感受到了志士终未失却骨子里的认真。近千年之后，词人对"民族脊梁"的关怀、同情，仍感动着我们。

长恨此身非我有，何时忘却营营
——从庄子思想中寻找解脱之方

古代的士人多恪守儒家教导，以"达则兼济天下，穷则独善其身"为立身行事的信条，但是，儒家代表的主要还是"入世"观，当遭受挫折和不幸时，还常要依靠道家的思想来寻求解脱，以求"出世"，所以有学者称之为"儒道互补"。宋代大文豪苏东坡大概算得上是最善于"儒道互补"的人物。苏东坡在青年时期"奋励有当世志"，他二十一岁中进士，在二十六岁参加制科考试时，曾针对"长患无材、长患无兵、长患无吏"的现实，提出了有针对性的方针，以求改革弊政。但后来因对王安石变法持有异议，卷入党争，他的一生就充满了坎坷，也从初时的只信奉儒家思想，排斥道、佛，转变为兼取而杂糅之。

苏轼在宋神宗元丰三年（1080）遭"乌台诗案"，被贬谪黄州（今湖北黄冈），到彼处后，不但在政治上深感压抑，生活上也非常困难，他常到安国寺焚香默坐，自我省察，力求一念清净，还倾心于道家的养生术，在天庆观养炼。通过对佛道思想的汲取，化消极为积极，他在现实中努力消解矛盾，求得心理上的平静。

苏轼初到黄州时，住在城南靠近长江边上的临皋亭，后来开垦出"东坡"，种了庄稼、树木，自号为"东坡居士"，又在此处建了雪堂。元丰五年九月，苏轼在雪堂喝酒，醉后返回临皋，并写了一首词《临江仙》：

> 夜饮东坡醒复醉,归来仿佛三更。家童鼻息已雷鸣。敲门都不应,倚杖听江声。
>
> 长恨此身非我有,何时忘却营营?夜阑风静縠纹平。小舟从此逝,江海寄余生。

据叶梦得《避暑录话》记载,苏轼在作了这首词后,传说他"挂冠服江边,挐舟长啸去矣",消息传到郡守那里时,郡守大为惊恐,"以为州失罪人",赶紧到苏轼的居处,却只闻他鼾声如雷,竟然还没有醒过来。

此词上片写了喝酒和回家的过程,浅显易懂,不必详说。"醒复醉"三字,将东坡恣纵自适的情态作了生动的刻画,而"仿佛三更"则似还带着醉意,"敲门都不应,倚杖听江声"两句,所展示的是一个"无可无不可"、坦然面对现实的人物形象。到了家,却回不了,在别人将会多么恼火,可苏轼竟然悠闲地拄着拐杖倾听江流的水声。这样,就为下片打下自我解脱的基础。换头突然冒出"长恨此身非我有"的感慨,接着似是自我告诫:不要对世事过于执著,何时才能忘记不绝的忙碌呢!这感慨与自警似与前面不相干,其实这正是在夜深人静时,自己有家却进不了门,在静听江声时得到的启发:鼾声如雷的家童听不见自己的敲门声,主人竟然主宰不了这个家,难道这不是类同于"我"的不能决定"此身"吗?如果能忘却营营,不去为追求什么而忙碌不已,也就像对于回家不那么在意一样,在天地之间,倾听江涛水声,就会在精神上得到解脱,得到了自由。《庄子·知北游》说:"汝身非汝有也。"其本意是说人的生命、身体是天地所造就,并非人所自有。《庄子·庚桑楚》又说:"全汝形,抱汝生,无使汝思虑营营。"是说应当健全人的形体,关爱人的生命,不要让自己百般思虑,千般周旋,而使生机受损。当想通了这一切,就能以审美的态度对待人生,静观万物,看到的是"夜阑风静縠纹平"的美好景色。在被自然美景所陶醉时,不由得生出了一个念头:何不就驾着一叶小舟,任意而行,在江海中去度过余生呢!

尽管苏轼只是发一时之感,并没有真的驾起一叶小舟消失于江

最令人长记难忘的是西湖边携手赏梅,可惜正如梅花凋残,人也离散,何时梅花再开,人能再逢?

西湖胜迹图册·雷峰塔,明·宋懋晋

携手并行,看千树梅花盛开,似乎压住了西湖寒冷的一湖碧水。可是,梅花终于被一片片吹尽,与爱人也分手了,什么时候再能相见呢?

西湖胜迹图册·六和塔,明·宋懋晋

海，而是倒头大睡，只让郡守虚惊一场，但这首词却给人以不少启发。人世很少是一生坦途，人生很少是一帆风顺的，所以只有看穿忧患，善作自我解脱，才能不会因逆境而使身心受损。苏轼虽然少年得志，文名远播，仕途开始时也算顺当，但因在变法上的意见分歧，导致自请外任，继而遭乌台诗案被贬黄州，以戴罪之身而感受人情冷暖，备尝人世艰辛。他从庄子的思想中求取解脱之道，与他早年所主张者相左，却是随人生境遇的变化而变化，对他来说，也是成功的。后来，他经历了一再的被贬，从偏僻之地的岭南，再到瘴蛮之地的海南，却并未消沉，而依然乐观，应该说，庄子的思想是真正起了作用的。

苏东坡逝去多年了，但他的词依然还有生命力。在今天，社会生活中充满竞争，人们如过多地纠缠在得与失、忧与乐中，可能就会害本伤生，若能真的学会"长恨此身非我有，何时忘却营营"，心灵就会少几分躁动，多一些宁静。

世路如今已惯，此心到处悠然
—— 看穿名利才能看穿忧患

人生在世，有一样很难挣脱的羁绊，那就是名利。东汉的高士严光，谢绝了汉光武帝的挽留，不愿在京城为官，回到富春江钓鱼，应该说是很了不起的了，所以赢得了"云台争似钓台高"的赞叹——那些画像留在云台上的汉代功臣，还没有在钓台上钓鱼的严光那样高尚。即便如此，宋代竟然还有人写诗讥刺他："一著羊裘便有心，虚名留得到如今。当时若著蓑衣去，烟水茫茫何处寻。"因为在作诗者看来，严光的所为，尽管不是求利，却仍有求名之嫌。

俗话说，"人生识字忧患始"，如果在儿童时代，只要有饭吃，有衣穿，就没有忧患，"人之大患，在我有身"，应是读书识字、渐知世事后的认识。有忧患，是缘于"有身"，因为"有身"就有"欲"，有欲就有不足。人们常说"知足者常乐"，是因为"欲"少、故能知足；但也因为不知足，才使人有为之奋斗的动力。所以，逐利求名也就成了很自然的事情。老子、庄子等道家人物，愤于人世间的纷纷扰扰，希望回到物质生活极其贫乏的原始社会中去；孔子则认为"不患寡而患不均，不患贫而患不安"，对热衷于聚敛财富的弟子，他极不以为然，号召其他学生"鸣鼓而攻之"。大概与接受古代哲人的教导有关，中国人似乎更重视"义"而不是"利"，这样也就影响了竞争性，使得长期以来社会发展非常缓慢。即便求名，也是要求得正直、清贫等好名声，都懂得"不义而富且贵，于我如浮云"。

　　这似乎是无法回避的二律背反！物质的进步要付出精神的代价？生活的提高意味着道德的沉沦？当然，这是绝对化的看法。我们不想介入这一问题的讨论。还是回到前面所说的忧患与名利的关系上来。人之所以有名利之心，是因为名利有精神和物质的双重意义，既给予了精神愉悦、满足，又带来了物质需要、享受。但是，俗话说，"人怕出名猪怕壮"（今天除外，人们对出名是求之不得，因为名人在社会上能得到太多好处），猪壮了，要被杀，而人做了大官，出了大名，固能得到很多，但也免不了"事修而谤兴，德高而毁来"（韩愈《原毁》），甚至是刀锯有加，黜陟有闻（韩愈《送李愿归盘谷序》有"刀锯不加"、"黜陟不闻"语，此处反用之）。所以，古代的隐士自有其隐居的理由。

　　忧患与名利好像相伴而难分，这又是一个悖论！要解决矛盾，似乎在于将两者都看穿。张孝祥有一首《西江月·题溧阳三塔寺》写得好：

　　　　问讯湖边春色，重来又是三年。东风吹我过湖船，杨柳丝丝拂面。

　　　　世路如今已惯，此心到处悠然。寒光亭下水连天，飞起沙鸥一片。

　　此词并不是专讲对忧患与名利的认识，但很能给人以启发。张孝祥有志于抗敌救国的大业，他的名篇《六州歌头》感慨"时易失，心徒壮，岁将零"，大有抗金大事时不我待之意，"闻道中原遗老，常南望、翠葆霓旌。使行人到此，忠愤气填膺，有泪如倾。"更表现出沦陷区人民的痛苦与期待，曾使张浚为之罢席。但他自仕宦以来，因支持主战派，建议广开才路，固本培元，虽得高宗嘉许，却因朝中主和派掌权，被一再论罢。他写过《念奴娇·过洞庭》，有"应念岭表经年，孤光自照，肝胆皆冰雪"等句，在表现自己的高洁情怀同时，又不无"孤愤"之意。而这首《西江月》上片写三年后重来旧地，看到的是一片平静的景色，也反映出他心中的平静、坦然。尤其是下片，以富有哲理的语言表现自己的心态："世路如今已惯"六字，尽管其后面包含着悲辛、幽愤，但"已惯"一出，遂将不平、失落都轻轻扫灭了，在无奈中得到感悟，也就能超然于世务之外，以悠然自得的态度，以静观的审美情趣，来面对大自然。即使是三塔寺这样"三塔虽在，四壁常空"（《重修三塔偈》，见《于湖文集》）的地方，在他看来，也有美丽的景色，"寒光亭下水连天，飞起沙鸥一片"。

我们可以不必计较张孝祥此词所写的具体事物，甚至也不必了解他的真实情怀，大自然可以淘洗人的灵魂，升华人的精神，但首先必须是人要有对世事的距离（当然不是逃避现实），在"进"而不得的情况下，不妨"退"而自宽。我们可以不去深究作者的人格和功业，只是能从他的这首词中认识到：看穿名利才能看穿忧患。这也许就是"世路如今已惯，此心到处悠然"给我们的启发。

浮云出处元无定，得似浮云也自由
——一场人与浮云的对话

人与人之间常有很大的不同。有的人可以饱食终日，无所事事，却并不觉得无聊；而有的人却觉得时间很不够用，因为有很多的事情在等着他去做。像前面的那种人，根本就不想从事什么工作，更何况承担什么社会责任，他们只希望能躺在前人所创造的功劳、成果上获取享受就行了。而后面的那种人，却有强烈的工作欲望和社会责任感，总想着要开拓、进取，要创造业绩。前面那种人，只习惯于闲逸，而后面那种人，却只习惯于工作，一旦二者互换，发生情性与习惯的"错位"，恐怕都会感到痛苦。现代如此，古代也如此，我们不妨看看古人。宋代有名的词人中，且不说前者，如果一说后者，马上就能令人想到辛弃疾。当然，辛弃疾并不只是习惯不习惯闲逸生活的问题，因为他特殊的出身和经历，使他自幼便具有强烈的爱国主义精神，一直怀着"要补天西北"的强烈愿望，夙愿未尝已很痛苦，更何况无过而遭免官，被迫闲退于山林！

　　辛弃疾青年时代参加抗金起义军，又"决策南向"，奉表归宋，干过一番轰轰烈烈的大事，后来虽未得到最高统治者的重用，毕竟在地方官任上也作出了很多成绩，他是极想有所作为的，一旦中年赋闲，心中的委屈且不说，习惯于干事业的人，岂能够说闲就闲得下来？他在刚刚被迫闲退带湖时，似乎还为闲逸而高兴过。《水调歌头·盟鸥》写道："带湖吾甚爱，千丈翠奁开。先生杖屦无事，一日走千回。凡我同盟鸥鹭，今日既盟之后，来往莫相猜。白鹤在何处，尝试与偕来。　　破青萍，排翠藻，立苍苔。窥鱼笑汝痴计，不解举吾杯。废沼荒丘畴昔，明月清风此夜，人世几欢哀。东岸绿荫少，杨柳更须栽。"但是，辛弃疾毕竟不是陶渊明，陶渊明生活在"真风告逝，大伪斯兴"的时代，"乱也看惯了，篡也看惯了"，是看穿一切，才隐居躬耕的。而辛弃疾是极想有为，却被迫退隐，英雄失路，志士扼腕，心里能够消释躁动，归于平淡吗？所以我们看到的，无论是前一次闲退带湖，还是后一次隐居瓢泉，都可见他虽努力以庄子和陶渊明为榜样，却更多屈原的情愫，是难平心中激奋，只如清人周济所说，是"敛雄心，抗高调，变温婉，成悲凉"而已。

　　辛弃疾在闲退时所作的词中，既有表现闲情逸致的"醉倒东风眠永昼，觉来小院重携手"（《蝶恋花》），"并竹寻泉，和云种树，唤做真闲客"（《念奴娇》）；却更有沉重心情的流露："而今识尽愁滋味，欲说还休"（《丑奴儿》），"今古恨，几千般，只应离合是悲欢？江头未是风波恶，别有人间行路难"（《鹧鸪天·送人》）。他的一首作年莫考的《鹧鸪天》也应是闲退时所作，在表现哲理的同时，更可看出其中欲化解心中无奈的努力：

> 欲上高楼去避愁，愁还随我上高楼。经行几处江山改，多少亲朋尽白头。
> 休归去，去归休。不成人总要封侯。浮云出处元无定，得似浮云也自由。

在《丑奴儿·书博山道中壁》一词中，辛弃疾也写到了登楼之举："少年不识愁滋味，爱上层楼，爱上层楼，为赋新词强说愁。"那是少不更事的时代，爱登楼是为了写新词而硬说愁，实际上并没有真的忧愁。至于现在，却是"欲上高楼去避愁"，愁不能避，竟然跟着人上到高楼来了。令人感慨的是，所经行之处，江山改貌，且又有多少亲人、朋友都头发白了。这样看来，前面的愁和后面的亲朋白头是紧密相关的，因为亲朋既然白头，自己又何尝不是呢？这就是"时易失，心徒壮，岁将零"（张孝祥《六州歌头》）的感慨啊！下片的"休归去，去归休"，两句相倒，似乎是文字游戏，实际上对于自己来说应是具有告诫的意义："休归去"是自己原有的愿望，而"去归休"是要自己坦然地面对现实。为什么呢？因为人可以进，也可以退，难道都要建功立业，封侯拜相，才算达到人生目的？岂不想想，天上的浮云，其之出，本也无定，其之入，当然也是如此。浮云既然这样，人又为何不能如此？还是像浮云一样吧，无心而出岫，知倦而飞还，又有什么不好呢！人最要紧的还是要得到自由，如同浮云那样在天空飘来飘去，不就是得到自由了吗？

在这场人与浮云的"对话"、"交流"中，辛弃疾似乎是受到大自然的启发，战胜了自我，得到了心理上的平衡。但是，既然词的上片明言"欲上高楼去避愁"，且愁绪随行，上高楼而不去，又有江山改貌、亲朋白头的感慨，难道只因见浮云就得到启发，为自己脱离官场、得自由之身而感到欣慰吗？恐怕未必。如果说少年是"强说愁"，那么现在就是"强解愁"，终未能真的消释愁绪。纵然如此，也可见大词人的胸襟毕竟不同于小儿女的情怀，因为这终究是豪杰的吐属。

四

雅情

诗酒趁年华
——说说宋人的生活雅趣

　　人们常将唐宋两代并称,似乎唐风宋韵有颇多相似性,其实,随着近年来的研究,已能逐渐体会到"唐型文化"与"宋型文化"的诸多区别。相对说来,唐代国力强盛,有足够的民族自信心去主动迎接、融会外来文化,所以唐型文化受外来影响较大,显得外向、开放、活跃,在生活情趣和艺术风味上更追求热烈、雄壮和动感。宋代立国后,一直受到北方少数民族政权的军事压力,尽管经济发达,却在对外关系上持续扮演受辱的角色,以至于北宋亡于金,南宋亡于元,所以宋型文化的民族本位意识较强,显得内向、封闭、沉稳,在生活情趣和艺术风味上更追求舒缓、纤柔和沉静。如果说,李白豪放飘逸的诗、张旭如风雨雷电的狂草、吴道子大气磅礴的人物画、"声振百里"的《秦王破阵乐》、雄强壮伟的昭陵八骏、粗犷有力的乾陵石狮等,可以作为唐代文艺的代表;那么,追求"光风霁月"之境的理学、深沉瘦硬的诗、婉约阴柔的词、"端庄杂流丽,刚健含婀娜"的书法、马远"一角"夏圭"半边"的山水画、朴素淡雅的青瓷等,就可以作为宋代文艺的代表。如果说,唐代文人的生活与诗情见之于从军出塞、学道游仙、寻幽探胜、经行万里、纵酒放歌之中,那么宋代文人却远无唐人的豪情与狂放,政事与文事之外，他们更多的是追求生活的雅趣。

宋人的生活雅趣主要体现在什么地方呢？著名的"西园雅集"可以见之一二。北宋大书画家米芾的《西园雅集图记》是对于李公麟所作《西园雅集图》的一篇说明性文字，文中对参加"雅集"的人物及活动作了很详尽的记录："……人物秀发，各肖其形，自有林下风味，无一点尘埃气，不为凡笔也。其乌帽黄道服、捉笔而书者，为东坡先生。仙桃巾紫裘而观者，为王晋卿。幅巾青衣、据方几而凝伫者，为丹阳蔡天启。捉椅而观者，为李端叔。后有女奴云鬟翠饰侍立，自然富贵风韵，乃晋卿之家姬也。孤松盘郁，上有凌霄缠络，红绿相间，下有大石案，陈设古器瑶琴，芭蕉围绕。坐于石盘旁，道帽紫衣，右手倚石，左手执卷而观者，为苏子由。团巾茧衣，手执蕉箑而熟视者，为黄鲁直……前有鬌头顽童捧古砚而立，后有锦石桥，竹径缭绕于清溪深处……水石潺湲，风竹相吞，炉烟方袅，草木自馨，人间清旷之乐，无过于此。"参加过西园雅集的词人秦观在其《望海潮》中曾有"西园夜饮鸣笳。有华灯碍月、飞盖妨花"的美句美境，可见他对于这段充满雅趣的生活的追怀之情。在私家园林的清幽环境中，苍头翠鬟相绕，炉烟古琴相伴，文人们作文写诗、谈禅论道、评书赏画、品酒啜茗……这种生活确实是唐人所未见或少见的。

如果说西园雅集是追求室外的园中雅趣，南宋赵希鹄《洞天清禄集》则表现了对文人书斋清玩雅趣的欣赏："明窗净几，罗列布置，篆香居中，佳客玉立相映，时取古人妙迹，以观鸟篆蜗书、奇峰远水。摩挲钟鼎，如亲见商周。端砚涌岩泉，焦桐鸣玉佩，不知身居人世，所谓受用清福，孰有逾于此乎！"收藏金石古物，赏玩奇花异石，成为不少文人之所好，乐此不疲，可谓"雅玩"成风。其中如对于金石一项，李清照《金石录后序》曾道及当年与夫君赵明诚共同"雅玩"的美好情趣："得书、画、彝、鼎，亦摩玩舒卷，指摘疵病，夜尽一烛为率……每饭罢，坐归来堂烹茶，指堆积书史，言某事在某书某卷第几叶第几行，以中否角胜负，为饮茶先后。中即举杯大笑，至茶倾覆杯中，反不得饮而起。"夫妻之间并不只是缠缠绵绵，而是充满了文人士大夫的雅趣。

我们不妨借用苏轼《望江南·超然台作》词的结句，作为宋代文人生活雅趣的概括。词云：

> 春未老，风细柳斜斜。试上超然台上望，半壕春水一城花。烟雨暗千家。
> 寒食后，酒醒却咨嗟。休对故人思故国，且将新火试新茶。诗酒趁年华。

此词是苏轼在密州（今山东诸城）时所作，作者因清明前后登上超然台，对着满城风雨，撩起乡愁，写成此词。我们可以不管词中所表达的主要意思是什么，如果摘字相连，柳、花、诗、酒、茶等，差可与后人所写打油诗相对照，看到雅俗情趣的不同。诗云："书画琴棋诗酒花，当年件件不离它。如今七事都变更，柴米油盐酱醋茶。"宋代文人的生活相对说来比较优裕，尤其是一旦成为了高官，根本就不用为衣食之事发愁，小老百姓的"开门七件事"不须他们烦心，所以尽管可以在"书画琴棋诗酒花"上用心思。即使像南宋时著名的雅士姜夔，一生依人为食，虽家无立锥之地，却照样可以做到"图书翰墨之藏，汗牛充栋"，不失其"晋宋间人"的风貌。

的确，宋代文人很懂得"诗酒趁年华"的生活雅趣，他们的人生堪称是一种诗意的人生。

碧云笼碾玉成尘，留晓梦，惊破一瓯春
——说说宋人的茶趣

上面说到"书画琴棋诗酒花"与"柴米油盐酱醋茶"的雅俗对照，其实，后来"开门七件事"中的茶，在宋代却属于雅事之列。茶是中国的"国饮"，尽管我国的茶文化不如酒文化那样历史悠久，但种茶、饮茶之习并非晚出，最早的且不说，仅《三国志·吴·韦曜传》已有"或密赐茶荈以当酒"一语，似乎可见茶已有与

酒争雄之势。虽旧本中"茶"字还是作"荼"字,直到唐朝"荼"才省作"茶",但茶的地位已初步可见。唐朝盛行种茶、饮茶,从第七、第八世纪以来,南北各地、上下人士都热衷于茶。于是就有"茶圣"陆羽写成《茶经》三卷,对产、采、烹、饮等诸般茶事作了全面记载。从唐德宗开始实行茶法以征税,可见对茶的经济价值的重视。不过,我国茶文化的发展主要还是在宋代。

茶之称为"文化",不仅是饮用的实用价值,而与文人的参与其事关系极大。李白与杜甫都有咏茶诗,中唐以后,此类诗歌大量出现,其中如皮日休与陆龟蒙唱和,各有咏茶具诗十首。宋代茶业兴盛,茶的制作与相关的饮茶、茶具等,都较唐代进了一大步,文人墨客人茶事于诗歌成了一种普遍风气,其中如苏轼、黄庭坚,所作非常著名,南宋时,陆游的咏茶诗更有几百首之多。苏、黄等人还将茶事写入词中,比起诗来,别有一种情趣与风韵。试看:

龙焙今年绝品,谷帘自古珍泉。雪芽双井赛神仙,苗裔来从北苑。

汤发雪腴酽白,盏浮花乳清圆。人间谁敢更争妍?斗取红窗粉面。

——苏轼《西江月》

绮席才终,欢意犹浓。酒阑时高兴无穷。共夸君赐,初拆臣封。看分香饼,黄金缕,密云龙。

斗赢一水,功敌千钟。觉凉生两腋清风。暂留红袖,少却纱笼。放笙歌散,庭馆静,略从容。

——苏轼《行香子》

北苑春风,方圭圆璧,万里名动京关。粉身碎骨,功合上凌烟。尊俎风流战胜,降春睡、开拓愁边。纤纤捧,研膏溅乳,金缕鹧鸪斑。

相如虽病渴,一觞一咏,宾有群贤。为扶起灯前,醉玉颓山。搜揽胸中万卷,还倾动、三峡词源。归来晚,文君未寝,相对小窗前。

——黄庭坚《满庭芳》

词中言茶趣、说茶事,加上使事用典,有着不同于诗的特别风味。

但是,若就茶写茶还未免有逞才使学之嫌,而未见真正的生活雅趣,比较而言,将茶事与他事写在一起,倒是更见其为雅。如李清照的《小重山》:

春到长门春草青。江梅些子破,未开匀。碧云笼碾玉成尘。留晓梦,惊破一瓯春。

花影压重门。疏帘铺淡月,好黄昏。二年三度负东君。归来也,著意过今春。

此词写早年时在汴京时的生活。开头一句借用薛昭蕴《小重山》词成句,不是写汉武帝时陈皇后的宫怨,而与下面二句合在一起,以写春天的到来。严冬过去,青草已青,小梅着花,却未开匀,正是初春的景象。"碧云笼碾"三句写饮茶:从茶笼(储茶之具)中取出像青碧云彩一般的茶饼,用茶碾碾碎,煮成茶汤,待晓梦初醒之时,取茶而饮,可以醒脑,将梦境驱除。唐人郑谷有诗句云:"顾渚(按,地名,宋时在浙江长兴县,产名茶,以充贡品)一瓯春有味",李清照取此而用之。下片并不是接着写白天的大好春光,而将笔触伸到了黄昏时候,此时的作者不是后期的国破、夫死、家亡,怕黄昏、怨黄昏,而是赞美黄昏时"花影压重门"和"疏帘铺淡月"的朦胧美景。最后说自己竟然会在两年之中有三度辜负了大好的春光,这是多么的可惜!正因为有此遗憾,所以这次归来,就一定要好好地享受美丽的春天,"著意"二字,表明了自己的决心。

李清照是一位女性词人,但她却具有文人士大夫的情趣,作诗填词固然是其所长,读书论文、赏玩金石、饮酒看花也是她的重要生活内容。此词赏早春的草青梅破,赞黄昏的重门花影、疏帘淡月,再加之以"碧云笼碾玉成尘。留晓梦,惊破一瓯春"的品茶啜茗,就使这种闲适的生活更增添了几分雅趣。

枕上诗书闲处好,门前风景雨来佳
——宋人读书赏景的雅趣

宋人重雅趣,其中最主要的恐怕就是读书了。

由于五代十国的战乱,文化遭到了很大的破坏,宋初,作为首都的开封,朝廷的昭文、集贤、史馆这三馆藏书只有一二万卷,只用几个柜子就可以装下了。随着军事征服的推进,各地的图书逐渐汇聚到了开封,为首都的图书建设奠定了规模。除了通过军事征服来缴获书籍以外,政府还经常开展图书的购募活动,使得馆藏逾益丰富。到宋真宗时,藏书已非常可观。开封不仅是京城,也是贵族百官与文人学者的聚集地,私人的藏书也很多,不少人多达万卷以上。神宗时,居住在开封春明坊的宋敏求,藏书有三万卷,王安石在嘉祐年间任职于京师时,曾赁房于春明坊,与宋敏求为邻,从宋家借阅唐人诗集,选编成《百家诗选》。北宋前期,由于宋初统一之时将南方各地的藏书搜罗到开封,所以南方藏书较少,仁宗景祐年间,欧阳修被贬官到夷陵,无书可看,只有靠阅读旧档案度时光。到北宋中期,南方的图书事业开始兴盛,南宋时,更超过了北宋时期的北方地区。图书事业之盛,除了统治者的努力搜求以外,还与图书的出版、印刷业发达有关。宋代的印书业以杭州为最,开封的印版不下于杭州,但纸质差些,此外,四川、福建的印书业也很发达。国子监既是朝廷的教育管理机构和国家最高学府,又是出版管理机构和国家出版社,有的其他中央部门也有专业性的出版机构,它们行使着管理兼商业职能,使得出版、印书业获得很大的发展。从技术的角度言,宋代雕版印刷非常盛行,在此基础上,毕昇又发明了活字印刷术,大大提高了印刷速度。由于各方面的努力和积累,尽管遭受了"靖康之变"的巨大破坏,图书业在经历了由衰而盛之后，到南宋中后期，又达到了鼎盛。宋室初渡时，杭州几无图书可言，到后来，宫廷藏书且不说，私人藏书也极为可观。由宋入元的学者兼词人周密曾说，他的家乡湖州，藏书家甚多，多者有十万卷，次者也有数万卷。

与过去任何一个朝代相比，宋朝文人的读书条件要优越得多，又由于宋代统治者的重文轻武，更促使文人认真读书。在这样的历史、文化背景之下，即使没有功利性目的，读书也会成为一种社会风气，成为文人的生活雅趣。男子自不必说，因为不读书决不可能踏上仕途，在社会上无法安身立命，连贵族女子也喜读书。

从求学的角度讲，宋人的读书途径主要有两条，一是就读于官学，二是从学于私学。官学如太学，可不说。私学之在宋代，是指书院。宋仁宗时，学者胡瑗在苏州、湖州等地办学，传授学问以外，又以人格、品行教人，后来的许多著名理学家都在书院授学。书院教育其实起源于魏晋以来的山林讲学传统，在唐朝得到了延续，宋代更为之发扬光大。古时的山林讲学，多选择风景清幽之地，唐朝的寺院又为士人的学习提供了方便，寺院除了建在通都大邑以外，又多在名山秀水，继承这一传统，宋代的书院也多在风景名胜之地。这样一来，读书与赏景就成了相辅相成的事。自古以来，文人就向往读书、求学与游历天下相结合的生活，以得"江山之助"为尚，书籍与风景间好像结下了不解之缘，宋人在这点上也有发扬。既然如此，即使是消遣性的读书，似乎也与欣赏风景密切相关，使读书与赏景结合成生活中的一种雅趣。男性词人如此，女性词人也如此。试看李清照的《摊破浣溪沙》：

> 病起萧萧两鬓华，卧看残月上窗纱。豆蔻连梢煎熟水，莫分茶。
>
> 枕上诗书闲处好，门前风景雨来佳。终日向人多蕴藉，木樨花。

此词是李清照在晚年流寓于越中时所作。此时，作者早已经历了夫死家破、流离南迁之苦，已没有当年的诸多情趣，但是，她依然没有失去对生活中雅趣的感受。词中先讲自己在病起之后的变化，镜中最使人触目的是两鬓萧萧，头发花白。病后体衰，怕也是卧多坐少，躺在床上，一时难以成眠，看着残月渐渐地爬上了窗纱。《事林广记》说，将白豆蔻的壳拣净后，放入开水瓶中，泡一阵子，就可饮用。因豆蔻性温去寒，与茶的凉性相反，作者病后不宜饮茶，故云"豆蔻连梢煎熟水，莫分茶"。纵然在病后，作者还是以读书作为休闲之举，体弱不宜远行，只好看看书，再看看门前风景，此时深感读书以闲逸时为好，风景以有雨时更佳，而窗外的桂花，透出谈谈的香气，真像朋友一样给人以关怀。李清照此词是写一时一地的感受，但"枕上诗书闲处好，门前风景雨来佳"两句，却足以见出宋人的生活雅趣，故拈出以为题。

一松一竹真朋友，山鸟山花好弟兄
—— 官场上的失意在山居中得到补偿

现在有一句流行语：商场即战场。此话之所以流行，同市场经济的发展大有关系，为了要抢占商机，争得市场，决策当然重要，运作也不可忽视。但是，在商场这个战场上搏斗的，不可能都是胜利者，许多人会败下阵来，甚至于被杀得片甲不留。而古代的官场，也与战场有几分相似，不少人在其中翻滚浮沉，荣辱变换。元朝人对此看得最透，查德卿的散曲《仙吕·寄生草》曾感叹"如今凌烟阁一层一个鬼门关，长安道一步一个连云栈"，对仕途、官场的艰难、凶险说得很形象、很深刻。

宋朝自立国以来，就优待文人，这可能与赵匡胤自己因陈桥兵变、黄袍加身的经历有关。他以过来人的身份深知拥兵者的厉害，所以在当上皇帝后，就"杯酒释兵权"，让战场上的功臣们去享福，而不给他们掌握军权。但对于文官的待遇要相对优厚：朝廷广开科举，实行公平竞争，使不少出身贫寒者踏上仕途，而且实行台谏制，开启言路，还立下了不杀士大夫的"祖宗家法"。尽管如此，官场上也并不风平浪静，甚至还充满了忧患。

北宋时期，对从政的文人来说，遭受到的最大打击是党争。在新、旧党争中，一大批人受到伤害，大文豪苏轼被一贬再贬，最后被贬到海南，遇赦北归不久就病逝于常州。"苏门四学士"也受累于党争，黄庭坚、秦观等都一再被贬，后者更是客死南方。到南宋时期，也有过"庆元党禁"，但最主要还是对金政权主战或主和的斗争，从南渡之初开始，李纲、赵鼎等主战派就与高宗、秦桧进行过斗争，却以失败告终，岳飞以"莫须有"的罪名被杀害。到孝宗时期，大词人辛弃疾作为抗战派的主要代表，虽满怀壮志，却不能走上北伐的战场，只能将他的军事才能用到了镇压茶商军中，且两度被罢官，在江西上饶闲居达二十年之久。

辛弃疾在第一次被罢官闲居带湖时，有《鹧鸪天·博山寺作》一词：

> 不向长安路上行，却教山寺厌逢迎。味无味处求吾乐，才不才间过此生。
>
> 宁作我，岂其卿。人间走遍却归耕。一松一竹真朋友，山鸟山花好弟兄。

此词开头两句应题：我已闲居乡里，不再走向长安（代指临安）路了，却想不到会一次次地游览远离都城的博山寺，以至于让它都厌于对我逢迎。此时，令人要想起老庄的话头来，只有在《老子》所说的"为无为，事无事，味无味"中寻找乐趣，以庄子"处乎才与不才之间"为处世方法。《庄子·山木篇》载，庄子与他的弟子外出，见到山林中长得高大挺拔的树被伐，是因为用其材，而枝叶茂盛、主干不直的树却因其"不材"能尽天年；所寄宿的主人家将所养雁中的哑雁杀了做菜来招待客人，是因为哑雁不能叫。弟子就问庄子："昨日山中之木以不材得其天年，今主人之雁以不材死，先生将何处？"庄子笑答："周将处夫材与不材之间。"辛词换头表明不会改变自己的本性去迁就别人的人生态度（"宁作我"出《世说新语·品藻篇》："桓公少与殷侯齐名，常有竞心。桓问殷：'卿何如我？'殷云：'我与我周旋久，宁作我。'"）和不愿因求名而巴结权贵，宁学躬耕者不屈其志而得真名的精神。（"岂其卿"出汉人扬雄《法言·问神》卷第五："或曰：'君子病没世而无名，盍势诸名卿，可几也。'曰：'君子德名为几，梁、齐、赵、楚之君，非不富且贵也，恶乎成名？谷口郑子真不屈其志而耕乎岩石之下，名震于京师。岂其卿，岂其卿。'"）因为此时作者被免职闲居乡里，所以下面很自然地承接"郑子真不屈其志而耕乎岩石之下"的潜在意思，道出了"人间走遍却归耕"一语。作者从南归以来，一直在地方官的任上转徙不停，此即"人间走遍"之意，而一个"却"字，实又流露出对当政者不能善待自己的不满。词的最后承接上面，又意思一转，表明自己在人世无君子可处的情况下，只好与松竹花鸟为友的无奈与自我开脱。（唐人元结《丐论》："古人乡无君子，则与云山为友；里无君子，则与松竹为友；座无君子，则与琴酒为友。"）

辛弃疾在这首词中用了很多典故，曲折地表现了他当时的心绪与情趣。作为一位有出将入相之才、有抗战杀敌之志的英雄人物，在壮年就被迫闲退，心中的不平与愤懑是不难体会的。但就如何对待"出"与"处"而言，辛弃疾在无奈之中还是能够做到自我解脱的，我们可以撇开世无君子这一问题，作者移情于大自然，"一松一竹真朋友，山鸟山花好弟兄"，努力消解官场中的失意，在山居中与松竹花鸟为友，也会净化心灵，得到人生乐趣的补偿。

我见青山多妩媚，料青山见我应如是
—— 物移我情与移情于物

辛弃疾率抗金义军南归宋廷后，曾担任多处地方官，都很有政绩，但因他是坚决的抗战派，遭人猜忌，所以常有"孤危"之感。果不其然，四十二岁时他被劾免官，闲退于带湖，十年后重新起用，不久又被劾，闲居于铅山东期思渡的瓢泉新居，修建了园亭，取陶渊明《停云》诗名，命名其中一堂为"停云堂"。他曾写过一首《贺新

郎》，词前的小序说自己有一天独坐停云亭时，感受到水声山色之美，遂仿陶渊明《停云》诗"思亲友"之意，写下了这首词。词云：

> 甚矣吾衰矣。怅平生、交游零落，只今余几！白发空垂三千丈，一笑人间万事。问何物能令公喜？我见青山多妩媚，料青山见我应如是。情与貌，略相似。
>
> 一尊搔首东窗里。想渊明《停云》诗就，此时风味。江左沉酣求名者，岂识浊醪妙理？回首叫、云飞风起。不恨古人吾不见，恨古人不见吾狂耳。知我者，二三子。

"甚矣吾衰矣"出《论语·述而》记孔子语："甚矣吾衰也，久矣吾不复梦见周公。"孔子此语是感叹其道之不行，辛弃疾用此语作开头，是为自己的政治理想无法实现而感慨。因此时作者年近六旬，罢官后久居乡间，故交零落，所以有"只今余几"之叹。"白发三千丈"用李白《秋浦歌》，加一"空垂"，壮志成空之意可见，"一笑人间万事"，是无可奈何的笑，是故作乐观的笑。正因为这是"苦恼人的笑"，所以又自问"何物能令公喜"。此语出于《世说新语·宠礼》："髯参军（指郗超，多胡须），短主簿（指王恂，身材矮小），能令公喜，能令公怒。"为自问而自答，向大自然的移情过渡。由于亲朋无多，故旧凋零，所以只能像李白一样，"相看两不厌，只有敬亭山"，怀着一种深深的寂寞感，对着青山抒情，看着山色而愈觉妩媚，且天真地料想，青山如有知觉，也应见我而觉妩媚的，词人之情，青山之貌，两下里是应有不少相似之处的。

上片写了词人的孤寂心态和在这种心态中对青山的联想，下片就陶渊明《停云》诗"思亲友"之旨、从"尚友"的角度写出他对时人的愤慨和自己的高洁情操。过片将陶《停云》诗中的"静寄东轩，春醪独抚。良朋悠邈，搔首延伫"化为"一尊搔首东窗里"，而"想渊明"二句，可见出词人对诗人独酌解闷时孤寂之情的理解。陶渊明有《饮酒》诗，又屡言饮酒，但是，作为东晋高士，他的饮酒自有深意，那些以纵酒为清高的名士难道能够理解吗？东晋偏安于江左，现在南宋也偏安于江左，古今的"沉酣求名者"，其实都是

花卉十开，清·项圣谟

日暮之时，青青的菏叶像伞般亭亭耸立，美丽的荷花在没有见到情人前，又怎么忍心凌波而去呢？

翠绿的菏叶散发出清凉,荷花像美人的脸,酒意才销,还带着微红,当水草上洒上细雨时,荷花菏叶更美。清风阵阵,花儿轻摇,如美人嫣然含笑,幽韵冷香,一片神韵飞上了诗句。

荷花图,清·谢荪

醉生梦死,如出一辙。念至此,词人毕竟难以压抑自己心中的愤慨,回首高叫,引起了云飞风起。此时,他不由得想起"不恨我不见古人,所恨古人不见我"(《南史·张融传》)一语,加一"狂"字,凸现出一肚皮的不合时宜。孔子提倡"中行",却认为中行是难以达到之境,故又倡以狂狷,"狂者进取,狷者有所不为也",辛弃疾自谓为"狂",正是"进取"被遏后心境、神态的生动写照。词的最后,陡然结之于叹息般的"知我者,二三子","二三子"虽出《论语·阳货》,在此却用得极其自然,而感慨知音之少,不但呼应了开头的"怅平生、交游零落,只今余几?"而且再次突出了主题与基调。

在这首词中,我们可以看到辛弃疾在被迫闲退时的无奈与不甘,感慨与愤懑,这里有一个伟大战士在那个特定历史时期的灵魂躁动,而所感的故交零落、知音者稀,是类似于屈原的"众人皆醉我独醒",在阅读此词时,我们很难抑制对他那种"伟大的孤独感"的崇敬,英雄之词与才子之词有根本的不同,确实是钟磬不同音,呈现出特有的风貌。

在通观此词内容之后,我们还要将"我见青山多妩媚,料青山见我应如是"两句单独拈出,并谈谈其中之妙。之所以将这两句作为本篇题目,不仅因为是全词的"眼目",立一篇之警策,在现代美学家的论著中,又成了"移情作用"兼"内模仿"的实例,而且我们可以将它看成是作者在不得已的"闲适"生活中,"独与天地精神相往来"之体现。闲居无事对于一个习惯于轰轰烈烈生活的人来说,实在是非常的无聊,友朋、同道的凋零,更使人深感寂寞,倘能移情于外物,并领略其中蕴藏的美,是应该可以消释生活中的遗憾,提升自己的精神的。既然人与人之间缺少对话,就不妨与大自然"对话",自然的美景能吸引人的关注,化解他的不良情绪,耸峙的青山更可以在净化灵魂的同时令人产生崇高感,而人若主动的向大自然移情,客体的青山似乎也会带上主体的感情,所以,两下里"相看"而互觉"妩媚",并非"独语者"的"失语"或"醉话",从中可见出不仅是雅趣的主体意识,这种对话既有"趣"又有"情",是宋词中不可多得的笔墨。

五 节日

清光畔，年年常愿琼筵看
——美好的风物与节序

我国幅员辽阔，物产丰富，历史悠久，各民族间长期交往（也包括战争），互相影响，到宋代，已有丰厚的文化积累，有很好的人文、物质基础。由于我国主要的疆域在黄河、长江流域，寒来暑往，四季分明，在长期的农业生产实践中，先民们观察物候之变，总结出"节气"的划分。与之大体相应，又有一系列的节序活动，形成了丰富的民情民俗。宋朝虽然前后遭受北方几个民族的侵略，且北宋亡于金，南宋亡于元；但是，除了诸如"靖康事变"、完颜亮南侵及后来的元军攻陷襄樊、江南、临安等地的战争外，由于宋朝君主多对强邻采取俯首称臣、输银纳绢的政策，所以能换来较长时期的和平。因此，我们今天读宋词，既可以看到靖康以后一个阶段的"黍离之悲"，和"恢复"无望、报国无门的郁闷，但更多的还是被传统称为"婉约派"的作品，爱情、闲情是其中大端；此外，节序活动、民情风俗也是重要内容。这一类的词提供了生动活泼的形象，既可以让后人了解当时的社会状况，又能给我们感受历史上丰富的人生。

北宋诗文革新的领袖欧阳修，曾以民间说唱艺术的形式写过一组鼓子词，这就是分咏十二个月风物的十二首《渔家傲》。且看其词：

> 正月斗杓初转势，金刀剪彩功夫异。称庆高堂欢幼稚。看柳意，偏从东面春风至。
>
> 十四新蟾圆尚未，楼前乍看红灯试，冰散绿池泉细细。鱼欲戏，园林已是花天气。
>
> 注：斗柄句，指北斗星开始转向，即春天将临。剪彩，指将彩绸、彩纸剪成"人胜"、"幡胜"等饰物。

> 二月春耕昌杏密，白花次第争先出。惟有海棠梨第一。深浅拂，天生红粉真无匹。
>
> 画栋归来巢未失，双双款语怜飞乙。留客醉花迎晓日。金盏溢，却忧风雨飘零疾。
>
> 注：昌，通菖，即菖蒲。飞乙，指燕子。乙，通鳦，即燕子。

> 三月清明天婉娩，晴川祓禊归来晚。况是踏青来处远。犹不倦，秋千别闭深庭院。
>
> 更值牡丹开欲遍，酴醾压架清香散。花底一樽谁解劝。增眷恋，东风回晚无情绊。
>
> 注：祓禊，古代三月三日上巳节在水边祭祀并洗濯，以除不祥。后又代指春游。

> 四月园林春去后，深深密幄阴初茂。折得花枝犹在手。香满袖，叶间梅子青如豆。
>
> 风雨时时添气候，成行新笋霜筠厚。题就送春诗几首。聊对酒，樱桃色照银盘溜。
>
> 注：添气候，指天气逐渐转暖。

> 五月榴花妖艳烘，绿杨带雨垂垂重。五色新丝缠角粽。金盘送，生绡画扇盘双凤。
>
> 正是浴兰时节动，菖蒲酒美清樽共。叶里黄鹂时一弄。犹

髻松,等闲惊破纱窗梦。

注:角粽,即粽子。浴兰,古俗在端午时用兰草汤沐浴。髻松,非睡非醒的朦胧状态。

六月炎天时霎雨,行云涌出奇峰露。沼上嫩莲腰束素。风兼露,梁王宫阙无烦暑。

畏日亭亭残蕙炷,傍帘乳燕双飞去。碧盘敲冰倾玉处。朝与暮,故人风快凉轻度。

注:梁王,指梁孝王,曾筑东苑,广三百余里,浓荫蔽日,为避暑胜地。此借指之。畏日,指夏日。亭亭,悠长。

七月新秋风露早,渚莲尚折庭梧老。是处瓜华时节好。金樽倒,人间彩楼争祈巧。

万叶敲声凉乍到,百虫啼晚烟如扫。箭漏初长天杳杳。人语悄,那堪夜雨催清晓。

注:祈巧,即乞巧。七夕夜,贵家多于庭院结彩楼,妇女拜织女星,以乞求智巧。

八月秋高风历乱,衰兰败芷红莲岸。皓月十分光正满。清光畔,年年常愿琼筵看。

社近愁看归去燕,江天空阔云容漫。宋玉当时情不浅。成幽怨,乡关千里危肠断。

注:历乱,指风向乱而不定。社,此指秋社,立秋后第五个戊日,古时在此日祭土地神。

九月霜秋秋已尽,烘林败叶红相映。唯有东篱黄菊盛。遗金粉,人家帘幕重阳近。

晓日阴阴晴未定,授衣时节轻寒嫩。新雁一声风又劲。云欲凝,雁来应有吾乡信。

注:授衣时节,指农历九月。《诗·豳风·七月》:"九月授衣。"

十月小春梅蕊绽，红炉画阁新妆遍。鸳帐美人贪睡暖。梳洗懒，玉壶一夜轻澌满。

　　楼上四垂帘不卷，天寒山色偏宜远。风急雁行吹字断。红日晚，江天雪意云撩乱。

　　注：玉壶，此指计时的漏壶。澌，流冰。

　　十一月新阳排寿宴，黄钟应管添宫线。猎猎寒威云不卷。风头转，时看雪霰吹人面。

　　南至迎长知漏箭，书云纪候冰生研。腊近探春春尚远。闲庭院，梅花落尽千千片。

　　注：排寿宴，宋代重冬至，多有祝寿、祭祀等安排。黄钟，古代十二律中最洪亮的声调。添宫线，冬至后，白天渐长，宫女们刺绣，要日添一线之功。南至，即冬至。书云纪候，古代在春分、夏至、秋分、冬至登台望云气物候，记录所见天象，并与人间吉凶相对照，谓之书云。研，通砚。

　　十二月严凝天地闭，莫嫌台榭无花卉。唯有酒能欺雪意。增豪气，直教耳热笙歌沸。

　　陇上雕鞍唯数骑，猎围半合新霜里。霜重鼓声寒不起。千人指，马前一雁寒空坠。

　　注：陇上，指原野。霜重句，化用李贺《雁门太守行》"霜重鼓寒声不起"句意。

　　这十二首《渔家傲》可以统观一年四季的风物节序，我们且借来一用，以见宋代多彩的人生画卷。

春已归来，看美人头上，袅袅春幡
——春天带来的愉悦和悲伤

　　我国古代以黄河流域为中心，而作为农耕民族，又对天文、气象、历法尤为重视,所以先民们很早就有二十四节气的设定。二十四节气的第一个是立春,宋人关于立春的习俗,可见于周密《武林旧事》的记载:"前一日,临安府造大春牛,设之福宁殿庭。及驾临幸,内官皆用五色丝彩杖鞭牛。御药院例取牛睛以充眼药,余属直阁婆(号管人都行首)掌管。预造小春牛数十,饰彩幡雪柳,分送殿阁,巨珰各随以金银线彩段为酬。是日赐百官春幡胜,宰执亲王为金,余以金裹银及罗帛为之,系文思院造进,各垂于幞头之左入谢。后苑办造春盘供进,及分赐贵邸宰臣巨珰,翠缕红丝,金鸡玉燕,备极精巧,每盘直万钱。学士院撰进春帖子。帝后贵妃夫人诸阁,各有定式,绛罗金缕,华粲可观。临安府亦鞭春开宴,而邸第馈遗,则多效内廷焉。"如果说周密所说主要将目光集中于宫廷,那么高宗、孝宗时期的何耕却给我们提供了当时立春的民情风俗。何耕的《录二叟语》主要讲了"班春"一事。其主要意思是:因为"先王"重视农业,《吕氏春秋》及《礼记·月令》已有关于立春的记载,晋人司马彪的《续<汉·礼仪志>》有了更详细的说法。在立春那天,普天下的州县都要用泥土做成春牛,然后分裂牛体,用来祭神,这一仪式称之为"班春",即"打春"。成都是大都会,太守以下,以及掌管茶事和漕运官吏的治所,也在这里。立春前一天,管事的就将各种旗帜、锣鼓、杂戏演员、演滑稽的矮人,以及演出各种杂耍、技艺的人员组织、准备好,到时要迎接由儿童扮演的句芒神(古代传说的木神),还有土牛,再献给茗、漕两使者,最后再到太守的官署,把它们安置在准备"班春"的场所。立春那天的黎明,太守带领手下的官吏一起祭句芒神,环绕牛转三圈,边用鞭子鞭打土牛,完成这一仪式后,当官的退到一边去,就叫老百姓上去将牛体分成碎块,大家说笑、喊叫着,互相争夺,等到把土分光了才算了事。传说将春牛的土放在耕作和养蚕的工具上,就会蕃育出很多蚕茧,长出很好的庄稼。所以大家都争着要,连一小颗土块都舍不得丢。这一习俗已历来遵循,成了规矩。

立春是积淀着农业文明、祈求丰收的节日,有特殊的民俗习惯。在宋词中也有不少作品写到立春,其中还不乏名篇。如辛弃疾的《汉宫春·立春日》上片：

> 春已归来，看美人头上，袅袅春幡。无端风雨，未肯收尽余寒。年时燕子，料今宵、梦到西园。浑未办、黄柑荐酒，更传青韭堆盘。

此词是另有寄托之作，我们不准备对此作出分析，而想从立春的民情风俗角度来谈谈。词题写明立春，当然要扣紧这一时令。开头说，冬天过去了，春天已经归来，那么，从哪里可以看出春天的到来呢？花还没开，草还没绿，春天的气息在哪儿？作者将人们的视线引向美人的头上，因为那上头已有春幡在袅袅飘动了。据《岁时风土记》载："立春之日，士大夫之家，剪裁为小幡，或悬于家人之头，或缀于花枝之下。"据说，小幡多为燕子形，插在头发上。春幡用"袅袅"两字形容，顿生妩媚之态。说是立春了，其实春天尚早，时而风，时而雨，老天爷就是不肯将余寒收尽。且不说二十四节气是根据黄河流域的气候特征而立，即使是长江流域，现在仍有民谚："不吃端午粽，寒衣不敢送。吃了端午粽，还要冻三冻。"随之又想到，去年南飞的燕子，今天也该梦回西园了。立春日应该是要置办黄柑、青韭的，因为据《遵生八笺》载："立春日作五辛盘，以黄柑酿酒，谓之洞庭春色。故苏（轼）诗云：'辛盘堆青韭，腊酒是黄柑。'"但我还没有置办黄柑、青韭，是因为自己没有好心绪，下片就说出了个中的原因。因为与立春本身无涉，此处不作引录和分析了。

立春是每年的第一个节气，在二月四日前后，而由于阴历与公历的差异，会导致立春在新年前的现象。吴文英就写过一首兼过除夕与立春的《祝英台近·除夜立春》：

> 剪红情，裁绿意，花信上钗股。残日东风，不放岁华去。有人添烛西窗，不眠侵晓，笑声转、新年莺语。
> 旧尊俎。玉纤曾擘黄柑，柔香系幽素。归梦湖边，还迷镜中路。可怜千点吴霜，寒销不尽，又相对、落梅如雨。

剪红裁绿是制成红花绿叶，插在鬓发上，以应立春时令。春风吹上了钗股，好像绽开了满头花朵。下面再写除夕的守岁。换头又回忆昔日与佳人黄柑荐酒的迎春小宴，而与今天的客愁相对照。虽不对此词详作分析，仅从写及的立春看，就可感受到其中的温馨而倍增珍惜之意了。

箫鼓喧，人影参差，满路飘香麝
——人间灯彩与天上月色的交映

正月十五是元宵节，又称为上元、元夜、元夕，俗名灯节，不仅是今天为我国人民所重视，在古代同样如此，而且可以认为，现在之重元宵，应是古代的遗俗。只是当今过年时，在年初五"迎财神"的日子里，放鞭炮的热烈程度应是远远过于古代，这倒差不多可以算是对祖先的超越、发展。

《东京梦华录》卷六有关于元宵的记载："正月十五元宵，大内前自岁前冬至后，开封府绞缚山棚，立木正对宣德楼，游人已集御街两廊下。奇术异能，歌舞百戏，鳞鳞相切，乐声嘈杂十余里……其余卖药、卖卦，沙书地谜，奇巧百端，日新耳目。至正月七日，人使朝辞出门，灯山上彩，金碧相射，锦绣交辉。面北悉以彩结，山沓上皆画神仙故事。或坊市卖药卖卦之人，横列三门，各有彩结金书大牌，中曰'都门道'，左右曰'左右禁卫之门'，上有大牌曰'宣和与民同乐'。彩山左右，以彩结文殊、普贤，跨狮子、白象，各于手指出水五道，其手摇动。用辘轳绞水上灯山尖高处，用木柜贮之，逐时放下，如瀑布状。又于左右门上，各以草把缚成戏龙之状，用青幕遮笼，草上密置灯烛数万盏，望之蜿蜒，如双龙飞走。自灯山至宣德门楼横大街，约百余丈，用棘刺围绕，谓之'棘盆'，内设两长竿，高数十丈，以缯彩结束，纸糊百戏人物，悬于竿上，风动宛若飞仙。内设乐棚，差衙前乐人作乐杂戏，并左右军百戏。"后来南宋的诸种笔记对临安的元宵节继续有所记载。

元宵节正当阴历十五，天上月亮正圆，地上灯光辉耀，两相交映,诸般游乐,各色表演,在皇城根下的老百姓,很懂得享受这一刻千金的美好时光,将自己的生活激情充分地发挥在这一天,所以我们经常可以看到宋词中关于元宵节的描写。如:"庆佳节、当三五。列华灯、千门万户。遍九陌、罗绮香风微度。十里然绛树。鳌山耸、喧天箫鼓。"(柳永《迎新春》)要说其中的名作,不得不说到周邦彦的《解语花·上元》和辛弃疾的《青玉案》。

先看前者:

> 风销绛蜡,露浥红莲,花市光相射。桂华流瓦。纤云散、耿耿素娥欲下。衣裳淡雅。看楚女、纤腰一把。箫鼓喧,人影参差,满路飘香麝。
> 因念都城放夜。望千门如昼,嬉笑游冶。钿车罗帕。相逢处,自有暗尘随马。年光是也。唯只见、旧情衰谢。清漏移,飞盖归来,从舞休歌罢。

此词上片所写的是元宵夜的景况,却并非只写热闹,而是显得非常幽雅。起头两句点出灯夜的主题,因为有风,所以红烛燃烧得快,而夜露将灯也打湿了。宋代的灯,最喜制作为莲式,所以常称为"芙蓉"、"红莲"等,如姜夔的《鹧鸪天·元夕有所梦》就有"谁教岁岁红莲夜,两地沉吟各自知"的句子。"花市光相射"一句,将花灯、市街、人流及种种光怪陆离的景象都概括其中。因是十五月圆时,故又用"桂华流瓦"指月光(传说月亮中有大桂树)从屋顶上溜过,几缕轻云散去,明亮的月儿好像要从天上下到人间,要同花灯相争。游人中最引人注目的是那些衣裳淡雅、身材苗条的女子。此时听到的是喧天的箫鼓声,看到的是灯光、月光照着的长长短短的人影,满街都飘着香气。从换头"因念都城放夜"可知,上片所写都是对过去都城元夕的回忆,"千门如昼,嬉笑游冶"将汴京元夜的盛况作了准确的概括。而钿车罗帕、暗尘随马,则可见当时青年男女利用这一年一次的机会,寻求交往的情况。此词在展现北宋汴京元夜风光的同时,也让我们看到了人生的情趣。

再看后者：

> 东风夜放花千树。更吹落，星如雨。宝马雕车香满路。凤箫声动，玉壶光转，一夜鱼龙舞。
>
> 蛾儿雪柳黄金缕，笑语盈盈暗香去。众里寻他千百度，蓦然回首，那人却在灯火阑珊处。

这首比前一首写得有动感。以火树状固定的灯，用星雨写流动的烟花，写宝马香车，箫鼓声声，玉壶光转，"鱼龙曼衍"等"百戏"。然后是人：游女们戴着闹蛾儿、雪柳、黄金缕，一个个"笑语盈盈"，而最终引出了对意中人的追寻。且不说作者在词中的寄托，其生花妙笔所画出来的场景，比之周邦彦则另有一种风貌。

览物兴怀，向来哀乐纷纷
——上巳日的情怀

农历三月上旬的巳日（曹魏以后定为三月三日），是一个很古老的节日。古人在这一天要到水边嬉游，以除不祥。《诗·郑风》有《溱洧》一诗，就是写三月上巳之辰，郑国的男女在溱、洧两条河边聚会的盛况。诗云：

> 溱与洧，方涣涣兮。
> 士与女，方秉蕳兮。
> 女曰"观乎？"
> 士曰"既且（徂）。"
> "且往观乎。洧之外，洵訏且乐。"
> 维士与女，伊其相谑，赠之以芍药。

今译：

> 溱水长，洧水长，溱水洧水哗哗淌。
> 小伙子，大姑娘，人人手里兰花香。
> 妹说："去瞧热闹怎么样？"
> 哥说："已经去一趟。"
> "再去一趟也不妨。洧水边上，地方宽敞人儿喜洋洋。"
> 女伴男来男伴女，你说我笑心花放，送你一把芍药最芬芳。

（以上录一段，现代汉语译文见余冠英《诗经选》）

在这首诗中，洋溢着节日的气氛，是上古时代"仲春之日，令会男女，奔者不禁"风俗的具体体现，可见，"男女授受不亲"其实是后来的事。

到中古时代，上巳日已不同于《诗经》中所描写的情景，而文人在这一天于水边宴集，为诗文之会，成了一道新的风景。王羲之的《兰亭集序》就是写上巳日文人活动的著名作品，而这篇文章又因"书圣"的书写而更为出名。

与清明、寒食、端午、中秋、重阳等节日相比，宋词中似乎很少写到上巳，既然"物以稀为贵"，辛弃疾写上巳日的《新荷叶》就很值得注意。稼轩此词有一小序："上巳日，子似谓古今无此词，索赋。"子似即吴绍古，字子似，曾任铅山县尉，辛弃疾居铅山时与其常有唱和。其实，上巳并非无此词，李清照就写过，只是没有直接写有关风俗而已。且看李清照的《蝶恋花·上巳召亲族》：

> 永夜恹恹欢意少，空梦长安，认取长安道。为报今年春色好，花光月影宜相照。
> 随意杯盘虽草草，酒美梅酸，恰称人怀抱。醉莫插花花莫笑，可怜春似人将老。

据认为此词写在建炎三年（1129），时在建康（今南京），词中表达了在上巳日与亲族聚会时的感触。长夜安静无声，"欢意少"三字，将伤时和忧国的感情，以及个人的失落感略略点出。"空梦长安，认取长安道"，是以长安代汴京，表明了对汴京陷落于敌手的悲哀。心情既然不佳，对于外界的自然风光其实也无心观照，所以"为报今年春色好，花光月影宜相照"两句，并不能救转"欢意少"。"随意杯盘虽草草"句，是化用王安石《示长安君》的"草草杯盘供笑语，昏昏灯火话平生"，表明了自己对于节日的无心准备。"虽"字与下面的"酒美梅酸"相应，"酸"的"恰称人怀抱"，是此时此刻人与梅的一致，可见哪来的好心情？带着醉意，将花儿插在头上，花儿就不要笑我了，因为人已将老，插花已是不宜，而春天，也像人一样，快要衰老了。

再看辛弃疾的《新荷叶》：

> 曲水流觞，赏心乐事良辰。兰蕙光风，转头天气还新。明眸皓齿，看江头、有女如云。折花归去，绮罗陌上芳尘。
>
> 能几多春？试听啼鸟殷勤。览物兴怀，向来哀乐纷纷。且题醉墨，似兰亭、列序时人。后之览者，又将有感斯文。

显然，此词是对王羲之文的隐括。首句见《兰亭集序》的"引以为流觞曲水"，次句出谢灵运《魏太子邺中集诗序》："天下良辰、美景、赏心、乐事，四者难并。"此二句说上巳是三月的春日良辰，曲水流觞则是文人的赏心乐事。兰蕙开花，春光明媚，风和日丽，天气转新。江头有众多明眸皓齿的美女，正如《诗·郑风·出其东门》所说的"有女如云"。她们折了花枝归去，大路上绮罗飘飘，带起了一片芳尘。还能有几多春光呢？且不听啼鸟的叫声殷勤地告诉人们。面对诸多事物，心中感触油然而生，可谓哀乐纷呈。《兰亭集序》云："向之所欣，俯仰之间，已成陈迹，犹不能不以之兴怀。"辛弃疾对此深有体会，故有"向来哀乐纷纷"之句。文中云："故列叙时人，录其所述。"此词遂有"且题醉墨，似兰亭、列序时人"句。词的结句是用文中结句："后之览者，亦将有感于斯文。"

李清照与辛弃疾的上巳词都没有《溱洧》男女交往的原始性欢乐。李词感时伤事，辛词一如王羲之原文，有生死之慨。辛词虽是隐括之作，不具原创意义，但从哲理性而言，却高于李词。天道无穷而人事倏忽，在永恒的大自然面前，人的认识和感情是很复杂的。正如《兰亭集序》所说，一方面是"天朗气清，惠风和畅，仰观宇宙之大，俯察品类之盛，所以游目骋怀，足以极视听之娱，信可乐也"。而另一方面，则是在欣于所遇、快然自足后，终于认识到了"向之所欣，俯仰之间，已成陈迹"，人也"老之将至"，所以会有"死生亦大矣"之叹。稼轩为解人，岂无生死之悲？尤因此时被迫退隐林下，其建功立业之志与时岁不居的生命意识岂能不发生冲突？所以，当别的词人都以关注生活的热情去写其他的节令与相关的民俗活动时，他却写下了人谓"古今无此"的上巳词。

　　《新荷叶》主要不是节序活动的反映，却是人生哲理的感叹。如果说，《溱洧》是原始的爱情与生命的赞歌，那么，对生命意识的追寻与揭示，也是《新荷叶》的题旨。人类少年时期的狂欢节日已成过去，但是词人仍在借上巳日的题目，表明对人生与生命的理解。应该说，在这点上并没有背离上巳日原始的意义。

芳洲拾翠暮忘归，秀野踏青来不定
——清明寒食时节的游赏之乐

　　清明也是二十四节气之一，据《孝经纬》所说，"万物至此，皆洁齐清明。"此时，黄河中下游以南地区普遍气温升高，真正进入春天，草木萌芽生长，江南一带，桃红柳绿，景色宜人，不仅是重要的农事活动时期，而且是祭扫先人坟墓的日子，还是踏青游赏的好时节，所以历来为民间所重。古代的诗人墨客经常写到清明，其中最著名的恐怕是杜牧的七绝《清明》："清明时节雨纷纷，路上行人欲断魂。借问酒家何处有，牧童遥指杏花村。"与清明相连的是寒食，一般说在清明前两天。寒食之作为节令，相传起于春秋时"五霸"之一的晋文公悼念介之推事：介之推有恩于晋文公，却不愿得到封赏，躲到了山上，晋文公派人劝他下山未果，就让人放火，想将他逼下山来，不料介之推竟然抱着树木被火烧死，晋文公非常难过，就将这一天定为禁火日，只能吃冷食，故称为寒食。唐人写寒食的诗当以韩翃的七绝《寒食》较为知名："春城无处不飞花，寒食东风御柳斜。日暮汉宫传蜡烛，轻烟散入五侯家。"

宋人对于寒食、清明很重视。孟元老《东京梦华录》卷七有《清明节》一则："清明节，寻常京师以冬至后一百五日为大。寒食前一日谓之'炊熟'，用面造枣锢飞燕，柳条串之，插于门楣，谓之'子推燕'。子女及笄者，多以是日上头。寒食第三节，即清明日矣。凡新坟皆用此日拜扫。都城人出郊。禁中前半月发宫人车马朝陵，宗室南班近亲，亦分遣诣诸陵坟享祀……四野如市，往往就芳树之下，或园囿之间，罗列杯盘，互相劝酬。都城之歌儿舞女，遍满园亭，抵暮而归。"宋室南渡后，寒食与清明的习俗改变不大。吴自牧《梦粱录》卷二也有关于这两者的记载："清明交三月，节前两日谓之'寒食'，京师人从冬至后数起至一百五日，便是此日，家家以柳条插于门上，名曰'明眼'……寒食第三日，即清明节，每岁禁中命小内侍于阁门用榆木钻火，先进者赐金碗、绢三匹。宣赐臣僚巨烛，正所谓'钻燧改火'者，即此时也……宴于郊者，则就名园芳圃，奇花异木之处；宴于湖者，则彩舟画舫，款款撑驾，随处行乐。此日又有龙舟可观，都人不论贫富，倾城而出，笙歌鼎沸，鼓吹喧天，虽东京金明池未必如此之佳。"

宋词中写到寒食清明的作品也不少，不妨分举北宋、南宋各一例。先看张先的《木兰花·乙卯吴兴寒食》：

龙头舴艋吴儿竞，笋柱秋千游女并。芳洲拾翠暮忘归，秀野踏青来不定。

行云去后遥山暝，已放笙歌池院静。中庭月色正清明，无数杨花过无影。

此词是张先晚年乡居时所作，乙卯是宋神宗熙宁八年（1075），此时作者已是八十六岁高龄。词中所写的是吴兴（今浙江湖州）寒食日的游春。上片开头写赛龙舟之习，可从前面所引得到印证，然后写游女们在竹架子的秋千上双双打秋千。妇女们在水中小洲上采摘花草，兴致很浓，天晚了，竟然也忘了回家，人们在美丽的野地上踏青，来往不定。下片写自己家中庭院的月夜，因与节令习俗无关，故不论。

再看周密的《曲游春》上片：

> 禁苑东风外，飏暖丝晴絮，春思如织。燕约莺期，恼芳情、偏在翠深红隙。漠漠香尘隔。沸十里乱弦丛笛。看画船尽入西泠，闲却半湖春色。

词中所写是寒食、清明时节临安城西湖上画船游春的情况。作者在其《武林旧事》卷三中有过很详细的叙述："都城自过收灯，贵游巨室，皆争先出郊，谓之'探春'，至禁烟为最盛。龙舟十余，彩旗叠鼓，交午曼衍，粲如织锦……都人士女，两堤骈集，几乎无置足地。水面画楫，栉比如鱼鳞，亦无行舟之路，歌欢箫鼓之声，振动远近，其盛可以想见。若游之次第，则先南而后北，至午则尽入西泠桥里湖，其外几无一舸矣。弁阳老人有词云：'看画船尽入西泠，闲却半湖春色。'盖纪实也。"于此可以体会得更真切。词中说，春风从皇宫禁苑吹到了西湖，飘扬起游丝柳絮，让人感到晴天的暖意，而"丝"、"絮"分别与"思"、"绪"谐音，可见又有惹起人们春日思绪之意，所以说"春思如织"。在红花绿叶间，莺燕惹起自己的一片芳情。香尘漠漠，十里箫鼓丝弦声好像沸腾一样，在最热闹时，画船都从西泠桥进入里湖，让半湖春色都冷了下来。

在临安的西湖，清明时节有独特的游赏之乐，十里湖水，画船笙歌，词人的生花妙笔让我们仿佛看见、听见当年春光明媚的情景。

莫唱江南古调，怨抑难招，楚江沉魄
——端午节的感慨

农历五月初五是端午节。关于端午节的来历，大致有三种说法：一种以吴均《续齐谐记》、宗懔《荆楚岁时记》为代表，认为端午节是纪念屈原的日子；一种以更早的《风俗通义》、《论衡》为代表，认为"不举五月子"，是源于恶日；还有一种说法，认为端午来源于夏至。现代著名学者闻一多先生认为，纪念屈原说尽管影响很大，但并非事实，他通过详尽的考证，证明了端午其实比屈原早得多，因为它实际上是上古吴越民族举行图腾祭的日子，也就是龙的节日。赛龙舟并不是为了要打捞屈原的尸体，而是祭祀仪式中半宗教、半社会性的娱乐节目。将粽子投入水中，也不是避免蛟龙吞吃屈原的遗体，而本来就是给龙享用的。

闻一多先生的考证已被学术界接受，但在民间，人们还是普遍认为端午与屈原有关。我们无意于讨论这一问题，而不妨将眼光转向宋人，看看他们是怎样写端午的。端午有一个重要的活动内容，即赛龙舟，不少宋词作品都写到此事，如黄裳的《减字木兰花·竞渡》：

> 红旗高举，飞出深深杨柳渚。鼓击春雷，直破烟波远远回。
> 欢声震地，惊退万人征战气。金碧楼西，衔得锦标第一归。

通过词人所写，可以知道当时龙舟竞渡的状况和气势，千百年后，读来仍感到虎虎有生气。不过，有的作品并不从正面写端午，而是就节日抒发自己孤单寂寞之感，如李之仪的《南乡子·端午》，就没有一点节日气氛："小雨湿黄昏，重午佳辰独掩门。巢燕引雏浑去尽，销魂。空向梁间觅宿痕。客舍宛如村，好事无人载一樽。唯有莺声知此恨，殷勤。恰似当时枕上闻。"姜夔的《诉衷情·端午宿合路》也一样："石榴一树浸溪红，零落小桥东。五

书画图册,明·查士标

云山渺渺,流水茫茫,征人的归路是那样遥远。既然相思只能自己体会,无以为说,也无从说起,还是不要向花笺多费笔墨和眼泪了。

书画图册，明·查士标

柳树的拂水飘绵，好像是替人依依难舍。人们在长亭路上送别，年复一年，折下的柳条应该超过千尺之长了。

日凄凉心事,山雨打船篷。　　谙世味,楚人弓,莫忡忡。白头行客,不采蘋花,孤负薰风。"

周密《武林旧事》卷三对临安城的端午节有很详细的记载,读之,可知当时端午的民情风俗。周密写道:"先期学士院供帖子,如春日禁中排当,利用朔日,谓之'端一'。或传旧京亦然。插食盘架,设天师艾虎……饰以珠翠葵榴艾花。蜈蚣、蛇、蝎、蜥蜴等,谓之'毒虫'。及作糖霜韵果,糖蜜巧粽,极其精巧……巧粽之品不一,至结为楼台舫辂。又以青罗作赤口白舌帖子,与艾人并悬门楣,以为禳祓。道宫法院,多送佩带符篆。而市人门首,各设大盆,杂种艾蒲葵花,上挂五色纸钱,排钉果粽。虽贫者亦然。湖中是日游舫亦盛,盖迤逦炎暑,宴游渐稀故也。"

大概因为端午节本是源于南方远古吴越民族,所以宋室南渡后,因疆域主要在南方,使得这一节日尤为上下所重,写端午的词也较北宋时更为著名。试举两首为例:

深院榴花吐,画帘开、綀衣纨扇,午风清暑。儿女纷纷夸结束,新样钗符艾虎。早已有游人观渡。老大逢场慵作戏,任陌头、年少争旗鼓,溪雨急,浪花舞。

灵均标致高如许,忆平生既纫兰佩,更怀椒醑。谁信骚魂千载后,波底垂涎角黍。又说是蛟馋龙怒。把似而今醒到了,料当年、醉死差无苦。聊一笑,吊千古。

——刘克庄《贺新郎·端午》

盘丝系腕,巧篆垂簪,玉隐绀纱睡觉。银瓶露井,彩箑云窗,往事少年依约。为当时曾写榴裙,伤心红绡褪萼。黍梦光阴,渐老汀州烟蒻。

莫唱江南古调,怨抑难招,楚江沉魄。薰风燕乳,暗雨梅黄,午镜澡兰帘幕。念秦楼也拟人归,应剪菖蒲自酌。但怅望、一缕新蟾,随人天角。

——吴文英《澡兰香·淮安重午》

前一首的钗符艾虎，游人观龙舟竞渡，都是端午所特有的，对自己因年华老大而懒于逢场作戏，只有当看客的份儿，写得很真切。下片就屈原事发议论，诚如杨慎《词品》所说："此一段议论，足为三闾千古知己。"又如黄苏《蓼园词选》所云："非为灵均雪耻，实为无识者下一针砭。"因为作者所写屈原如在今天醒来，对当年事恐怕宁可醉死也不投江，实有自己对现实的感慨。

后一首是做客淮安、为端午怀人而作。上片回忆过去过端午的情景，伊人用五色丝系臂，用写了咒语、符箓的小纸戴在发簪上，以作辟邪，且早早推开帐子起来做过节的准备。"银瓶露井"等句，是对当年情事的回忆。过片写屈原事，"莫唱"是因为这更增添了自己的伤心。"午镜"、"澡兰"都是端午特有的习俗，端午的烧香、写符都要午时，午时悬镜，有驱鬼辟邪功能，而用兰汤沐浴更是古已有之。在设想自己所思念者在端午日的情景后，再拟想她可能在居处（秦楼）盼着自己归来，一个人喝着菖蒲酒。可惜难以相见，只好望着一弯新月，想念在天角（当时淮安在北方边界）的我。

刘克庄与吴文英的词，都是端午日的抒情，刘词重在政治性，吴词在个人情感，侧重点不同，但同样都写及屈原，且都给后人留下了当时的生活画卷。现在，随着科学的发达，与辟邪、驱鬼有关的许多端午节的习俗已"淡出"了我们的生活。端午节的起源也已被证明与屈原无关。但是，在人民的心目中，却很难改变端午存在已久的纪念性意义，人们在吃粽子时，宁可相信是为了避免蛟龙吞噬屈原的遗体，因为，在大家的心目中，始终还是有一个难以抹去的爱国主义的诗魂。

天孙东处，牵牛西望，劝汝一杯清醑
——令人遐想的七夕

传说七夕是牛郎与织女会面的日子，却又不知此说从何而来。牵牛与织女之名在《诗·小雅·大东》中已见，是历举天上星宿的

徒有其名、并无其实，以讽刺周室不合理的事情无处不在。诗云："或以其酒，不以其浆，鞙鞙佩璲，不以其长。维天有汉，监（鉴）亦有光。跂彼织女，终日七襄。虽则七襄，不成报章。睆彼牵牛，不以服箱。东有启明，西有长庚。有捄天毕，载施之行。"余冠英《诗经选》译为现代汉语："有人不少酒喝，有人喝浆不得，有人佩着宝玉，有人杂佩也没。天上有条银河，照人有光无影。织女分开两脚，一天七次行进。虽说七次行进，织布不能成纹。牵牛星儿闪亮，拉车可是不成。启明星在东方，长庚星在西方。天毕星柄儿弯长，倒把它张在路上。"可见，在《诗经》时代，牵牛星与织女星是不相干的。大概到了西汉时期，牵牛和织女已由两颗星渐成为两位神人，并建成相对的石像，其中应有一些情节，但内容今已不可知。《古诗十九首》中有《迢迢牵牛星》，是借天上的牛女双星来写人间的离别，且从女方着笔："迢迢牵牛星，皎皎河汉女。纤纤擢素手，札札弄机杼。终日不成章，泣涕零如雨。河汉清且浅，相去复几许？盈盈一水间，脉脉不得语。"曹丕的《燕歌行》写女子思念远方的男子，最后也用两星的形象作为结束："牵牛织女遥相望，尔独何辜限河梁。"李善注其弟曹植《洛神赋》，引用曹植《九咏注》说："牵牛为夫，织女为妇，织女牵牛之星各处一旁，七月七日乃得一会。"当是牛女双星七夕相会的较早说法。此后，以牛、女为题材的文学作品出现渐多。唐人杜牧的七绝《秋夕》，其"天阶夜色凉如水，坐看牵牛织女星"，就可看出故事流传之广。

写及牛女双星的宋词作品不少，前面曾谈过最著名的秦观《鹊桥仙》，不妨再看两例：

闲雅。须知此景，古今无价。运巧思、穿针楼上女，抬粉面、云鬟相亚。钿合金钗私语处，算谁在、回廊影下。愿天上人间，占得欢娱，年年今夜。

——柳永《二郎神》下片

双针竞引双丝缕，家家尽道迎牛女。不见渡河时，空闻乌鹊飞。

西南低片月，应恐云梳发。寄语问星津，谁为得巧人。

——张先《菩萨蛮》

这两例在传统的离别、思念以外，又增加了"运巧思"、"竞引双丝缕"、"得巧"的内容，这就是"乞巧"。"乞巧"是七夕的重要风俗，在七夕的前一天，贵家多在庭中结彩楼，称为"乞巧楼"，到七日夜，妇人和闺女都对月穿针，又将小蜘蛛放在盒内，等候它结网，如果蛛网结得圆，则是"得巧"。所以，从特定意义而言，七夕又可以算做女人节。

七夕尽管有牛女相会的传说，又有"乞巧"之俗，但对喜好团聚的中国人来说，又是家庭的一次聚会。在初秋降临之时，挥小扇，扑流萤，看夜空，此时的巨大天幕上，银河横亘，一边是明亮的织女星，另一边是稍暗的牛郎星，两星隔着银河相对，大人对孩子讲着牛郎、织女的故事，甚至还指点着牛郎星两旁的两颗小星，说是牛郎、织女的孩子，而他们一家每年才能团聚一次。对小孩来说，这不失为一种教育，使他们从小就懂得珍惜团圆，培养亲情。

葛胜仲的《鹊桥仙·七夕》写得很有家庭气氛，是宋代七夕词中颇有特色的一首：

凉飙破暑，清歌萦坐，缺月稀星庭户。瓜华草草具杯盘，喜共洽、初筵零露。

天孙东处，牵牛西望，劝汝一杯清醑。精灵何必待秋通，为一洗、朦胧今古。

词中说，在凉风吹走了暑气后，大家无伴奏地唱着歌，在没有月亮而星星也少的夜空下，围坐在庭院里，陈列着瓜果和简单的杯盘，一直到露水生成的时候。天孙（织女星）在东面，牵牛星在西面，仰望星星，还是劝你一杯酒吧。想来这天上的神明，怕也不一定要等到秋天的七夕才相聚，看来是应该澄清自古以来就模糊不清的说法了。

秦观说，"两情若是久长时，又岂在朝朝暮暮"；而葛胜仲说，"精灵何必待秋通，为一洗、朦胧今古"。后者追求理性，前者追求高远的爱情。七夕时，仰望星空，对着牛女二星，人们可以生出许多遐想，但都朝着真、善、美的方向。理性是真，感情要善，神话是美。人生既需要理性，又重视感情，即使科学发达了，神话仍有存在的价值。这，或许就是七夕对于我们的意义。

玉界拥银阙，珠箔卷琼钩
—— 看不完、咏不尽的中秋月亮

现代天文学认为，月球是地球唯一的卫星。对它的形成，似乎主要有两种说法：一种可称为母子说（也可以称为姊妹说），即在原始地球的形成过程中，大量的地球物质被外力拉到、抛到地球外，逐渐凝聚成为月球；一种可称为"俘虏"说，即月球是被地球引力"捕获"的天体，是将它抓来作为卫星的。月球由于引力小，曾经有过的水和空气都"逃逸"了，以至于变成了荒凉、冷寂的世界。四十多年前，人类已经在月球上留下了自己的足迹，据说，当年登月的宇航员所看到的最美丽天体，就是我们的家园——地球。而在我国古代，崇拜的是太阳，向往的却是月亮。

古人吟咏月亮的诗词实在是太多了，由于月球在农历八月十五的时候最圆、最亮，因此中秋的月亮最得人们的青睐。唐代的诗人中，最喜爱月亮的大概是李白，因为月亮既清白又皎洁，与他的自然真率很相近。李白不仅自己字太白，而且妹妹叫月圆，他的孩子叫明月奴。至于他的诗，"床前明月光，疑是地上霜"，"峨眉山月半轮秋，影入平羌江水流"等，早已成为孩子启蒙时朗朗上口的名篇。说到宋代，苏轼的《水调歌头》中秋词固然很知名，但好像还很难找到与李白相匹的爱写月亮的词人。但是，宋词中却有很多歌咏中秋的佳作。

宋人之喜咏中秋，与当时民俗风情大有关系。据孟元老《东京梦华录》卷八载，中秋前，"诸店皆卖新酒，重新结络门面彩楼花头"，而"市人争饮"，以至后来"家家无酒"。此时新水果上市，到中秋夜，"贵家结饰台榭，民间争占酒楼玩月。丝簧鼎沸，近内廷居民，夜深遥闻笙芋之声，宛若云外。闾里儿童，连宵嬉戏。夜市骈阗，至于通晓。"吴自牧《梦粱录》卷四写及南宋时中秋习俗："王孙公子，富家巨室，莫不登危楼，临轩玩月，或开广榭，玳筵罗列，琴瑟铿锵，酌酒高歌，以卜竟夕之欢。至如铺席之家，亦登小小月台，安排家宴，团圆子女，以酬佳节。虽陋巷贫窭之人，解衣市酒，勉强迎欢，不肯虚度。此夜天街买卖，直到五鼓，玩月游人，婆娑于市，至晓不绝。"孟、吴二著所写的是都城，自有如此盛况，而作为民情风俗，虽穷村僻壤，也当被其覆盖。

　　宋人的中秋词，当然多为文人骚客之作，而宋代的文人又多为官，其中似乎是作于外任者要好于都城。苏轼的《水调歌头》（明月几时有）作于密州任上，张孝祥的《念奴娇》（洞庭青草）作于落职北归途中，辛弃疾的《太常引》（一轮秋影）作于任职建康时，都是很好的例子。中秋咏月词中，以上三例均具高境，之所以如此，与它们的作者创作时怀有一种孤独感，遂升华出"宇宙意识"有关。如果要再找类似的例子，恐怕叶梦得的《念奴娇》也相近，此词有题："中秋宴客，有怀壬午岁吴江长桥"。词云：

　　　　洞庭波冷，望冰轮初转，沧海沉沉。万顷孤光云阵卷，长笛吹破层阴。汹涌三江，银涛无际，遥带五湖深。酒阑歌罢，至今鼍怒龙吟。

　　　　回首江海平生，漂流容易散，佳期难寻。缥缈高城风露爽，独倚危槛重临。醉倒清尊，姮娥应笑，犹有向来心。广寒宫殿，为予聊借琼林。

　　不过，较能体现出中秋节庆特点，且有与民同乐之意的，当推张孝祥的《水调歌头·桂林中秋》：

> 今夕复何夕，此地过中秋。赏心亭上唤客，追忆去年游。千里江山如画，万井笙歌不夜，扶路看遨头。玉界拥银阙，珠箔卷琼钩。
>
> 驭风去，忽吹到，岭边州。去年明月依旧，还照我登楼。楼下水明沙静，楼外参横斗转，搔首思悠悠。老子兴不浅，聊复此淹留。

此词上片在化用《诗·唐风·绸缪》"今夕何夕，见此良人"以作开头后，即展开了"追忆去年游"：去年中秋，在建康的赏心亭上招待客人，感受到明月之下的千里江山如画，耳闻众多市井的连夜笙歌，老百姓都争着看太守（遨头即太守，张孝祥时任建康留守），等到月亮升起后，家家都卷起了帘箔，观赏天上"玉界拥银阙"的一片冰清玉洁景象。下片转写现在：因赞助张浚北伐，张孝祥被免职，后出知静江府（治所在今桂林），故谓"忽吹到，岭边州"，明月依旧照着自己登楼，看到了楼下、楼外的风光，仍然激起赏月的兴致，不妨在此地淹留。

"千里江山如画，万井笙歌不夜"两句，将大自然与人间社会的中秋之美作了很好的概括，而"玉界拥银阙，珠箔卷琼钩"，则形象地传递出人们对美的向往之情。大自然是美好的，人生也应该美好，看不完、咏不尽的是中秋的月亮，是否从中体现出人们对天人合一境界的追求呢？

绿杯红袖趁重阳，人情似故乡
——秋天不仅仅是丰收

我国的启蒙读物常是宇宙、人生、历史的概括，《千字文》就是代表。它的开头说："天地玄黄，宇宙洪荒"，是"仰观宇宙之大"，而"寒来暑往，秋收冬藏"则是人类合于自然规律的农业生产活动。自宋玉以来，文学家就多悲秋之作，到陆机作《文赋》，遂有"悲落叶于劲秋，喜柔条于芳春"的总结。但是，如果问农民，应该对春、秋两季都会怀有热爱之情。因为春天是耕作和播种的季节，而秋天则是收获的季节。

秋天是美好的，天高气爽，云淡水清，登临送目之时，或也有萧瑟之感，兴不遇之叹，但从民间的节序活动看，秋天无疑也是丰收。岂不？短短的季节，前有七夕，中有中秋，后有重阳，都是重要的节日。重阳又称重九，曹丕《九日与钟繇书》说得很正确："岁往月来，忽复九月九日。九为阳数，而日月并应，俗嘉其名，以为宜于长久，故以享宴高会。"所以我们今天以重阳为敬老节，是有古老传统的。据《东京梦华录》所载，重阳的活动主要有赏菊、登高、送糕及禅寺的斋会等。而南宋时期的重阳活动，也见于《武林旧事》，除赏菊以外，"都人是月饮新酒，泛萸簪菊。且各以菊糕为馈。"无论是前者还是后者，对重阳的糕都有详细的记载。《东京梦华录》所载的是"粉面蒸糕"："上插剪彩小旗，掺钉果实，如石榴子、栗黄、银杏、松子肉之类，又以粉作狮子蛮王之状，置于糕上，谓之'狮蛮'。"《武林旧事》所说的糕"以糖肉秫面杂糅为之，上缕肉丝鸭饼，缀以榴颗，标以彩旗。又作蛮王狮子于上。又糜栗为屑，合以蜂蜜，印花脱饼，以为果饵。又以苏子微渍梅卤，杂和蔗霜、梨、橙、玉榴小颗，名曰'春兰秋菊'。"重阳之重视糕，除了与"高"字谐音以外，其深层意义当与庆祝农业的收成有关。而对于文人来说，重阳不仅在于农业文化所积淀的庆贺丰收，也不在信奉登高避祸，他们的作品中，更多的是抒发感情。

宋人写重阳的词不少。其中较有名的当数晏几道的《阮郎归》：

> 天边金掌露成霜，云随雁字长。绿杯红袖趁重阳，人情似故乡。
>
> 兰佩紫，菊簪黄，殷勤理旧狂。欲将沉醉换悲凉，清歌莫断肠！

首句指汴京已到秋深时节。"天边金掌"指汉武帝所建的金人承露盘，因为金掌是皇宫特有之物，故用以代指汴京。次句"云随雁字长"写深秋天上的典型景色。三、四句写重阳节时，举绿杯、对红袖，在佳节酒宴上，深感人情有如故乡般温暖。作者之所以出此言，是因为他在地位显赫的父亲死后，家道败落，已从过去的少不更事感受到了世态炎凉，所以对此"人情"分外珍重。下片说，过重阳节了，自有此节的习俗，为了感谢主人的盛意，特地佩戴上紫色的兰花，簪插黄色的菊花。因为好长的时间没有狂放豪饮的生活，为了参加此次佳节盛会，遂"殷勤"理之，以唤起往日的豪情。但是，可能因为压抑已久，恐怕豪情唤不回来，而只能是狂饮导致的沉醉，用它来替换悲凉。那么能不能沉醉呢，自己也没有把握，所以只好吩咐歌女不要唱出让人断肠的歌声，以免使人还是在痛苦中清醒，连沉醉也做不到。

　　宋词的重九抒情很是丰富，如前面所说的李清照《醉花阴》，是暗说对夫君的相思，他人所作，各抒其情。关于重阳的典故，当以"孟嘉落帽"最著名：桓温重阳日在龙山宴集臣僚，有风来，吹落参军孟嘉头上帽，竟然不觉，后被众人嘲笑，孟嘉从容应对，四座为之叹服。刘克庄的《贺新郎·九日》，对重九的登高感怀发其"常恨世人新意少"之见，因为他们只知道重复"孟嘉落帽"，"爱说南朝狂客，把破帽年年拈出"，他自己是"白发书生神州泪，尽凄凉、不向牛山滴"，表达了关怀国事却又无奈的主题。吴文英的《霜叶飞·重九》也是写重阳的名作，词中写风雨中过重阳，独对黄花而回忆起当年与所爱者重阳登高时的歌舞之乐，现在佳人已逝，已无心写词，对风吹帽落也无所谓了，因为人亡己老，无所留意了。结句"谩细将、茱萸看，但约明年，翠微高处"。化用杜诗"明年此会知谁健，笑把茱萸仔细看"，却比杜甫更为沉痛。名气远逊于刘克庄、吴文英的潘希白，其《大有·九日》却写得很好，尤其上结两句"一片宋玉情怀，十分卫郎清瘦"，拈出了宋玉悲秋的主题，是《九辩》精神的回归。

　　重阳不仅是秋天丰收的节日，更是文士登临抒情的日子，杜牧《九日齐山登高》说："但将酩酊酬佳节，不用登临恨落晖。古往今来只如此，牛山何必泪沾衣。"但是，宋人很难有如此旷达，他们的重阳词，多的是忧郁、悲伤。

饯旧迎新，能消几刻光阴
——除夕的人生感触

除夕是每年最后一天，也指这天的晚上。《风土记》云："至除夕，达旦不眠，谓之守岁。"可见此风存在甚久。因除夕是除旧迎新的一个分界点，总结过去的一年，对新的一年未免会有所期盼，所以这一天不但有众多的民俗活动，而且诗人雅士也多有作品表达其人生感慨。如果说唐人史青的诗："今岁今宵尽，明年明日催。寒随一夜去，春逐五更来。"只是在客观的大实话基础上不失为乐观；那么，唐诗中著名的王湾《次北固山下》，其"海日生残夜，江春入旧年"，就是在时序交替中透出了积极向上的生活理趣，难怪为"大手笔"张说所激赏，亲书于政事堂。不知是不是宋代的国运不如唐代，宋人笔下的除夕诗词似无唐人那种开阔的意境、气势。不过，宋人对节日气氛、习俗的描绘，却似胜于唐人。

王湾的诗是大笔濡染："客路青山外，行舟绿水前。潮平两岸阔，风正一帆悬。海日生残夜，江春入旧年。乡书何处达，归雁洛阳边。"宋人也写江行途中过除夕，却是另一种面貌。试看朱敦儒的《卜算子·除夕》：

江上见新年，年夜听春雨。有个人人领略春，粉淡红轻注。深劝玉东西，低唱《黄金缕》。捻底梅花总是愁，酒尽人归去。

词中写江上过年的情景。江上，春雨，已使词中带上了淡淡愁意。三、四句写歌女，打扮得粉淡红轻，从她的身上就可以领略到春天的提前到来了。歌女对我和客人深深地劝酒，又低声唱起了《黄金缕》词（即《蝶恋花》，因冯延巳此调之词有"杨柳风轻，展尽黄金缕"句，故名）。对酒当歌，并不能驱除心底的忧愁，将梅花搓碎也销不了愁，酒尽人归后应当更是郁闷。

当然，宋人写除夕也并非都是表现愁绪，如史浩的《喜迁莺·守岁》就很可见节日的欢乐：

雪消春残。听爆竹送穷，椒花待旦。系马合簪，鸣鸦列炬，几处狨筵开宴。介我百千眉寿，齐捧玉壶金盏。最奇绝，是小桃新坼，争妍粉面。

女伴。频告语，守岁通宵，莫放笙歌散。酒晕朝霞，寒欺重翠，却忆凤屏香暖。笑拂满身花影，遥指珠帘深院。待到了，道一声稳睡，明年相见。

词中对除夕守岁及诸多习俗都写得很详尽。先是除夕放爆竹送穷鬼，无非希望新的一年能交上好财运，然后手持花椒酒守岁，等待天明。高官贵人的家门外，可以看到骑马而来的客人系住了马，帽上簪花，来赴宴了，而仆人之多，发出的声音如鸦鸣，掌灯列队成行，此时，华美的筵席就将开始了。来宾们举起了精美的酒壶、酒杯祝贺主人长寿。此时要说最奇绝的就是桃花竟然已开，露出了少女般的娇羞容颜。女伴们频频相告，说我们守岁通宵，也不要让笙歌散了。她们喝了酒，脸上现出红晕，就像朝霞一样，而头上佩戴的翠玉首饰却透出寒意，守岁之时，更让人感到华贵屏风里暖而香的气氛值得留恋。在笑声中归去，拂去满身的花影，指着珠帘后面的深院大宅，自己的家到了，分手时说一声睡个安稳觉吧，让我们明年再见。

史浩的这首词将除夕守岁的全过程写得非常生动、形象，庆祝节日的内容、气氛都清晰地呈现在读者眼前。对作者来说，完全是自己的真实体验，因为他有着宋孝宗老师的身份，一生中，除了短期降职为知府外，一直都是皇帝身边的高官，所以他的笔下所写，完全可能是自己家中除夕的实录。而像吴文英这样依人为食的文人，所写的除夕就愁苦多于欢乐。如他同为《喜迁莺》调的《福山萧寺岁除》，从词中的"谁念行人，愁先芳草，轻送年华如羽。自剔短檠不睡，空索绥桃新句。"表现了羁旅中孤身过除夕的愁情。而

"轻送年华如羽"的主题,此前又曾出现在韩疁的《高阳台·除夜》里:

> 频听银签,重燃绛蜡,年华衮衮惊心。饯旧迎新,能消几刻光阴!老来可惯通宵饮?待不眠、还怕寒侵。掩清尊、多谢梅花,伴我微吟。
> 邻娃已试春妆了,更蜂腰蘸翠,燕钗横金。勾引东风,也知芳思难禁。朱颜那有年年好,逞艳游、赢取如今。恣登临、残雪楼台,迟日园林。

如果说史浩是因富贵荣华而在喜庆中忘却了时岁的流走,吴文英因生活的无奈而感慨轻送年华,那么此词所揭示的"朱颜那有年年好",则因除夕而有时岁惊心之感,所以"饯旧迎新,能消几刻光阴"的人生感触,是又回到了前面所说的生命意识上来了。

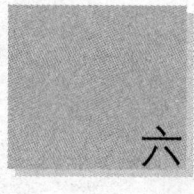

六 咏物

长记曾携手处，千树压、西湖寒碧
—— 亦花亦人、抚今追昔的咏梅名篇

比起唐人因受"胡风"影响而追求文艺的热烈浪漫来，宋人更重视本土文化，相对显得沉静、稳重，而喜好"雅玩"，所以咏物是宋词中的一个主要内容。

宋人的咏梅词很多，其中陆游的《卜算子》是以梅托喻、自我明志之作；而最著名的恐怕还是姜夔的《暗香》、《疏影》。张炎在《词源》中说过："诗之赋梅，惟和靖一联而已。世非无诗，不能与之齐驱耳。词之赋梅，惟姜白石《暗香》、《疏影》二曲，前无古人，后无来者，自立新意，真为绝唱。太白云：'眼前有景道不得，崔颢题诗在上头。'诚哉是言也！"他所说的"和靖一联"指林逋《山园小梅》的"疏影横斜水清浅，暗香浮动月黄昏"，因此联是真正传递出梅花的神韵，故历来为人所激赏。而对姜夔两首咏梅词的揄扬，也并非张炎的私淑之言，二词确实经受了时间的考验，一直为后人所推重。姜夔这两首词是自度曲，据词的小序所说，他在辛亥年（1191）的冬天载雪诣石湖（范成大），石湖请他用新声作词，遂作此两曲，石湖把玩不已，让乐工歌伎们演奏，音节谐婉，就命名为《暗香》和《疏影》。显然，这是得名于林逋的诗句。

对姜夔这两首词,历来的评论有各种各样的说法,许多名家都认为词中别有寄托。晚清词坛四大家之一的郑文焯有一总体性的说法:"此二曲为千古词人咏梅绝调。以托喻遥深,自成馨逸。""常州词派"的领袖张惠言《词选》认为其作意是"时石湖盖有隐遁之志,故作此二词以沮之"。又说:"以二帝之愤发之,故有昭君之句。"蒋敦复《芬陀利室词话》认为是"暗指南北议和事"。郑文焯《郑校白石道人歌曲》则说:"此盖伤心二帝蒙尘,诸后妃相从北辕,沦落胡地,故以昭君托喻,发言哀断。"而"当代词宗"夏承焘先生则认为是怀念合肥情人。真可谓众说纷纭,令人莫衷一是。

笔者认为,《暗香》主要表现身世之感,而《疏影》主要表现家国之慨。当然,这并不是绝对的,作"主要"之分,就是此意。"家国之慨"的问题比较复杂,很难辨析清楚,所以此处从咏物的角度,专门谈谈《暗香》。先录全词:

> 旧时月色,算几番照我,梅边吹笛?唤起玉人,不管清寒与攀摘。何逊而今渐老,都忘却、春风词笔。但怪得、竹外疏花,香冷入瑶席。
>
> 江国,正寂寂。叹寄与路遥,夜雪初积。翠尊易泣,红萼无言耿相忆。长记曾携手处,千树压、西湖寒碧。又片片吹尽也,几时见得?

词中先回忆过去:旧时曾有多少次,在皎洁的月色下,在幽洁的梅花边,我吹起了心爱的笛子,笛声唤起了可爱的玉人,与她冒着清寒,一起攀下梅枝,采摘梅花。这是多么浪漫、美好的情事啊!可惜,岁月匆匆,我已渐入老境,写不出好诗来了。姜夔在这里以何逊自拟,是因为取其爱梅之意。何逊是梁人,《扬州法曹梅花盛开》是他的代表作,诗云:"兔园标物序,惊时最是梅。衔霜当路发,映雪拟寒开。枝横却月观,花绕凌风台。朝洒长门泣,夕驻临邛杯。应知早飘落,故逐上春来。"杜甫对何逊爱梅颇欣赏,曾作《和裴迪登州东亭送客逢早梅相忆见寄》诗,有"东阁官梅动诗兴，还如何逊在扬州"的句子。何逊又有《咏春风》诗，姜夔所说的"春风词笔"即用此。作此词时，姜夔还不到四十岁，在长辈范成大面前之所以称"渐老"，不是"卖老"，而是自谦才能减退意。虽"忘却春风词笔"，但看到石湖的梅花那么美，从竹子外吹来冷香，送到"瑶席"上，还是动了诗兴。下片宕开笔墨，先说江南水乡正是寂寞的雪天，如要将梅花寄给远方的人，却路途遥远，又被雪所阻。忍不住对着翡翠酒杯流下了眼泪，红梅花虽无言，也好像陷入了沉思和怀念中。此时，当年与爱人同游的情景又浮上了眼前：携手并行，看千树梅花盛开，似乎压住了西湖寒冷的一湖碧水。可是，梅花终于被一片片吹尽，与爱人也分手了，什么时候再能相见呢？

《暗香》是咏物词，月下梅边吹笛，与"玉人"冒着清寒攀摘，转以何逊自谓文思渐退，再回到目前，说梅花的冷香吹入瑶席而令己命笔，是从过去到现在地写梅。寄与路遥却受阻于雪，不由得把翠尊而泣，红梅无言耿相忆，最令人长记难忘的是西湖边携手赏梅，可惜正如梅花凋残，人也离散，何时梅花再开，人能再逢？也处处离不开梅。但此词并不是纯然的咏物，处处说到梅，也处处说到人，亦花亦人，二者难分。由于不得已的原因，与所爱者的情缘不能继续，抚今追昔的身世之感有着太多的遗憾，尽管词写得朦胧，借梅花自诉其情，读来却仍能撼人心魂。

长亭路，应折柔条过千尺
—— 人生惜别的凄恻婉转

我国很早就有分别时折柳相送的习俗，唐诗中所写尤多。宋词之咏物，当然也少不了柳，而此类作品，当首先让人想到周邦彦的《兰陵王》。我们在前面谈周邦彦的《少年游》时，曾说起过张端义《贵耳集》的一段话，即周邦彦与李师师相会时，恰逢宋徽宗也到其家，周邦彦情急中躲到了床下，无意中听见了宋徽宗所说，并写在《少年游》词中，此词一唱，徽宗大怒，遂将周邦彦赶出都城，周就作了这首《兰陵王》。这段故事应是附会出来的，几乎没有什么可信度。不过至少可以说明，当时人们是将它看成周邦彦离京之作的。且看此词：

>　　柳阴直，烟里丝丝弄碧。隋堤上、曾见几番，拂水飘绵送行色。登临望故国，谁识京华倦客？长亭路，年去岁来，应折柔条过千尺。
>　　闲寻旧踪迹。又酒趁哀弦，灯照离席。梨花榆火催寒食。愁一箭风快，半篙波暖，回头迢递便数驿，望人在天北。
>　　凄恻，恨堆积！渐别浦萦回，津堠岑寂，斜阳冉冉春无极。念月榭携手，露桥闻笛。沉思前事，似梦里，泪暗滴。

严格说来，此词并不是真正的咏物词，只是借柳写离情而已，不过，由于三叠中的第一叠都是写柳，然后再由柳之历来关系着别离而写别情，故统之以柳来命题，也是恰当的。

词中写柳，先从柳阴写起，一个"直"字，既写了日光直射之下每棵柳树的树阴，又总体概括了长堤上成行柳树的树阴。写了柳阴，再写杨柳本身，在人看来，它们好像在薄霭轻烟中展示着自己丝丝缕缕的青碧颜色，"丝丝弄碧"四字，不但准确地写出了杨柳的形与色，而且一个"弄"字，使生气顿出。唐朝时，人们出长安，多在灞桥折柳送别，而宋人之相送出京，是在汴河边告别（汴河开凿于隋朝，故称"隋堤"）。词人自己曾多次为人送别，所以说"几番"，而柳树的拂水飘绵，好像是替人依依难舍，又非常切合柳枝柔软、柳絮飘飘的特点。送别之时，登上高堤，送人远去，自己也不免远眺故乡，可感叹的是又有谁能理解我这个厌倦了京华生活的游子呢？还是说柳树吧，人们在长亭路上送别，年复一年，折下的柳条应该超过千尺之长了。真是人间多别离，柳树也受苦！

第一叠紧扣柳树而专写离别，第二叠转写自己的离情。此时轮到自己离京了，在船开出码头后，刚才告别的激动已经过去，遂静下心来寻思已过去的事：在梨花正开的清明、寒食之时（寒食禁火，节后，皇宫将榆、柳之新火赐臣下），哀弦伴酒，灯照离宴，自己

仕女图，清·改琦

早春犹寒，可梅花已残，真正的春天很快就要降临人间，然而心中的欢乐却是转瞬即逝。

春天已过，百花已开尽，只有这美丽的石榴花清幽而孤独地陪伴着你。此时，如摘下一枝细看，你看到的是芳心千重还没有打开。

落花独立图，清·余集

要出京而去了，情人特地来相送。现在，离宴已过，船也离京，愁绪却涌上了心头。过去是"京华倦客"，可一旦离开，又不免眷念，所以船越是开得快，自己越是感到愁苦，风送船行，篙也助力，很快就过去了好几个驿站，回头再看，伊人已远在天北了。

第三叠紧接前面。因离别的凄恻，渐行渐远而离恨为之堆积。船开出很久，人也远去，想来分别处的河上已是水波萦回，渡口的守望所冷冷清清，斜阳冉冉将落，春色漫漫无边，在巨大的时空背景下，更显出了自己的孤单。此时，不由得又想起往事：那些月榭携手并行，露桥双双闻笛的日子，是最值得回忆了。现在已成了过去，所以沉思往事，就好像在梦里一样，不知不觉间，流下了伤心的泪水，又怕人知晓，只好背过身来，暗暗地悲伤。

前面说过，《兰陵王》并不是严格意义上的咏物词，是借柳而写别情。由于古来的折柳送别习俗，使得咏柳与咏别能统为一体。桓温北伐再经金城时，见当年所种柳已有十围之粗，可以发出"树犹如此，人何以堪"的感叹，是表现了强烈的生命意识。周邦彦此词之借柳写别离，是对友情与恋情的珍惜（之所以说到友情，因为有论者认为此词是"客中送客"之作，也可通）。从此词可见，周邦彦虽厌于"京华倦客"的生活，无意于继续宦游，当然是想回归于故园，可当他离开了谋生之所在，要同在此地所建立起来的友情、恋情惜别时，却又会感到十分痛苦。这是他个人的人生体验，却又不限于个人，而有相当的代表性。人生受到诸多意识的纠缠、困扰，也随之产生许多的烦恼、痛苦，所以也就会感慨不如意事常八九。能够坦然面对一切，不为情所困，不为事所扰，是很不容易做到的。

只恐舞衣寒易落，愁入西风南浦
—— 花中君子的赞歌和哀歌

"江南可采莲，莲叶何田田"，古人很早就写到了荷花、莲藕，而江南的采莲也成了一种优美的劳动生活，后来甚至发展出独特的采莲舞。从"比德"的角度看，荷花出污泥而不染，莲藕虚心而有节，莲子芯苦而微甘，所以得到了历代文人画家的钟爱，成为了他们笔下常见的题材。宋代著名的理学家周敦颐写过一篇众口相传的《爱莲说》，将"比德"写成美文，可谓小品散文中的上品：

> 水陆草木之花，可爱者甚蕃。晋陶渊明独爱菊；自李唐来，世人甚爱牡丹；予独爱莲之出淤泥而不染，濯清涟而不妖，中通外直，不蔓不枝，香远益清，亭亭净植，可远观而不可亵玩焉。予谓：菊，花之隐逸者也；牡丹，花之富贵者也；莲，花之君子者也。噫！菊之爱，陶后鲜有闻；莲之爱，同予者何人？牡丹之爱，宜乎众矣！

前面，我们曾谈过贺铸咏荷的《踏莎行》，那是一首别有寄托的作品，而说到宋词中并非以寄托为主的咏荷词，很容易让人想起姜夔的《念奴娇》：

> 闹红一舸，记来时、尝与鸳鸯为侣。三十六陂人未到，水佩风裳无数。翠叶吹凉，玉容销酒，更洒菰蒲雨。嫣然摇动，冷香飞上诗句。
> 日暮，青盖亭亭，情人不见，争忍凌波去？只恐舞衣寒易落，愁入西风南浦。高柳垂阴，老鱼吹浪，留我花间住。田田多少，几回沙际归路。

词的小序云："余客武陵，湖北宪治在焉。古城野水，乔木参天。余与二三友日荡舟其间，薄荷花而饮，意象悠闲，不类人境。秋水且涸，荷叶出地寻丈，因列坐其下，上不见日，清风徐来，绿云自动。间于疏处窥见游人画船，亦一乐也。朅来吴兴，数得相羊荷花中。又夜泛西湖，光景奇绝。故以此句写之。"从上序可知，作者先后生活在武陵、吴兴、西湖，徜徉在荷花中，领略江南莲叶田田的美丽景色，有会心独到的感受，写成此词。武陵的古城野水，乔木参天，给人以野趣。大片水面的荷花莲叶，使得作者能与二三知友荡舟、饮酒于其间，先是靠近荷花而得仔细观察的机会，等秋水干涸后，又能列坐于寻丈高的荷叶之下，在清风徐来、绿云自动中，充分领略游赏之乐。此后，吴兴的荷花，西湖夜游的"光景奇绝"，都给作者进一步提供了创作的冲动，遂写成此词。

词用"闹红一舸"开头，有破空而来之感，作者不是直接就写荷花，而从人的"闹红"写起，小船来到了本是静静的荷花中，从远观到亲近，才有了进一步了解对象的机会，这与周敦颐所说的"亵玩"不是一回事。在小船来时，成双成对的鸳鸯也在船边游过，故谓"尝与鸳鸯为侣"。王安石有"三十六陂流水，白头想见江南"的诗句，此处用之，应是取"流水"之意。在人还未到时，"远观"中只见无数的水佩风裳。李贺《苏小小墓》诗有"风为裳，水为佩"句，本指美人的衣饰，姜夔用之形容荷花荷叶，是拟人化的写法。下面更是如此：翠绿的荷叶散发出清凉，荷花像美人的脸，酒意才销，还带着微红，当水草上洒上细雨时，荷花荷叶更美。清风阵阵，花儿轻摇，如美人嫣然含笑，幽韵冷香，一片神韵飞上了诗句。这里不说诗人写荷入诗，却说"冷香飞上诗句"，将情性赋予荷花，变被动为主动，可见作者的高明之处。

上片写荷之盛，下片转写其衰。日暮之时，青青的荷叶像伞般亭亭耸立，美丽的荷花在没有见到情人前，又怎么忍心凌波而去呢？"凌波"出曹植《洛神赋》："凌波微步，罗袜生尘。"写女神的步履轻盈。过片几句是用拟人手法曲折地写荷花之将残，接着写其凋残。词中说：就怕像舞衣般的荷花花瓣在秋天易于凋落，这时愁绪伴着西风来到了南浦。因为南浦是送别之地，此处实有与荷花作别之意。盛时已去，荷花难于留人，垂阴的高柳，吐浪的大鱼，都想劝人留步此地。那么游人呢？虽不得不归，却难以忘却无数田田的荷叶，在沙边的归路上流连难去。

姜夔此词用拟人手法咏荷，既写荷之态，又传荷之神，由花而人，确非凡手所为。姜夔人品高，情趣雅，对花中君子是情有独钟，最爱咏梅、荷二花，笔下的荷花与周敦颐所写颇能相合。此词虽不同于贺铸所作寄托君子不趋时之叹，但也并非毫无寄寓。姜夔"少小知名翰墨场，十年心事只凄凉"，所以此词在咏荷时作盛衰对比，写众芳零落，也隐约可见美人迟暮之意。读者可从中体会出作者的身世之感。人对于客观世界的艺术审美很难是纯客观的，多少会将自己的人生遭际和感慨移注、融入其中。所以，《念奴娇》是一曲花中君子的赞歌，清冷而非热烈，又是悼惜生命、美丽难于永恒的悲歌。古人提倡读书、解诗须"知人论世"，对这一原则，确实是不应怀疑的。

骚人可煞无情思，何事当年不见收
——且看李清照如何替桂花鸣不平

周敦颐《爱莲说》将菊花、荷花、牡丹分别拟为隐逸者、君子、富贵者，所说精警。因为只是一篇小品，所以只讲到三种花，我们大可不必求全责备，说他遗漏了太多。女词人李清照也爱花，却对古人论列众芳时的疏忽不依不饶，而且，竟然是向伟大的诗人屈原"发难"。此事见于咏桂的《鹧鸪天》：

> 暗淡轻黄体性柔，情疏迹远只香留。何须浅碧深红色，自是花中第一流。
>
> 梅定妒，菊应羞。画栏开处冠中秋。骚人可煞无情思，何事当年不见收。

桂花比起其他的花来，的确缺少作为花的许多特点。它没有轻柔的花瓣，艳丽的色彩，多变的花容。它也不像一般的花，从含苞到初绽，再到盛开，有显见的过程，从而也给人以日增的欣喜与视觉、嗅觉享受。桂花实在是太不像花，所以人常以"桂子"称之，它的盛开不是以"姿""色"相炫的，人们只是通过空气中的浓郁香气，才发现了它的脚步已随秋天而来。如此不事张扬，悄无声息，李清照用什么来写它呢？此词开头十四个字，很准确地抓住了特征：桂花被遮蔽于桂树叶子中，"暗淡轻黄"是它形神兼备的视觉形象，"柔"之一字，则是它的主要体性特点；如果比之于人，就像情怀疏远、行迹难见的君子或佳人，只留下馨香而难见其面目。词人由此而发议论："何须浅碧深红色，自是花中第一流。"桂花有如此的品性，又何须依仗缤纷的色彩呢。牡丹以深红或紫色为上品，白居易曾在《秦中吟·买花》中有"一丛深色花，十户中人赋"的感叹，而如绿萼梅之类"浅碧"之花，也是梅中上品。桂花情疏迹远而只留其香，有君子、佳人之风，自以其德树起了"花中第一流"的形象，又要什么"浅碧深红"的好颜色呢！

下片进而展开又一轮议论："梅定妒，菊应羞。画栏开处冠中秋。"李清照爱梅，也爱菊，词中不乏对这两种花的吟哦、赞美，但在此处为了突出桂花，对三者作了比较，不妨借宾以定主，认为梅花对于桂花是定然嫉妒，而菊花在桂花面前应当感到羞惭。尤其从节令而言，桂花更是以其"画栏桂树悬秋香"（李贺《金铜仙人辞汉歌》）成为中秋时分的花中之冠。桂花既有如此高的品格，有别的花卉难以企及的优点，花中一流的地位是不应该被疏忽、被遗忘的。然而事实上并非如此。为此，女词人再次振笔议论，且直接质问伟大的诗人屈原："骚人可煞无情思，何事当年不见收。"屈原在其代表作《离骚》中以美人喻君主，以芳草花卉喻贤才，形成了"美人芳草"的比兴手法和象征体系，而花草中又钟情于春兰秋菊，他尽管写及很多的花卉，却没有桂花，所以李清照才会大胆地讥刺他"无情思"，且又反问：若非如此，为什么当年没把它收进去呢！

桂花萼小而色黄，若从惯用的以女子拟花角度看，堪称无色无貌，但却有品有质。李清照注意到桂花，不是"翻案"，而是补缺。她立足于"比德"的传统方法，为桂花传神写照，比起柳永用"三秋桂子"同"十里荷花"相并，来描画西湖基本风景线来，是深入的发掘。而她之所以对桂花如此推崇，与个人的禀性大有关系。她年轻时就目睹激烈的党争，并从父亲的受牵连而亲感其害，对公公的"炙手可热心可寒"很有看法，所以，她后来与丈夫赵明诚埋首金石书画中，前后有十年左右。在她看来，文艺与学问，亲情与平常的生活，要比官场重要得多。在桂花"暗淡轻黄"、"情疏迹远"的形象和精神中，不是可以得到对应吗？

宋室南渡前后，词中咏桂之作不少。如向子諲《满庭芳》上片：
"月窟蟠根，云岩分种，绝知不是尘凡。琉璃剪叶，金粟缀花繁。黄菊周旋避舍，友兰蕙、羞杀山樊。清香远，秋风十里，鼻观已先参。"朱敦儒《清平乐》："人间花少，菊小芙蓉老。冷淡仙人偏得道，把住西风一笑。　　前身应是江梅，黄姑点破冰肌。只有暗香犹在，饱参清似南枝。"蔡伸《浣溪沙》："木似文犀感月华，寸根移种自仙家。春兰秋菊浪矜夸。　　玉露初零秋夜永，幽香直入小窗纱。此时风月独输他。"都各有特色。但相比之下，似乎都未能如李清照那样把握住"情疏迹远"的本质。倒是陈与义《清平乐》"黄衫相倚，翠葆层层底"，能得桂花形象之要，而"楚人未识孤妍，《离骚》遗恨千年"与李清照所论相同，显示出另一副眼光。

咏物毕竟不只是写生，人生的理想和体验起着很重要的作用，手眼的高低取决于胸襟、识见。李清照是女流辈，却有不凡的士夫气，若非如此，她在咏桂时能明确宣称"自是花中第一流"，并大胆追问"骚人可煞无情思"吗？

湘娥化作此幽芳，凌波路，古岸云沙遗恨
——水中仙子与人间憾恨

我们祖先对有些花卉的命名，真令人叹服。比如水仙就是一例。淡洁素雅，亭亭玉立，令人想起了凌波微步的洛神；只要几颗石子，少许清水，就能长出那么清香的花朵，这岂非庄子笔下不食五谷、吸风饮露，而肌肤若冰雪的仙人？宋人在诗画中，多表现梅、兰、竹、菊"四君子"，相对而言，其他花卉不遑多顾。因此，李清照为桂花鸣不平，直道屈原"无情思"而遗漏了不该遗漏的花中上品。至于水仙，则让人想到吴文英的《花犯·郭希道送水仙索赋》。吴词是怎样写水仙的呢？请看：

小娉婷清铅素靥，蜂黄暗偷晕，翠翘敧鬓。昨夜冷中庭，月下相认。睡浓更苦凄风紧。惊回心未稳，送晓色，一壶葱

倩，才知花梦准。

湘娥化作此幽芳，凌波路，古岸云沙遗恨。临砌影，寒香乱，冻梅藏韵。熏炉畔，旋移傍枕，还又见、玉人垂绀鬓。料唤赏、清华池馆，台杯须满引。

比起绘画来，人们不由得要感叹文字在描绘事物上的力绌。当然，说力绌是对实际存在的事物（尤其是物）而言，而幻想中的事物，却是文字叙述、描绘的能力要强于绘画。举个很简单的例子，比如《西游记》中孙悟空的七十二般变化，十万八千里的一个筋斗云，眼花缭乱的神魔大战等，小说叙述起来都不是很费力，但要画成连环画就很费事，而且远没有文字叙述那么自由，有不少东西还受到限制，难以表现。文字可以作连续性的叙述，可以很从容地讲故事，描写动作，绘画却很困难。但是，如果要换成静物或动物，或不带故事情节的人物，有作画能力的人画出来的画，其给人的直观印象要比语言描写深刻、清晰得多。换成古典文学的用语来讲，诗词在"比兴"上要强于绘画，但在"赋"上却要逊色些。就说水仙吧，对着它画一幅写生，不管是水彩、水粉、油画，还是彩墨国画，人们看了不会说是其他什么花。而换成诗词，比起散文来，其描写起来要困难得多。那么，吴文英的这首《花犯》又怎样呢？

此词前三句描写水仙，很能抓住特征。"小娉婷清铅素靥"七字，既写出了水仙小而柔美的整体性面貌，又概括出小而白的水仙花瓣特点。"蜂黄暗偷晕"，是写水仙黄色的花蕊，后面三字很形象地传递出这黄色花蕊之神，因为似乎是不知不觉间生出来的。"翠翘敧鬓"状水仙的绿叶，翠翘是翠玉制成的头饰，"敧"字此处通"倚"，因是用女子的形象来写，很难作字字落实的解释。因前三句都以女子拟写水仙，故"昨夜冷中庭，月下相认"接写梦中与女子的相见，此女即后面所说的"湘娥"，也就是水仙花神。浓睡中的梦已令人难受（后面"遗恨"语，可见梦中相见的是作者一直难以忘怀的"去姬"），加上凄风紧吹，就更让人惊心。梦中惊醒，心尚未稳，人家已在晓色中将一壶青翠的水仙花送来了，此时，才知道晚上做梦真准！

下片换一角度写。水仙是湘江女神化成的，她凌波而来的路，连同古岸、云沙，都带着当年的遗恨（因大舜的二妃娥皇、女英为夫君死于苍梧之野，也徇情而死，成为湘水之神，故曰"遗恨"）。接下来三句再写水仙，写其影，写其香，写其韵。然后又作拟人之笔：如果将水仙花移到熏炉边、枕头旁，似乎又看到了垂着青黑色头发的玉人。最后说，料想你郭希道先生会叫我到你的清华池馆去赏水仙的，到那时，大小杯子都要满引而饮了。

吴文英其实是宋代的"朦胧诗"诗人，他的词在晚清及近代备受推崇，但要读懂却很不容易。此词也如此。作为咏物之作，此词对水仙正面描写并不多，作者始终将花拟人，在不即不离间，而现实又与梦境结合，或真或幻，忽东忽西，使人难以把握。之所以这样写，除了作者个性化的艺术追求外，还应注意到他心中的"去姬"情结：他有一心爱的"姬人"，是一位多情的湘女，可后来却"去之"，吴文英心中就留下了伤痕。所以他的不少作品，都会表现出对"去姬"的怀念。此词明是写水仙，而暗怀"去姬"，因此才会时而花，时而人，真真幻幻，难以循迹。宋人纳妾成风，吴文英虽是依人而食，却也不例外。我们了解了他的伤心史，就可以知道他为何有那么多的感伤。他的人生有自己的缺憾，所以在咏花之作中也没有忘记倾诉。

淮山春晚，问谁识、芳心高洁
——见证历史兴亡的琼花

人们都说牡丹国色天香，是最珍贵的花卉，而实际上牡丹栽培甚广，除魏紫、姚黄等名贵品种外，不难一睹芳容。物以稀为贵，花中最为珍稀的，当数琼花。传说琼花是仙人种玉而生，花如白雪，蕊瓣团团，故名之为琼花，天下虽大，仅扬州才有。当年隋炀帝为了看琼花，并到南方富庶之地享乐，特地开挖、修建运河，以便到扬州，终于在农民起义的讨伐声浪中死于此地。

宋词中吟咏花卉之作，也没有忘记琼花，周密就写过《瑶花慢》（又名《瑶华》）。周密此词原有一个一百五十多字的长序，但今传其词的版本却仅剩下不足四十字："后土之花，天下无二本。方其初开，帅臣以金瓶飞骑进之天上，间亦分至贵邸。余客辇下，有以一枝……"这里说，扬州后土祠的琼花，天下没有第二本，因其珍贵，所以在初开的时候，当地的地方长官就将它剪下，贮于金瓶中，快马加鞭地送到皇宫，有时也分别送到贵人府邸。余下所说，不知其详。此词词调名《瑶花慢》或《瑶华》，始见于吴文英《梦窗词稿》，调名出自屈原《九歌·大司命》："折疏麻兮瑶华，将以遗兮离居。"琼花与瑶华，二名而一物，周密选此调写琼花，真是天作之合。词云：

朱钿宝玦，天上飞琼，比人间春别。江南江北，曾未见、谩拟梨云梅雪。淮山春晚，问谁识、芳心高洁？消几番、花落花开，老了玉关豪杰。

金壶翦送琼枝，看一骑红尘，香度瑶阙。韶华正好，应自喜、初识长安蜂蝶。杜郎老矣，想旧事、花须能说。记少年一梦扬州，二十四桥风月。

周密在《齐东野语》中说："扬州后土祠琼花，绝类聚八仙，色微黄而有香。仁宗庆历中，尝分植禁苑，明年辄枯，遂复载还祠中，敷荣如故。淳熙中，寿皇亦尝移植南内，逾年憔悴无花，仍送还之。"可见其因故土难离而尤见珍贵。此词一开始就将琼花比作美人的装饰物，接着又以天上女仙许飞琼（西王母的侍女）相拟，所以确实是有别于人间的春色。因为琼花初开就被剪下，贮于金瓶，飞骑送至皇宫，无论是江南还是江北的人们都无法见到，所以就想当然地将它比作密如白云的梨花和像雪一样的梅花。诗词咏物不能像画画的照实而写，而是题里题外，忽纵忽收。接下来的"淮山"指淮河边的都梁山，此时的淮河是宋金的边界，所以将琼花护送到皇宫，而不让它关注淮山，真辜负了它关注国事的一片高洁的芳心。这样用不了几次花开花落，那些边关的将士们都将垂垂老矣，北方故土什么时候才能收复呢？过片三句，即小序所说内容。"一骑红尘"出杜牧诗"一骑红尘妃子笑，无人知是荔枝来"，此诗讥刺唐明皇令驿站快马给杨贵妃送荔枝事，周密将地方官飞骑给皇宫送琼花与之相拟，可见其讽刺之意。飞骑金瓶送到的琼花，像人的青春年华，正值好时候，它应该为初次认识行都临安的蜂蝶（贵胄公子们）而高兴。因此词是咏花，花与蜂蝶自有密切关系，并非意在讥刺。琼花出于扬州，而文学创作与扬州关系最为密切的当数杜牧，如今杜郎已经作古，旧事只能让琼花来说了。包括隋炀帝凿运河、看琼花，以致亡国殒身，直到金兵渡淮南侵，扬州毁于兵火等种种旧事，都只有这无知的琼花所亲历，也只有它是真正的历史见证人。此词在最后说，当年杜牧在扬州，曾有"十年一觉扬州梦，赢得青楼薄幸名"，和"二十四桥明月夜，玉人何处教吹箫"的名句，写出了扬州的繁华、美丽，那正像人美好的少年时代啊！

琼花过于珍贵，除了皇亲国戚，一般人很难见到，周密在此词的序中说"间亦分至贵邸"，而"余客辇下，有以一枝"以下残缺，未知什么内容，也不知他是否看到过。或许是这个原因，此词对琼花并未作正面描写。为此，陈廷焯《白雨斋词话》说："不是咏琼花，只是一片感叹，无可说处，借题一发泄耳。"不过，主要原因并不在这里。作者在词中用了杜牧的诗，将当年驿马传送荔枝与当今的飞骑进呈琼花相联系，是有其讥刺现实的深意的。写此词时，正值贾似道擅权，朝政昏暗，政治腐朽，而宋度宗沉湎于酒色，不问政事，对蒙古军南侵一无所知，听信了贾似道的谎报大捷，以为天下太平，而实际上南宋的重镇襄阳、樊城已遭围困，情形危殆。作者对度宗只知看琼花却不知整军经武自有看法，故借咏琼花来讥讽现实，认为若长此下去，用不了多久，就不但是"老了玉关豪杰"，而且亡国的危险已近在眼前，"长安蜂蝶"也难以逍遥了。

南宋的咏物词虽因国势之变而作者常有寄托，但像《瑶花慢》这样直刺朝政的作品还不多见。它让人看到了唐代新乐府的精神，也启迪人们思索历史和人生：隋炀帝逸豫亡身，殷鉴不远，可为什么从宋徽宗直到宋度宗都不知道有这面镜子呢！

看云外山河，还老尽、桂花影
——月亮的遐思与怅想

从原始人类开始，就已懂得白天的天上有耀眼的太阳，而晚上的天空最明亮的是月亮。关于太阳与月亮的传古民歌不知唱了多少代！宋词中的咏月词，自然也有可观的数量。

前面已经说过不少中秋咏月词，最有名的当数苏东坡的《水调歌头》"明月几时有"，而辛弃疾注意到了中秋词多为待月者，而无送月者，故作了《木兰花慢》，以补其缺。此词属于《天问》体：

> 可怜今夕月，向何处、去悠悠？是别有人间，那边才见，光影东头？是天外空汗漫，但长风浩浩送中秋？飞镜无根谁系？姮娥不嫁谁留？
>
> 谓经海底问无由，恍惚使人愁。怕万里长鲸，纵横触破，玉殿琼楼。虾蟆故堪浴水，问云何玉兔解沉浮？若道都齐无恙，云何渐渐如钩？

屈原有《天问》之作，全篇对天发问，一共提了一百七十多个问题，是古代非常奇特的作品。辛弃疾此词学了《天问》的写法，也对月亮发出了一系列的提问。其中开头的两个问题，被王国维《人间词话》评为"词人想象，直悟月轮绕地之理，与科学家密合，可谓神悟"。其实还可以作个补充："飞镜无根谁系"恐怕也与"万有引力"定理"密合"。当然，此词并不足以说明辛弃疾的科学水平，这只是想象和猜测而已，它作为词的一种创格，倒是很值得称道的。作者不但打破了上下片的界限，而且一连串的发问造成了纵横豪荡的气势，与苏轼的清奇英特相比而成为别调。

刘克庄也有两首颇为有名的《清平乐·五月十五玩月》：

> 纤云扫迹，万顷玻璃色。醉跨玉龙游八极，历历天青海碧。水晶宫殿飘香，群仙方按《霓裳》。消得几多风露，变教

人世清凉。

　　风高浪快，万里骑鲸背。曾识姮娥真体态，素面原无粉黛。
　　身游银阙珠宫，俯看积气濛濛。醉里偶摇桂树，人间唤作凉风。

这两首词都具备非凡的想象力，虽非稼轩的《天问》体，浪漫主义的精神却有很大的一致性。但是，宋末的咏月词常是另一种风貌，因为它们不可避免地带上了时代的印记。如蒋捷的《瑞鹤仙·乡城见月》，其上片云：

　　绀烟迷雁迹，渐碎鼓零钟，街喧初息。风檠背寒壁，放冰蟾，飞到蛛丝帘隙。琼瑰暗泣，念乡关、霜华似织。漫将身化鹤归来，忘却旧游端的。

词中充斥着沧桑之感，当与作者经历了国变密切相关。尤其是王沂孙的名作《眉妩·新月》：

　　渐新痕悬柳，淡彩穿花，依约破初暝。便有团圆意，深深拜，相逢谁在香径？画眉未稳，料素娥、犹带离恨。最堪爱、一曲银钩小，宝帘挂秋冷。
　　千古盈亏休问。叹慢磨玉斧，难补金镜。太液池犹在，凄凉处，何人重赋清景？故山夜永。试待他、窥户端正。看云外山河，还老尽、桂花影。

此词先写新月初上，刚露出一痕，悬于柳梢，月色淡淡地穿过花丛，仿佛划破了天空的黑暗。前蜀牛希济《生查子》词有句："新月曲如眉，未有团圆意。"此词反用其意，谓在香径深拜新月。新月像嫦娥还未画好的眉毛，想来应是她带着离恨。最可爱的是挂起了帘子看月，所见到的新月就像是一弯银钩。下片说，不必再问自古以来月亮如何圆了又缺，也不必磨快了玉斧补月，因为缺月已无法再补了。宋朝的宫苑虽在，国运已是今非昔比，再无人在此地赏新月、赋新诗了。据记载，"太祖夜幸后池，对新月置酒。问：'当直学士为谁？'曰：'卢多逊。'召使赋诗。请韵，曰：'些子儿。'其诗云：'太液池边看月时，好风吹动万年枝。谁家玉匣开新镜？露出清光些子儿。'太祖大喜，尽以坐间饮食器赐之。"（见陈师道《后山诗话》）可见，在宋初政权刚建立时，借着咏月的题材，还是很可以看出统治者的自信的。现在则全然不同。故山夜长，正等待着月亮端庄、美丽地圆满。等看到月圆之时，只有月中的山河大地影子还是完整无缺的，故国的土地却沦丧殆尽了。

《眉妩》写得比较隐晦，但从词中用语可推测应是宋亡之前的作品。作者将宋代的昔日盛时与今日衰时对照，寄托其金瓯已缺、河山无法整治之意，在咏新月中表达了对国事的憾恨。国家、国家，国与家是紧密相关的，国事与人生有着难以分割的关系，王沂孙生当宋之末世，其作品常有无穷哀感，"亡国之音哀以思"，可谓是时代的必然。

拣尽寒枝不肯栖，寂寞沙洲冷
——幽人贞吉的自我形象

宋人的咏物词以花卉类为多，而后代的研究者、评论者对南宋的此类作品评价更高些，原因在于南宋的作品常有寄托。北宋的咏物词也不少，擅长于此者甚众，苏东坡就是其中的一个，他不但能写出令关西大汉执铁板铜琶演唱的"大江东去"，也善于写温柔婉约的《水龙吟》杨花词。说到他的咏物名篇，免不了要提起咏孤鸿的《卜算子》。此词是苏轼于元丰五年（1082）时在黄州所作。而黄州，则是"乌台诗案"后的贬所。

关于"乌台诗案"，前面已说了不少，这里还可以作些补充。我们可以从苏轼在狱中寄其弟苏辙的诗中，了解他当时的处境。苏轼写给苏辙诗的短序说："予以事系御史台狱，狱吏稍见侵，自度不能堪,死狱中,不得一别子由。"短短几句话,不能详说,却仍然透出了其中逼供之严酷。

其一:

> 圣主如天万物春,小臣愚暗自亡身。百年未满先偿债,十口无归更累人。是处青山可埋骨,他时夜雨独伤神。与君今世为兄弟,又结来生未了因。

其二:

> 柏台霜气夜凄凄,风动琅珰月向低。梦绕云山心似鹿,魂惊汤火命如鸡。眼中犀角真吾子,身后牛衣愧老妻。百岁神游定何处,桐乡知葬浙江西。

他想到了可能会死,并非过虑,因为后来苏辙在《亡兄子瞻端明墓志铭》中写到他的狱中遭遇:"既付狱,吏必欲置之死,锻炼久之不决。"所以,后来得到神宗的恩赦,经过了四个多月牢狱生活的苏轼,是很庆幸自己能重见天日的。但是,他出得牢房,却仍由御史台差人押解到黄州,还是罪人,因此在到了黄州后,生活非常艰辛,思想也很苦闷。在此期间写的诗、文、词,都有所流露。《卜算子·黄州定慧院寓居作》咏孤鸿就是其中之一:

> 缺月挂疏桐,漏断人初静。谁见幽人独往来,缥缈孤鸿影。惊起却回头,有恨无人省。拣尽寒枝不肯栖,寂寞沙洲冷。

此词先描绘了定慧院的深夜环境,为"幽人"及孤鸿的出现奠定了基础。未圆的月亮挂在天上,恰好就在稀疏的梧桐树边,漏壶中的水已经很少,仿佛断了一样,正是夜阑人静之时。此时,有谁还见到有个幽人独自往来,就像缥缈的孤鸿的影子。下半阕承接上文的孤鸿而写:孤鸿惊恐地回头,好像满怀幽恨,却无人了解,它拣遍了已带寒意的树枝,不肯栖息,只得寂寞地落宿到寒冷的沙洲。

因为苏轼名气太大，就有人出来编故事，说是有个年轻女子不肯嫁人，听说东坡要来，高兴地说："我的夫婿来了。"后来单相思而死。苏轼知道此事后，写了这首词，其中的"拣尽寒枝不肯栖"就是写这女子的。而作为咏物词，又有人从真实性的角度来找它的毛病，认为鸿雁并不栖息在树枝上，而是在田野和芦苇丛中，因此词中所写"拣尽寒枝不肯栖"是"语病"。也有人出来为大文豪辩护，他认为既然有隋朝诗人写出"夕宿寒枝上，朝飞空井旁"，苏轼如此写也就有根据了。当然，也有人认为此词是另有寄托的，甚至作了字比句附的解释，如：缺月，是"刺明微"；漏断，是"暗时"；幽人，是"不得志"；独往来，是"无助"；惊鸿，是"贤人不安"。因所说割裂了艺术形象的整体性，也遭到了有些人的嘲笑。

苏轼在劫后余生中，的确有很多人生感慨，尽管此时不敢讽刺新法和现实政治了，但是，用词寄托其寂寞之意，却是很自然的事。词中的幽人与孤鸿，有着本质的相同。《易·履卦》有"履道坦坦，幽人贞吉"语，幽人本义是幽囚之人，引申为幽居、幽静之人，苏轼为贬谪者，自称甚确。而孤鸿的惊起回头，寂寞无依，是否可以让人从中体会到苏轼在遭受政治打击后，既不合流俗又极其失意、满怀幽愤的处境呢？咏物词写到像这样似又不似、人又可出的地步，是一种极高的境界。所以，尽管苏轼是现实中的"罪人"，但他创造的孤鸿形象，表现出"幽人贞吉"的自我，仍被他的朋友兼学生黄庭坚称为"语意高妙，似非吃烟火食人语"。

飘然快拂花梢，翠尾分开红影
——幸福的燕子与不幸的闺中妇

燕子是与人为伴的候鸟，它们筑巢在屋檐之下，呢呢喃喃，似与人有款款深情，冬天迁往南方避寒，可到春天暖和时又飞回来了，好像不违故人之约，所以人们都喜欢燕子。

古人不乏写及燕子的诗。《诗经》有著名的《燕燕》,是送别的代表作。唐诗中有刘禹锡的《乌衣巷》,其"旧时王谢堂前燕,飞入寻常百姓家"是耳熟能详的名句。但是,《燕燕》是借燕子起兴写别离之情,《乌衣巷》是借燕子写人世沧桑之感,都不属于纯粹的咏燕之作。要说宋词中的纯然咏燕名篇,当首推史达祖的《双双燕·咏燕》:

> 过春社了,度帘幕中间,去年尘冷。差池欲住,试入旧巢相并,还相雕梁藻井,又软语、商量不定。飘然快拂花梢,翠尾分开红影。
> 芳径,芹泥雨润。爱贴地争飞,竞夸轻俊。红楼归晚,看足柳昏花暝。应自栖香正稳,便忘了、天涯芳信。愁损翠黛双蛾,日日画栏独凭。

这首词对于燕子真是称得上形容妥帖,是咏物词中的上乘之作。开头三句并无一句直接写燕子,却又是燕子的出场。第一句是说明季节,"春社"是春天的社日,祭祀土神的日子,在立春后的第五个戊日,此时正当春暖,点出了时节,就可以让人想起燕子的归来。第二句用了一个"度"字,就可以想见燕子在帘幕中间飞过的情景。第三句点明了燕子是离开此地后的重新归来。"尘冷"两字是从燕子的感觉来写的,那么这家人家是不是发生了什么变化呢?词中继续写燕子回归后的种种表现。由于离开有一段时间了,所以要熟悉一下环境。"差池欲往,试入旧巢相并",是说燕子张开尾翼,想尝试着双双飞入旧巢。但一时又拿不定主意,所以在雕梁画栋和藻井(画有菱荷水藻类的井栏状天花板)间仔仔细细地察看,还是定不下来。成双的燕子呢喃不停,就好像情侣一样的亲热,"软语商量不定"是极其传神的一笔。"商量"的结果是决定在此处住下来了,于是,在花梢飘然而过,翠绿色的尾巴分开了红色的花影,在大好春光中开始了新的生活。下片并未另起一意,而是继续写燕子回归后的生活。它们贴着地飞,在长着花草的小径上掠过,衔了长着芹草的泥去做窝,那相互追赶的样子就像是在向人夸示自

仿古山水十二开之七,清·杨晋

送人远去,自己也不免远眺故乡,可感叹的是又有谁能理解我这个厌倦了京华生活的游子呢?

现在等待你来,你却不来,等到他日来时,若再到这石榴前持酒赏花,恐怕是看不到美丽的花儿了,那时,只有凋零的花瓣与带着脂粉的眼泪一起簌簌下落。

玉环病齿图,清·顾洛

己的轻盈、俊俏。大概是因为风光太美好了，燕子看够了美景，在柳也黑、花也暗的时候，才回到了自己栖息的红楼。可自己栖息得很香甜，睡得很安稳，却竟然把要紧的事儿给忘了：原来在从南方归来之前，一位天涯游子曾托燕子将自己的书信带给家人，可是在回到故地、双宿双飞，自己一高兴，倒把托信的事丢在了脑后。这样一来，就害苦了红楼的闺中思妇，只见她愁损了双眉，天天在楼上一个人靠着栏杆远望，等不来心上人，只有无限的惆怅。

这首《双双燕》是史达祖的自度曲，内容与调名一致，是咏双燕的作品。作者抓住了候鸟的特点，词一开头就写春燕的归来，然后是双燕寻找旧巢，在一番观察、细看、软语商量后，终于拂花而去。上片写双燕飞回，入屋又出屋，是寻巢之举。下片写衔泥以营旧巢，到黄昏归来。对双燕堪称形容妥帖，能尽物之性。明人卓人月说得很好："不写形而写神，不取事而取意，白描高手。"确实，这是咏物词中的一篇好作品，很可以从中看出宋人那种即物深致、无细不彰的表达技巧，见出他们对美好事物的挚爱。

但是《双双燕》的意义好像又不仅仅停留在此。我们应该注意到词中另转新意的写法：在"看足柳暗花暝"后，咏燕实已告竣，但作者又突然插入忘记捎信一事。这好像有点离题，而实际上是咏物时不忘人生苦乐的体现。词人将双燕的生活写得很美满，无论是"试入旧巢相并。还相雕梁藻井，又软语商量不定"的有商有量，还是"爱贴地争飞，竞夸轻俊"，"看足柳昏花暝"的行动一致，都是亲亲密密，两下难分。而反观双燕栖息地的红楼，尽管有重重帘幕，有雕梁藻井，显然是富贵者之家，但是这个家不仅"尘冷"，而且红楼上的女主人是"愁损翠黛双蛾，日日画栏独凭"，与双双燕相比，她是形只影单，孤苦寂寞。很显然，燕子的生活是自由、幸福、无忧无虑的，而红楼贵妇却没有幸福可言。这又告诉人们，人生的幸福不在于物质享受，即使有朱楼碧瓦、锦衣玉食的物质享受，而没有志同道合的伴侣，那么在精神上可能还是痛苦的。因此，人们歌颂天上的七仙女下凡，同董永过着"你耕田来我织布，你浇水来我灌园"的劳动生活，因为亲情是宝贵的，共同劳动是幸福的，天国却是太寂寞了。

露湿铜铺，苔侵石井，都是曾听伊处
——不知人间怨情的蟋蟀

蟋蟀是一种常见的昆虫，《诗经》中已数见。如《豳风·七月》第五章在"五月斯螽动股，六月莎鸡振羽"两句后，接写蟋蟀的活动变化："七月在野，八月在宇，九月在户，十月蟋蟀入我床下。"因为蟋蟀趋暖避寒，所以会有生活场所的更动。而《唐风·蟋蟀》三章都以"蟋蟀在堂"开头，是因蟋蟀从户外转入户内，标志着一年之将终，作者因此而发出"今我不乐，日月其除"，"今我不乐，日月其迈"，"今我不乐，日月其慆"的叹息，感时光之易逝，而以及时行乐相倡。古人中的市井之徒，常喜好动物相斗，斗鸡与斗蟋蟀大概最为常见。而这两种相斗，又都盛行于唐朝天宝年间，且不仅是市井之徒，而是王公贵族都参与其事，大诗人李白就曾表示过自己对此事的鄙夷。宋词多咏物之作，其中也有咏蟋蟀者，姜夔的《齐天乐》是这一题材的名篇。此词有小序："丙辰岁与张功父会饮张达可之堂，闻屋壁间蟋蟀有声，功父约予同赋，以授歌者。功父先成，辞甚美。予裴回茉莉花间，仰见秋月，顿起幽思，寻亦得此。蟋蟀，中都呼为促织，善斗；好事者或以三二十万钱致一枚，镂象齿为楼观以贮之。"丙辰是宋宁宗庆元二年（1196），张功父即张镃镃。张所赋为《满庭芳·促织儿》：

月洗高梧，露漙幽草，宝钗楼外秋深。土花沿翠，萤火坠墙阴。静听寒声断续，微韵转、凄咽悲沉。争求侣，殷勤劝织，促破晓机心。

儿时曾记得，呼灯灌穴，敛步随音。任满身花影，犹自追寻。携向华堂戏斗，亭台小、笼巧妆金。今休说，从渠床下，凉夜伴孤吟。

而姜夔所赋则为《齐天乐》：

庾郎先自吟愁赋,凄凄更闻私语。露湿铜铺,苔侵石井,都是曾听伊处。哀音似诉。正思妇无眠,起寻机杼。曲曲屏山,夜凉独自甚情绪?
　　西窗又吹暗雨。为谁频断续,相和砧杵?候馆迎秋,离宫吊月,别有伤心无数。《豳》诗漫与。笑篱落呼灯,世间儿女。写入琴丝,一声声更苦。

很显然,他们两人所写的侧重点是不同的。张词上片写秋天月夜听到蟋蟀声的体会,下片写小时抓蟋蟀、斗蟋蟀情形,从今天的孤独情怀表现今昔之感。秋夜的月色明媚,露水凝聚,梧桐高耸,幽草丛生,楼台外已是秋深。苔藓沿着墙根伸展,萤火虫飘落在墙阴,而就在墙根处,传出了蟋蟀的鸣声。它断断续续,声调微转,在人听来好像是寒声阵阵,凄凉又悲沉。作者认为蟋蟀的鸣声是志在求侣,又因蟋蟀别名促织,民谚称"促织鸣,懒妇惊",故词中谓"殷勤劝织,促破晓机心"。下片转为回忆。小时在夜间抓蟋蟀,常是随着它的叫声轻轻的跟着,一旦发现钻入了洞内,就用水灌,拿灯照,任凭满身的花影,非要追寻到不可。等抓到了,就把它关在极其精美的笼中,带到华丽的厅堂中相斗。现在年华渐去,儿时的乐趣已不可寻,只有让蟋蟀在床下与我相伴,在秋凉之夜,听它孤吟。

张词所表现的是今昔对比,对童趣不可追寻的失落中,正如人生的秋天之感受油然而生。可见作者虽以懂得生活知名,周密《武林旧事》载有他所拟的一年十二个月的游赏,即《张约斋赏心乐事》,但正如"旧游无处不堪寻。无寻处,惟有少年心"一样,蟋蟀惊心,所惊是在于生命的流逝,富贵者也并不能例外。

姜夔的《齐天乐》不但是个人对物候的感受,而且写出了更为广阔的人群的悲伤情绪。一开头从庾信写《愁赋》起,为全词定下"愁"字基调,次句即入以蟋蟀"凄凄"的"私语"声。露水打湿的铜铺(衔挂门环的辅件),苔藓所侵的石井,都是听它鸣声之处。悲哀的声音如泣如诉,使得本来就已失眠的思妇更无法入梦,只好起床织布以遣心中忧愁,蟋蟀的鸣声遂与机杼声混为一片。思妇对着曲曲屏风上的山山水水,未免伤心念远,织就的寒衣何时才能送到经行在外者的手中呢?所思念者又何时能回到自己的身边呢?"夜凉独自甚情绪"一句,实有很丰富的意蕴。换头数句从室内转到室外:西窗吹来了暗雨,断断续续地传来了捣衣的砧杵声,与蟋蟀的悲吟相和相应。接着,作者转出、展示了广阔的空间:候馆中的逐臣迁客、骚人游子,离宫中的失宠嫔妃、寂寞宫女,他们或漂泊远行,或孤寂无欢,在迎秋吊月时,听到蟋蟀的悲鸣,岂非"别有伤心无数"?当自己正准备率意写下"豳诗"(借《七月》写蟋蟀)时,陡然接上小孩呼灯欢叫,在篱落间抓蟋蟀两句,其欢情似与前面的悲情不相符,但正如陈廷焯在《白雨斋词话》中所说:"以无知儿女之乐,反衬出有心人之苦,最为入妙。"这一"反衬"确实使得词中的"苦"字为之更"苦"。

自然界的万物与人,一者无知,一者有情,正如欧阳修《秋声赋》所说:"草木无情,有时飘零,人为动物,惟物之灵。百忧感其心,万事劳其形,有动于中,必摇其精。"而人们的喜爱春天,和相沿不已的悲秋,是悲衰朽、喜新生的表现,其实又缘于生命意识。上面的两首咏蟋蟀之词,一者是个人从小时到现在的不同感受,在童趣与热闹的失落中,让人感受到了人生逝去的美好东西不可追寻。一者则越出了个人的感受,表现了作者对于从思妇到更为广大的人群的人生关怀,对于失意者情感的体验与同情。张镃是循王张俊之后,又有很高的官职;姜夔是一介布衣,终身依人为食。前者似乎只从自己的体验出发,表现自己的感受,拘限于一己;而后者却能推己及人,想到了"伤心无数"。尽管都是咏蟋蟀,因所关注者有广与狭的不同,其思想境界也有高下之别。

推手含情还却手,一抹《梁州》哀彻
——承载了多少感情重负的琵琶

琵琶是主要的民族乐器,本名"批把",演奏特点在于拨弦。据汉刘熙《释名·释乐器》所说:"批把本出自胡中,马上所鼓也。推手前曰批,引手却曰把,象其鼓时,因以为名也。"隋唐时期,因

盛行燕乐，琵琶的地位非常重要，成为不可或缺的乐器。唐诗有不少写音乐的著名作品，其中白居易的《琵琶行》有很高的知名度，宋词中也有写及琵琶者，虽无可与《琵琶行》相并者，但如辛弃疾的《贺新郎·赋琵琶》，也是很有特色的作品。我们且看稼轩是如何咏琵琶的：

凤尾龙香拨，自开元《霓裳》曲罢，几番风月？最苦浔阳江头客，画舸亭亭待发。记出塞、黄云堆雪。马上离愁三万里，望昭阳宫殿孤鸿没。弦解语，恨难说。

辽阳驿使音尘绝，琐窗寒，轻拢慢撚，泪珠盈睫。推手含情还却手，一抹《梁州》哀彻。千古事，云飞烟灭。贺老定场无消息，想沉香亭北繁华歇。弹到此，为呜咽。

咏物之作，不应只是就物写物，而应就历史和现实人生有作者自己的感叹和评判。辛弃疾此词就是这样写的。据《明皇杂录》所载，杨贵妃的琵琶用龙香板为拨，以逻沙檀为槽，有金缕红纹，蹙成双凤。所以词的开头就写与杨贵妃相关的琵琶事，而从《霓裳羽衣舞》曲罢以来，又有几番风月呢？古人写诗词常有以前朝代今朝的情况，如白居易《长恨歌》一开头就是"汉皇重色思倾国，御宇多年求不得"，以汉代唐，引出了李隆基与杨玉环事。这里则是以唐指宋，借唐玄宗耽于逸乐、不理朝政，引发安史之乱，来暗指宋代。以下用了许多与琵琶有关的典故，来展开作者所要表达的"恨"。《琵琶行》以"浔阳江头夜送客"开头，此词用了诗中之意，因为白居易在此诗序中说"是夕始有迁谪意"，词中的"最苦"是将为官者的迁谪，与琵琶女的有感于"商人重利轻离别"结合而言的。"记出塞"以下，是写昭君出塞事，"马上离愁三万里"一句，既写出了王昭君当年去国时离愁的沉重，又暗指靖康之变的历史悲剧。因为这一悲剧不仅造成了巨大的民族灾难，而且皇帝、后妃及作为国家象征的诸多物品，都被押送到北方绝域，这难道不是"弦解语，恨难说"吗？

过片转写现实：辽阳是唐人经常写到的地方，因唐代疆域辽阔，戍守辽阳是远离家乡，而南宋时期，国土狭窄，且不说辽阳，连扬州、合肥都成边地，"辽阳驿使音尘绝"应是借唐人惯用的题材，写对于北方故土的思念，而这一思念又是与琵琶相统一的，所以是以女子的形象出之，写她在琐窗之中轻拢慢撚的弹奏，泪珠盈盈的样子。"推手"、"却手"已见前面所引刘熙《释名·释乐器》语，《梁州》即《凉州》，其声哀怨，"哀彻"更加深了这种悲哀之情。写至此，作者用"千古事，云飞烟灭"将与琵琶有关诸事顿住，而"贺老定场无消息，想沉香亭北繁华歇"，则又应接上片的"自开元《霓裳》曲罢，几番风月"，因为被称为"贺老"的贺怀智是开元、天宝年间的琵琶高手。元稹《连昌宫词》有句："夜半月高弦索鸣，贺老琵琶定场屋。"贺老定场既无消息，"解释春风无限恨，沉香亭北倚栏干"的帝妃之乐，以及当年的繁华景象当然也无可再见。自然也"弹到此，为呜咽"，因为家国之愁怨实在是难以抑制啊！

琵琶是乐器，却又承载着历史与现实，与朝政的兴废密切相关，有时又浓缩了人生的命运。辛弃疾此词是咏琵琶，但又是借琵琶来表达对于历史、现实、朝政、人生的看法和评判。浔阳江头的被贬官员，老大嫁作商人妇的琵琶女，"同是天涯沦落人"的感受；"马上离愁三万里"，出塞和番的王昭君，以及比昭君命运更为不济的二帝、后妃、宗亲；"贺老定场无消息，想沉香亭北繁华歇"的天宝时期，到类似于唐明皇图逸乐而荒政误国的宋徽宗，都可用琵琶一线穿起。陈廷焯《白雨斋词话》认为，"此词用典虽多，却一片感慨，故不嫌堆垛。心中有泪，故笔下无一字不呜咽。"所以词中有显见的悲凉色彩。

现在，我们常把"岁月如歌"四个字挂在嘴上，而如歌的岁月，应不仅仅是欢乐的歌。人生有幸与不幸，当然也有酸甜苦辣，我们应该知道珍惜什么，想努力避免什么，如何去创造幸福生活。我们毕竟生活在一个很有希望的时代，阶级斗争的风雨已过去多年，改革开放给人们带来了巨大的变化与机遇，尽管还有社会、经济转型期的阵痛，有种种的社会不公，有很大的贫富差距，有这样那样的困难，但前途是充满希望的。呜咽的琵琶已成过去，明天的歌声一定会更美好！

七 羁旅行役

人生底事，来往如梭
—— 幼稚的提问与深邃的哲理

在我们这个世界上，有许多的民族都有自己的"传古民歌"（有的称之为史诗），尽管它们之间有许许多多的不同，但似乎都牵涉到三个问题：我们从哪里来？我们到哪里去？我们是谁？这看来好像是很简单的问题，其实并不简单。到现在为止，科学已经很发达了，可是对这三个问题恐怕还没有很满意的答案。正因为如此，世界上才会有那么多的宗教来为之解释，也有不少的邪教教主以各自的说法来欺骗信徒，并扮演起救世主的角色。生命的起源、进化，已被现代科学所阐明，被大量的实验所证实，但因考古发掘的现有成果还不能弥补人类进化环节的缺失，使有的科学家依然相信人是上帝造出来的。万有引力定律的发现，天文学的进展，使得人们懂得天体运动的原因所在，但由于对"第一推动力"产生原因难以有一致意见，就有人相信地球的最初转动是上帝踢了一脚。现代天文学可以解释太阳在到了"晚年"后，将膨胀为红巨星，然后再收缩为物质密度极高的白矮星，最后坍缩为"黑洞"，在成为红巨星时，将大到超过地球的轨道，而作为太阳行星的地球，是如同鸡蛋般的由地壳、地幔、地核组成，但偏偏有那么多人相信不是太阳将给地球带来灾难（几十亿年之后），而是地球将会爆炸，所以我们到哪里去呢？就成了个极大的问题。

在中国古代的文学作品中，大概除了屈原的《天问》以外，恐怕更多的是关心地上的事情，而不是天上的问题，因为从先秦以来，我们的祖先已因农业文化的重在实际而培养出理性精神，不语怪力乱神，多言今生而少说来世。可是，文学家们还是会有一些带着童趣的提问，如李白发问："青天有月来几时？我欲停杯一问之。"苏轼也问："明月几时有？把酒问青天。"如果说这些提问是出于酒后，尚带醉意而并非十分认真，苏轼的另一些词却有幼稚中蕴涵着深邃哲理的提问。如他的两首《满庭芳》都在提问中阐发人生哲理。

一首是：

> 蜗角虚名，蝇头微利，算来着甚干忙。事皆前定，谁弱又谁强？且趁闲身未老，须放我、些子疏狂。百年里，浑教是醉，三万六千场。
>
> 思量、能几许？忧愁风雨，一半相仿。又何须抵死，说短论长！幸对清风皓月，苔茵展、云幕高张。江南好，千钟美酒，一曲《满庭芳》。

很显然，这是演绎庄子思想、并结合现实生活中的感受而发的。在遭受人生重大的打击、挫折后，苏轼早年的儒家积极进取精神不得不为之退缩，所以对于名利思想看得很淡了，"着甚干忙"应是既问又叹的口气，如果不经历过人世风波是不会有此体会的。大概是因为变法问题的是非之争使自己大受其害，终有了"乌台诗案"及后来一系列的被贬谪，"事皆前定，谁弱又谁强"似是无可奈何，实是看穿后的一种醒悟，而不必责之为消极。既然如此，面对人生又能干些什么呢？他给自己设定了一个方案：疏狂。具体以行的是要天天喝个烂醉。下片文义不断，继续上片所说：既然人生有那么多风雨，又何必老是说短论长、争论不休呢？还是抓紧良辰美景好好喝酒唱曲吧！

上面这首还是自问少而自答多。另一首则上下片开头都各有一问：

> 归去来兮，吾归何处？万里家在岷峨。百年强半，来日苦无多。坐见黄州再闰，儿童尽、楚语吴歌。山中友，鸡豚社酒，相劝老东坡。
>
> 云何，当此去，人生底事，来往如梭？待闲看秋风，洛水清波。好在堂前细柳，应念我、莫剪柔柯。仍传语，江南父老，时与晒渔蓑。

开头用陶渊明《归去来兮辞》成句，接着自问归于何处，万里之外的家乡回不去，还得以待罪之身量移（指被贬者遇赦酌情安置近处）汝州（今河南临汝）安置。当年的《水调歌头》尚能自称"我欲乘风归去"，如今却只能自问"吾归何处"了。为官之人，并无自由之身，且不说他对黄州生活及行将年老的感叹，下片所提的问题："云何，当此去，人生底事，来往如梭"，若从后面的闲看秋风洛水来看，是针对黄州父老解说为何要去汝州之由，其实，更是提出了对人生目的看法，带有哲理性。

"人生底事，来往如梭？"用白话来说，即：人生为什么要到处奔波呢？苏东坡的这一问题提得好，我们且用来作为宋代羁旅行役之词的开头。

未暇买田清颍尾，尚须索米长安陌
——人人都要为生计而忙

我们屡次说到老子"人之大患，在我有身"这句话，因为它的含义太丰富，又太实在、太有哲理了。"有身"就会有起码的生活需要，进而还会有欲望，有忧患。大概同为道家代表人物的庄子深知"有身"之累，所以他在自己的名作《逍遥游》中，创造出只要"吸风饮露"而不食五谷的"神人"形象，他们不但活得很自在，而且"肌肤若冰雪，绰约若处子"，引发出后人多少向往之情。但是，实际上老子、庄子本人也只能作虚幻之想而已，后人对老子的事迹、经历知之太少，而庄子，所过的生活倒确实是很贫困的。据《庄子·外物》载，庄子因家贫，不得已向监河侯借粮食，这位当官的倒很爽气地答应了，但是他说："我将得邑金，将贷子三百金，可乎？"一向教人"无可无不可"的庄子，此时也按不下怒火了，他"忿然作色"而道："周昨来，有中道而呼者，周顾视，车辙中有鲋鱼焉。周问之曰：'鲋鱼来，子何为者邪？'对曰：'我东海之波臣也。君岂有斗升之水而活我哉？'周曰：'诺。我且南游吴、越之王，激西江之水而迎子，可乎？'鲋鱼忿然作色曰：'吾失我常与，我无所处。吾得斗升之水然活耳。君乃言此，曾不如早索我于枯鱼之肆！'"庄子所说往往不乏现实与理念的矛盾，也难怪鲁迅先生会在《故事新编》的《起死》中将他戏弄了一番。

人既"有身"就要面对现实，虚幻的神仙世界是不存在的，不切实际的空想只能像鲁迅所说，是如同想拔着自己的头发离开地球一样可笑。宋朝是道教很流行的朝代，宋真宗就曾带头崇奉，宋徽宗更是将道教推崇到无以复加的地步。但是，神仙并没有保佑君主，徽宗甚至还当了金兵的俘虏，被押解到五国城，过着"坐井观天"的苦难生活。人的肉身不能白日飞升，成为神仙，只能老老实实地待在地面上，在"有身"的"大患"中过日子。

苏东坡问："人生底事，来往如梭？"也就有人很实在地回答这一问题。且看史达祖的《满江红·书怀》：

> 好领青衫，全不向、诗书中得。还也费、区区造物，许多心力。未暇买田清颖尾，尚需索米长安陌。有当时黄卷满前头，多惭德。
>
> 思往事，嗟儿剧；怜牛后，怀鸡肋。奈狻猊虎豹，九重九隔。三径就荒秋自好，一钱不值贫相逼。对黄花常欲不吟诗，诗成癖。

史达祖很有文才，但屡试不第，生活贫困，中年时担任过幕僚，后入中书省为堂吏，受到权相韩侂胄的重用，韩因开禧北伐失败，在随之而引发的宋廷内部斗争中被杀,史达祖也受到株连,受了鲸刑,被流放。上面这首词大概作于在江汉一带任幕僚时,在词中将自己的满腹牢骚化作嬉笑怒骂,从中却流露出知识分子的无奈与悲慨。词中正话反说,不说自己满腹文才换不到功名,而是穿着这"好一领青衫",竟然还不是从诗书中得到的,居然还费了造物者这许多的心力,"区区"两字,是因自嘲而推及老天,其怨气可见。青衫是低官的服装,身为卑微小官,不能不为生计问题操心。古代的巢父、许由等高士之所以能隐居,恐怕同当时人口不多而地方不少有关,虽然"普天之下,莫非王土",但总有"王者"管不着的地方,只要有一定的劳动力,就可以耕于田、钓于水、樵于山。可是现在不同了,"无暇买田清颍尾"并非真的"无暇",而应是"无钱",无钱买田,又怎能隐居颍水之滨呢?不得已还是走向长安大道,为求得升斗之给来养家活口。尽管对着那么多的"黄卷"(书籍),实在只有惭愧的份儿了。这又是正话反说,真实的意思是对世道不公的愤慨。词的下片说:思量往事,不由得感叹自己的所作所为就如同儿戏,充当微职就像牛屁股,只有挨揍和出粪的资格,还不如鸡口虽小,犹能进食,想起来也觉得可怜。如果丢掉这领青衫,又靠什么维持生计呢?正如食之无味、弃之可惜的鸡肋一样,真是好为难啊!君门九重,如隔云天,威严的虎豹在那里把守,又怎能敲得开呢?陶渊明《归去来兮辞》有"三径就荒,松菊犹存"语,此处用之而"秋自好",是自己不能归去之意,其原因终于还是"一钱不值贫相逼"!对着秋日黄花,本无吟诗的雅兴,却因写诗已成癖好,还是写了,大概也只有这艺术化的人生才能冲淡现实中的不幸吧!

  我们且不必对史达祖其人作出是非评判,此词的"无暇买田清颍尾,尚须索米长安陌"两句,却对封建时代的知识分子具有极大的涵盖意义。是的,人人都要为生计而忙。这既可以回答苏东坡的"人生底事,往来如梭"?又可以解答为何宋代会有那么多的羁旅行役之词。

此身如传舍，何处是吾乡
——"动"的生涯中对"定"的向往

中国是农业国，从事农业劳动必须依赖土地，而土地是相对静止的，在西周的史诗中还可以看到部落首领带领人们择土而迁的描写。因为当时地多人少，还可以有较大规模的迁徙；待到农业进一步发展，人们不再是刀耕火种了，而他们又懂得长期耕作的"熟地"比"生地"的产出要高得多，迁徙就发生得较少了。存在决定意识，受长期农业文化的影响，人们好"定"而不好"动"，《诗经》中有很多抱怨战争、"王事"的诗篇，都同耽误农时、影响人民的生活有关。孔子说："父母在，不远游"，固然是孝道的体现，但又何尝不是农业文化的影响所致呢？西周的史诗绝对不同于荷马史诗，后者充满了冒险精神，对航海有着极浓的兴趣，其中就折射出商业文化"动"的特点。"商人重利轻离别。"著名旅行家马可波罗在十多岁时，竟然还没有见过自己的父亲，是因为父亲长期在外经商、旅行，而他自己后来终于也走上了远游中国的道路。

古代中国人虽然依恋故土，不想远行，而有些人却不得不离乡背井。什么人呢？官员、商人、军人。军人有守土之责，商人为逐利而行，而官员则是实现"经济之怀"，并得到一份俸禄，以养家活口。唐朝的天才少年王勃有诗云："城阙辅三秦，风烟望五津。与君离别意，同是宦游人。"可见，"宦"是同"游"紧密相关的，当然少不了离别。在宋词作品中，羁旅行役之所以成为一个重要的主题，与"宦游"大有关系。

宋代不少词人都有抒发宦游之感的作品。如范仲淹，是"庆历新政"的代表人物，有"先天下之忧而忧，后天下之乐而乐"的名言，却在《苏幕遮》词中写道："黯乡魂，追旅思，夜夜除非，好梦留人睡。明月楼高休独倚。酒入愁肠，化作相思泪。"又如王安石，更是被列宁赞赏的著名改革家，可是他的《千秋岁引》却有感于"别馆寒砧，孤城画角"，发出了"无奈却被名利缚，无奈被他情耽搁，可惜风流总闲却"的叹息。柳永以羁旅行役之词著称，就更不用说了。连旷达的苏轼都有不少表达厌倦宦游、思念故乡的作品。

苏轼早年意气风发，饱读诗书的目的当然是为了用世，出川后，初露头角已引起震动，当他想积极实现"当世志"时，是绝对不会抱怨游宦之苦的。可当他遭受了官场上的种种挫折，尝到了生活的苦涩后，想法就发生了变化。在宋神宗熙宁四年（1071）通判杭州时，苏轼经过镇江，写过《游金山寺》一诗，诗的开头说："我家江水初发源，宦游直送江入海。"已对自己故乡在长江之源，因宦游来到了长江的入海口而有所感慨。而此诗的当中又说："试登绝顶望乡国，江南江北青山多。"明言对故乡的思念。落日已没、江月初生后，看到了江心炬火、飞焰照山的奇景，作者以之为江神对自己的警告。诗的最后写道："江山如此不归山，江神见怪惊我顽。我谢江神岂得已，有田不归如江水！"明确表示了对江神指水盟誓之意：只要有田可耕，就决心辞官归隐。熙宁六年（1073）的冬天，苏轼仍在杭州通判任上，来往于镇江（京口）、丹阳、常州一带，其《醉落魄·离京口作》再度表达宦游、思乡之感：

轻云微月，二更酒醒船初发。孤城回望苍烟合。记得歌时，不记旧时节。

巾偏扇坠藤床滑，觉来幽梦无人说。此生飘荡何时歇？家在西南，常作东南别。

但是，一年后，他还是感慨自己的身不由己。且看《临江仙·送王缄》：

忘却成都来十载，因君未免思量。凭将清泪洒江阳。故山知好在，孤客自悲凉。

坐上别愁君未见，归来欲断无肠。殷勤且更尽离觞。此身如传舍，何处是吾乡。

此词因送王缄而作，王缄是苏轼妻子王弗的弟弟，而王弗在与苏轼结缡后感情很好，婚后五年，随苏轼开始游宦生活，却不幸数年后因病早逝，归葬于眉山。虽至此已有十年之久，"不思量，自难忘"，见亡妻之弟又勾起心底的思念。作为在外的"孤客"岂能不知家山之好？何况那里还有亡妻的坟茔！只是作为官员，也就身不由己了。下片在表达送别之情后，以"此身如传舍，何处是吾乡"的感慨结尾，"传舍"即旅舍，所以这里是"此身如寄"之意，"寄"者终非真正的归宿，也就难怪要叹息哪里才是自己的家乡了。以苏轼的旷达似不应如此悲凉，之所以会这样，是因为所送者的特殊身份勾起自己的悼亡之情，也与政治上的失意有关。此词结尾两句既有哲理，又富感情，那种"动"对于"定"的向往，和眷念故土之情，对游子来说，更具有动人心魄的力量。

不忍登高临远，望故乡渺邈，归思难收
——"浪子"的故土情结

人称柳永善作羁旅行役之词。的确如此。他本来也无意于到处漂泊，相反，却对都市的繁华非常留恋，对灯红酒绿的生活非常向往。可是，因为他经常出入青楼，与妓女们打得火热，又应她们及教坊乐工之请，为"新腔"作词，成为当时的"流行歌曲"。一个读书人，不以文章经术闻名，而以"小词"见长，所作所为与宋仁宗"留意儒雅"，提倡"务本向道"不符，被认为是品行不端，成了"问题人物"，遂使他很难踏上仕途。根据陈师道的《后山词话》说，宋仁宗很喜欢柳永的词，每次喝酒都要歌女们再三唱之，但是，他老人家却把柳永当成了"臭豆腐"，喜欢吃，又说臭。因为柳永写过一首《鹤冲天》，词的结尾说："忍把浮名，换了浅斟低唱"，此词本是对考进士落第发牢骚，仁宗知道后，竟然在他后来本已考中的情况下，还故意将他黜落，并说："且去浅斟低唱，何要浮名！"皇帝开了金口，柳永就只能"奉旨填词"了。情场虽然得意，官场终于失意，帝都居，大不易，"浪子"柳

永为了谋生，只能浪迹各地，成了"游子"，同时写出自己的生活感受，成为"羁旅行役之词"。

打开柳永的词，可以看见，他除了在东京的青楼酒肆生活外，似乎老是在外漂泊。且看："冻云黯淡天气，扁舟一叶，乘兴离江渚。渡万壑千岩，越溪深处。怒涛渐息，樵风乍起，更闻商旅相呼，片帆高举。"（《夜半乐》）"一叶扁舟轻帆卷。暂泊楚江南岸。孤城暮角，引胡笳怨。水茫茫，平沙雁，旋惊散。烟敛寒林簇，画屏展。天际遥山小，黛眉浅。"（《迷神引》）"雾落霜洲，雁横烟渚，分明画出秋色。暮雨乍歇，小楫夜泊，宿苇村山驿。何人月下临风处，起一声羌笛。离愁万绪，闲岸草、切切蛩吟似织。"（《倾杯》）对这样的生活，他觉得无奈，也颇多抱怨。既因与所爱分离而自责淹留在外，希望早日相见："一望乡关烟水隔。转觉归心生双翼。愁云恨雨两牵萦，新春残腊相催逼。岁华都瞬息。浪萍风梗成何益？归去来，玉楼深处，有个人相忆。"（《归朝欢》）又对游宦生涯感到厌倦："游宦区区成底事？平生况有云泉约。归去来，一曲仲宣吟，从军乐。"（《满江红》）"游宦成羁旅，短樯吟倚闲凝伫。万水千山迷远近，想乡关何处？"（《安公子》）

《八声甘州》是柳永的代表作：

  对潇潇暮雨洒江天，一番洗清秋。渐霜风凄紧，关河冷落，残照当楼。是处红衰翠减，苒苒物华休。惟有长江水，无语东流。

  不忍登高临远，望故乡渺邈，归思难收。叹年来踪迹，何事苦淹留？想佳人、妆楼颙望，误几回、天际识归舟。争知我，倚阑干处，正恁凝愁！

此词不同于前面所引的几首，不是在行船、走路的"羁旅行役"过程中，而是"动"中之"定"的表达"归思"，这"归思"又以自己的直抒及佳人"闺思"的拟想来写，双管齐下，别有情致。上片以一"对"字开局，为登临纵目打下了基础，所见者是潇潇暮雨洒落在寥廓江天，洗出了明净的秋色，当此霜风凄紧之时，登高眺望，但见关河冷落，残阳当楼。"是处红衰翠减，苒苒物华休"是秋天的物候之变，"惟有长江水，无语东流"是"伟大的沉默"，物候变，长江不变，对比中应有哲理在。苏东坡曾说："人皆言柳耆卿词俗，然如'霜风凄紧，关河零落，残照当楼'，唐人佳处，不过如此。"（见宋赵令畤《侯鲭录》卷七）欣赏其境界，而未及其中透露出大自然变与不变的哲理，其实这与苏轼《前赤壁赋》的水月之喻有些相似，只不过柳永是不自觉为之罢了。长江无语，人却有情，下片转写登高远望、见不到故乡而兴起的"归思"。屈原《哀郢》的乱辞曰："曼余目以流观兮，冀一返之何时！鸟飞反故乡兮，狐死必首丘。信非吾罪而弃逐兮，何日夜而忘之！"王粲《登楼赋》也说："昔尼父之在陈兮，有归欤之叹音。钟仪幽而楚奏兮，庄舄显而越吟。人情同于怀土兮，岂穷达而异心！"柳永也为自己的淹留他乡、难以归家而叹息。想到了家，自然要想到"佳人"，于是就有了"妆楼颙望"、错认归舟的拟想，并回到了自身的凭栏凝愁以作结。

是啊，"人情同于怀土兮，岂穷达而异心"！柳永纵然是流连风月的"浪子"，又何尝没有故土之思呢！从这首词中我们可以看到他在逢场作戏以外的另一面：柳永无疑是个"多情种子"，如果全面地看，应不仅是对歌妓们的滥情，还有故土难离的专一情结。明乎此，也就可以理解为何他善作羁旅行役之词了。感情是文学的根本，绝对没有错！

马蹄浓露，鸡声淡月，寂历荒村路
—— 善画早行图，岂无生活的体验

"宦游"是封建社会的普遍现象，唐宋诗词中的羁旅行役之作多与之有关。过去的论诗者很欣赏温庭筠的《商山早行》诗，因为其中的"鸡声茅店月，人迹板桥霜"两句，只用了几个名词构成的意象并置而成，没用一个虚词连接，却极好的传达出羁旅之情。欧阳修《六一诗话》引梅尧臣所论，认为这两句同贾岛的"怪

人物图,清·费丹旭

相别已久,乍一重逢,应有说不完的知心话吧,可偏偏是无言哽咽,只有千行清泪滚滚流下。

读书以闲逸时为好,风景以有雨时更佳,而窗外的桂花,透出谈谈的香气,真像朋友一样给人以关怀。

溉庵居士读书图,清·费丹旭

禽啼旷野，落日恐行人"一样，都是"道路辛苦，羁愁旅思，岂不见于言外乎？"宋词中也有很多羁旅行役之作善写早行，不妨可举二例。

一是周邦彦的《蝶恋花》：

> 月皎惊乌栖不定，更漏将残，辘轳牵金井。唤起两眸清炯炯。泪花落枕红绵冷。
> 执手霜风吹鬓影，去意徊徨，别语愁难听。楼上阑干横斗柄，露寒人远鸡声应。

此词上片写离别前情景。因为行将分别，心中难舍，夜里失眠，所以上片所写都是听见的声音。夜间的月亮皎洁，未必是真实所见，乌鸦受惊而栖息不稳的啼声，却是枕上所闻，若非月色太皎洁，能惊起乌鸦吗？所以"月皎"应是推想之辞。随着时间的推移，夜里的更声已将尽，标示时间的漏壶中的水也将漏完了，此时听见有人摇动井上辘轳打水的声音，黎明即将到来。在自己是夜间未睡，而似是被辘轳声唤醒的她，竟然也两眸清炯炯，并非睡眼蒙眬，可见也同样未睡，否则为什么"泪花落枕"会使填塞其中的红绵变得发冷呢？可见已是悄悄地流了一夜眼泪了。

下片转写别时情景。临别之际，拉着手舍不得分离，秋风吹着她的鬓发，真叫人难忘。去意虽已定，却又徘徊不已，彷徨难去。待到决心走了，离别时的叮咛、吩咐恐怕更多于恋恋不舍的别语。这一片离愁在心，真是难以让人卒听。终于到了不得不走的时候，此时我们看到词中展示出由近及远的景色：楼上的天幕间北斗星斗柄横斜，露水寒冷，人已走远，只有晨鸡的叫声彼此相应。

如果说周邦彦此词主要还是侧重于写离别前的感情，那么，我们不妨看另一例，即张榘的词。此词即《青玉案·被檄出郊题陈氏山居》：

> 西风乱叶溪桥树，秋在黄花羞涩处。满袖尘埃推不去。马蹄浓露，鸡声淡月，寂历荒村路。

身名都被儒冠误。十载重来漫如许。且尽清樽公莫舞。六朝旧事，一江流水，万感天涯暮。

张榘不是有名的词人，但这首词却将游宦的芝麻官受差遣而早行的无奈表现得很生动，并进而写出了对官场得意者的警告，对国家前途命运的担忧。作者是南宋时人，在宋理宗淳祐年间当过句容县的县令，后来又任过江东制置使参议，两次都是做的七品小官，后者更是没有实权的闲职，所以从词题就可以看出他对自己际遇的不满。"被檄出郊"是受上级的差遣，"檄"是官府的文书，因送递官府文书而不得不去，你说能有什么好心绪？

词的上片描画了一幅秋日行旅图。开头的"西风乱叶溪桥树"，用七个字展现了秋日的郊野风光：溪流、小桥、大树，西风劲吹，树叶飘落。这是最常见、也是最典型的景色。元代马致远的名作《天净沙》前三句："枯藤老树昏鸦，小桥流水人家，古道西风瘦马。"实亦与此为近。次句"秋在黄花羞涩处"，似是一个特写，黄花（菊）是秋天所特有的花，大概此时尚未开得很透，所以用了"羞涩"一语，而且此语又似是作者此时的心理。可不？高官们可以傍东篱、对黄花，吟诗饮酒，而自己官职卑微，却只能奉命在外奔波效命，想来岂非感到苦涩、羞愧？野地急驰，黄尘扑面，推都推不去，惹来满袖埃土，可还有半分潇洒？"马蹄浓露"三句，是从温庭筠"鸡声茅店月，人迹板桥霜"化出，而从前面的西风、溪桥、黄花、尘埃，到此处的浓露、淡月、鸡声，可见此次的"被檄出郊"是不止一天的路程。

下片转发感慨。在到达了陈氏山居歇脚，时隔十载，重来此地，风物无改，人已渐老，不由得想起杜甫的诗句："纨绔不饿死，儒冠多误身。"在主人接风时，且尽杯中之酒以解忧愁，此时又想，那些官场上的得势者也不要太得意了，六朝旧事已矣，一江流水不尽，宋廷的将来又怎样呢？想至此，万感交加，"天涯暮"是实写，又何尝不具象征意义！

羁旅行役之词必是出于有此经历者的笔下，逼真的描绘当来自真切的体会。"鸡声茅店月，人迹板桥霜"如此，"马蹄浓露，鸡声淡月，寂历荒村路"亦复如此。

老来情味减，对别酒，怯流年
——送行者的功业之慨与年光之叹

中国古代的诗词不仅是羁旅行役之作多，而且相关的送别之作也多。从《诗经》开始，就有此类作品，其中如《邶风·燕燕》作为送别名篇，一直得到后人的重视。此诗第一章写道：

> 燕燕于飞，差池其羽。
> 之子于归，远送于野。
> 瞻望弗及，泣涕如雨。

今译：

> 燕子飞来飞去，飞飞有前有后。
> 我的妹子远嫁，送到郊外分手。
> 望望踪影不见，泪下如雨难收。

二、三章变换第一章的部分词句，属于《诗经》常见的重章迭句形式，末章另出新意：

> 仲氏任只，其心塞渊。
> 终温且惠，淑慎其身。
> "先君之思"，以勖寡人。

今译：

> 妹子能担重任，思虑切实深沉。
> 慈爱而又温顺，为人善良谨慎。
> "常常想着父亲"，这是她对我的叮咛。

（余冠英《诗经选》译文）

所突出的是送别时的悲伤,是对远行者的赞美。著名的江淹《别赋》有句:"春草碧色,春水渌波。送君南浦,伤如之何!"仍然是抒发别时的伤感。到唐人的作品中有了变化,如"初唐四杰"的送行诗,出现了另一层意思。王勃的《杜少府之任蜀川》结句:"无为在歧路,儿女共沾巾。"因"同是宦游人"而共勉,而"海内存知己,天涯若比邻"更存一份高远之心;当是因世风的积极向上,人们多有建功立业之志,所以能发出这表现时代精神的新声音。骆宾王的《于易水送人一绝》:"此地别燕丹,壮士发冲冠。昔时人已没,今日水犹寒。"则借荆轲为燕太子复仇刺秦,临行前太子丹及高渐离、宋意送别于易水事,寄寓自己不满于武则天的统治,有意于匡复李唐王朝之志,表达的不是悲戚,而是悲壮。盛唐时代的诗歌由于时代的感发,其送别之作多有勉励行者建功立业之意。如:

　　流水通波接武冈,送君不觉有离伤。青山一道同云雨,明月何曾是两乡。

　　　　　　　　　　——王昌龄《送柴侍御》

　　……关城树色催寒近,御苑砧声向晚多。莫见长安行乐处,空令岁月易蹉跎。

　　　　　　　　　　——李颀《送魏万之京》

　　君思颍水绿,忽复归嵩岑。归时莫洗耳,为我洗其心。洗心得真情,洗耳徒买名。谢公终一起,相与济苍生。

　　　　　　　　——李白《送裴十八图南归嵩山二首》其二

　　……欢娱来尽分散去,使我惆怅惊心神。丈夫不作儿女别,临歧涕泪沾衣巾。

　　　　　　　　　　——高适《别韦参军》

　　宋词中也不乏送别之作,辛弃疾所作尤为著名。其中的一个重要主题是功业之慨与相关的年光之叹。试看他的《木兰花慢·滁州送范倅》：

> 老来情味减，对别酒，怯流年。况屈指中秋，十分好月，不照人圆。无情水都不管，共西风、只管送归船。秋晚莼鲈江上，夜深儿女灯前。
>
> 征衫，便好去朝天，玉殿正思贤。想夜半承明，留教视草，却遣筹边。长安故人问我，倒愁肠殢酒只依然。目断秋霄落雁，醉来时响空弦。

此词是辛弃疾在宋孝宗乾道八年（1172）时所作，时任滁州知州，正值壮年时期。可此词一开始就自谓"老来"，此中应大有深味。叹老虽是诗词的传统题材，但以辛弃疾的进取精神、英雄本色，是不应叹老的。之所以如此，是因为他南归以来，只是在地方任上辗转，朝廷毫无北伐之意，恢复大计时不我待，如此空掷岁月，何以能干一番事业？故"老来"非真老，而是"怯流年"。当此临近中秋时，友人却要别去，未免对"归船"感叹。下片从送别主题转到朝廷求贤若渴的希望，又终因自己的难有希望，所以最后设想故人对己相问，而回到愁肠醉酒、只能"时响空弦"的无奈。

尽管后来辛弃疾在他的不少送别词里，都有对被送者的功业相许与期待，但叹息自己的空见老去、机会不来仍是主调。功业之慨与年光之叹几乎陪伴他一生，所以这首《木兰花慢》的"对别酒，怯流年"也预示了以后的命运及相关作品的主题，有很大的涵盖性和代表性。

年年陌上生秋草，日日楼中到夕阳
——行者能理解居者的痛苦吗

"羁旅行役"一词，从字面上看，是对"旅"者"行"者而言的，而实际上所关涉到的，却应包括"行者"与"居者"，也就是在外与在内、"动"者与"定"者两方面。由于文学的创作主体多为男性，在外的羁旅行役之人也是男性，所以在作品中所表达的内容、情感也多从男子的角度出发。当然，这样说并不是认为此类作品的性别意识和情感走向是单一的，有的甚至专从女子的角度来写。比如《诗经》中的《卫风·伯兮》，其"自伯之东，首如飞蓬。岂无膏沐，谁适为容！其雨其雨，杲杲日出。原言思伯，甘心首疾。焉得谖草？言树之背。愿言思伯，使我心痗。"（余冠英《诗经选》译为：打从我哥东方去，我的头发乱蓬蓬。香油香膏哪缺少，叫我为谁来美容！好像天天盼下雨，天天太阳像火盆。一心只把哥来想，哪怕想得脑瓜疼。哪儿去找忘忧草？为我移到北堂栽。一心只把哥来想，病到心头化不开。）当然，严格说，这首诗不能算是羁旅行役主题，而应是思妇怀人之作。就词而言，被称为"百代词曲之祖"的李白《菩萨蛮》："平林漠漠烟如织，寒山一带伤心碧。暝色入高楼，有人楼上愁。　　玉阶空伫立，宿鸟归飞急。何处是归程，长亭更短亭。"其"暝色入高楼，有人楼上愁"和"玉阶空伫立，宿鸟归飞急"四句，就从女子思量、期盼在外者归来的角度来写，可算是羁旅行役之词中男子立场的移易。

宋词中的羁旅行役之词也有不少是兼从两方面着笔的，前面所举的柳永《八声甘州》，是作者以拟想女方对自己的思量，来写对故土、故人的眷念，我们尚可以再举欧阳修《踏莎行》一例：

　　候馆梅残，溪桥柳细，草薰风暖摇征辔。离愁渐远渐无穷，迢迢不断如春水。
　　寸寸柔肠，盈盈粉泪，楼高莫近危阑倚。平芜尽处是春山，行人更在春山外。

此词据说是欧阳修在景祐初年所写，他援助因言事被贬的范仲淹，自己也受到牵连，被贬夷陵，遂有此作。上片写行者，下片写居者。远行之人在早春时节离家而去，梅残柳细，草薰风暖，景色虽美好，却无心欣赏，很可让人想起《诗·小雅·采薇》，谢玄以之为"三百篇"的最佳,是因为"昔我往矣,杨柳依依,今我来思,雨雪霏霏",体现了"以乐景写哀,以哀景写乐"的反常合道原则。随着远行人的渐渐远去,离愁也愈积愈重,如同迢迢不断的春水一样,在他"淡出"画面后,"镜头"转到下片。下片写闺中人:对于别离,她深感悲伤,柔肠为之寸断,眼泪打湿了妆粉。登上高楼,也不必靠着栏杆远望了,因为草地所尽处是春山,可是行人已走到了青山之外,又怎能看得见呢?此词"春水写愁,春山骋望,极婉极切"。(李攀龙《草堂诗余隽》)而春水是行者离愁之喻,春山是居者之见,其分写两头不仅以艺术性见长,且表现出作者关切女性的可贵意识。

如果说欧阳修的《踏莎行》表现了对离别的即时性感受,那么晏几道的《鹧鸪天》却关注到了羁旅行役的历时性感情效果。且看其词:

> 醉拍春衫惜旧香,天将离恨恼疏狂。年年陌上生秋草,日日楼中到夕阳。
>
> 云渺渺,水茫茫,征人归路许多长。相思本是无凭语,莫向花笺费泪行。

此词开头很独特。"醉拍春衫"是个很有激情的动作,大概因心中有难于消解之情,所以要借酒而出之,乘着酒意未去,"醉拍"而引起对往事的思量,因为这春衫上还留着佳人的香泽,由此而想起与"莲、鸿、萍、云,品清讴娱客","持酒听之,为一笑乐"(见作者《小山词序》)的往日。昔日的疏狂已变成了今日的离恨,怎能不烦恼、不以酒浇愁呢!羁愁离恨已不是片刻之事,也不止是自己出行在外的一人之事,怎能不见居者之苦呢?"年年陌上生秋草,日日楼中到夕阳",这两句虽未言及女子之愁,但远望陌上衰草、近傍楼中夕阳的相思之人的形象已呼之欲出。下片转写空间的阻隔:云山渺渺,流水茫茫,征人的归路是那样遥远。既然相思只能自己体会,无以为说,也无从说起,还是不要向花笺多费笔墨和眼泪了。这是看似无情、实是情深的"决绝语",不能只作字面上的简单理解。

晏几道也是一个多情种子,堪称是早生的贾宝玉,他的爱情词有深挚的感情。此词自言相思,又移想于伊人,将旅人与居者的互相思念表现得非常感人。"年年陌上生秋草,日日楼中到夕阳","年年"、"日日"是时间对空间的超越,是永恒的思念、不绝的爱,能在移情拟想中有这份体贴,真不容易。

古人、今人都需要理解,有了对女子的充分体贴、理解,羁旅行役之词也会为之增色。

何物系君心,三岁扶床女
——对变心游子的委婉劝喻

羁旅行役是男子的事,因为他们既以仕途经济作为人生最大愿望,又担负着养家活口之责。古代的道路、交通自不能同今日相比,骑马、乘船,是主要的"旅""行"方式,风餐露宿,日行夜止,免不了烈日晒,暴雨淋,北风吹。路上辛苦也罢,如果遇上强盗土匪、豺狼虎豹,说不定还会破了财,丢了命。那么没有随行的妻妾们呢,恐怕日子也不好过。她们要为亲人担心,怕他会被风寒所侵,生了病无人好好照顾,又怕会出什么意外,至于对亲人的思念就更不要说了。对于男子来说,一旦此番"行役"结束,科考得中,被授了官,再开始另一番"行役",到任所当官。以后,或许还有仕途的奔波,但他们的感受同女子确有许多不同。

女子对于为仕途奔波是怎样想的呢?这恐怕很难统一,而有一个问题似乎很难回避,即对于男子是否会变心的担忧。杂剧《西厢记》虽是元代的作品,同样可以用来观照其他的朝代。且看"长亭送别"中张生与崔莺莺的不同心理:

(旦云)张生,此一行得官不得官,疾便回来。(末云)小生这一去白夺一个状元,正是"青霄有路终须到,金榜无名誓不归。"（旦云）君行别无所赠，口占一绝，为君送行："弃掷今何在，当时且自亲。还将旧来意，怜取眼前人。"……

……（末云）有甚言语嘱咐小生咱？（旦唱）

[二煞]你休忧文齐福不齐，我只怕你停妻再娶妻。休要一春鱼雁无消息！我这里青鸾有信频须寄，你却休"金榜无名誓不归"。此一节君须记，若见了那异乡花草，再休似此处栖迟。

在《西厢记》中，为什么崔莺莺会对张生被老夫人逼去应考那样伤心和担心呢？伤心是因为如[上小楼]所唱："合欢未已，离愁相继。想着俺前暮私情，昨夜成亲，今日别离。"所以在莺莺看来，"但得一个并头莲，煞强如状元及第。"而担心的原因在前引的对白中已可知。应该说，莺莺的担心并非多余。且不说作为《西厢记》原型的《会真记》中的莺莺的确是被抛弃了，而且王定保的《唐摭言》有关于唐代进士"曲江之宴"的记载，能说明崔、张这种名分未定的婚姻很难经得起豪门择婿的考验。书中说，在新进士得到皇帝曲江之宴的招待后，公卿之家都趁这个机会选择东床佳婿，"车马填塞，莫可殚述"。崔家虽是相国之家，终因相国已死，与还在台上的长安大族不同，利诱威逼之下，得以高中的张生是不是坚持行前的保证，是很难说的。古代戏曲中不乏蔡伯喈、陈世美的形象，就颇能说明问题了。

崔莺莺对于未来的担心是通过自己的倾诉来表达的，在对张生的嘱咐中充满了哀怨，可见，即使是相国的千金小姐，一旦失身于人，照样不免为将来忧虑。在戏曲舞台上看到的秦香莲，却是用一双儿女来规劝陈世美的，但陈世美竟然铁了心，也完全昧着良心，要杀死他们娘儿仨。宋词中有贺铸所作的《生查子·陌上郎》，可看作是对于变心游子的委婉劝喻：

西津海鹘舟，径度沧江雨。双橹本无情，鸦轧如人语。挥金陌上郎，化石山头妇。何物系君心，三岁扶床女。

上片先写出沧江烟雨中的送别画面：在西面的渡口，轻捷如海鸥般的船，径直渡过沧江，冲破烟雨，向远方而去。船夫摇动双橹，这本是无知之物，但发出的鸦轧声，竟好像是人的说话。下片说，远行者走了，说不定会变成像外出做官的秋胡，多年后回家，在大路上见到采桑女子而心悦之，以金相引诱，被坚决拒绝，到家后，才知采桑妇原来是自己的妻子。而在家等待丈夫归来的女子，却一直在苦等，常常爬上山头向远方眺望，终于化作了石头。词人对行者的谴责是虽轻犹重，对居者的同情是很深很深，双方的对比竟然是这样强烈，令人遐想无尽。词的最后提了一个问题：究竟有什么东西能系住你的心？你能不能想一想刚能扶着床学走路的女儿呢！这是委婉的相劝，其情也真，其意也重，真能给人以强烈的感情震撼。

  古人、古事已成为了历史，但并未失去其现实的借鉴意义。今天，不少"有花头"的男子置妻儿于不顾，虽然还想到"影响"和面子，"家中红旗不倒"，但却是"不回家的人"，"外面彩旗飘飘"，有滋有味地做着"挥金陌上郎"。我们说，纵然"化石山头妇"不能打动你的心，也要想一想"三岁扶床女"吧，无瑕、无辜、又无知的赤子能不能唤回你的良知呢？

大笑了今古，乘兴便西东
—— 少有的离别心态

  前面说过，中国由于长期受到农业文化的影响，故土难离成为普遍的意识，人与人之间也特别重视亲情、友情。所以一旦踏上羁旅行役之途，多对家园感到分外依恋，无论是与亲人还是友人告别，都会感到难分难舍。也因为如此，所以古代文学作品中，离别成了一个重要主题，而且多带悲伤色彩。试看：

  日暮浮云滋，握手泪如霰。
  —— 江淹《李都尉陵从军》

别鹤声声远,愁云处处同。
——江总《别袁昌州诗二首》

醉别何须更惆怅,回头不语但垂鞭。
——王昌龄《留别郭八》

送君别有八月秋,飒飒芦花复益愁。
——李白《送别》

送君江浦已惆怅,更上西楼看远帆。
——韦应物《送丘校书》

古往今来皆涕泪,断肠分手各风烟。
——杜甫《公安送韦二少府匡赞》

远风南浦万重波,未似生离别恨多。
——杜牧《见刘秀才与池州妓别》

宋词作为善于表现情感、心绪的文学,当然写离愁别恨的作品更多。请看:

一曲《阳关》,断肠声尽,独自凭兰桡。
——柳永《少年游》

今古柳桥多送别,见人分袂亦愁生,何况自关情。
——张先《江南柳》

无穷无尽是离愁,天涯地角寻思遍。
——晏殊《踏莎行》

> 别后不知君远近，触目凄凉多少恨。
> ——欧阳修《玉楼春》

> 夜夜魂消梦峡，年年泪尽啼湘。
> ——晏几道《河满子》

> 念柳外青骢别后，水边红袂分时，怆然暗惊。
> ——秦观《八六子》

> 芭蕉不展丁香结，枉望断天涯，两厌厌风月。
> ——贺铸《石州引》

就连以豪放著称的辛弃疾，也可以在他的离别词里见到悲伤和眼泪，"唱彻《阳关》泪未干，功名余事且加餐"（《鹧鸪天·送人》）就是一个例子。

不过，宋词中也有在送别时表现出乐观、豪放之情的作品。如张元干的《水调歌头·赠汪秀才》就是：

> 袖手看飞雪，高卧过残冬。飘然底事春到，先我逐孤鸿。挟取笔端风雨，快写胸中丘壑，不肯下樊笼。大笑了今古，乘兴便西东。
>
> 一尊酒，知何处，又相逢。奴星结柳，与君同送五家穷。好是橘封千户，正恐楼高百尺，湖海有元龙。目光在牛背，马耳射东风。

此词头两句用了袁安卧雪的典故：说东汉时的高士袁安在下大雪时，在家中受冻饿，洛阳令让人到他家看望，门前不见有路，以为袁安已死，等将雪铲除，只见他僵卧床上，问他为什么不出来，他说："大雪天人人都挨饿，在这时候去求助于人不合适。"在雪中过了冬天后，不知怎么春天就飘然而来了。让笔端挟带风雨，写出胸中的丘壑，隐居的生活是不想改变的，因为那样的话，就等于是进入到樊笼里了。与你谈今论古，了解了历史与现实，乘着高兴，便分手各向西东而行了。今天分手，说不定哪天又在某一个地方相逢。对我们这些穷读书人来说，很容易想起韩愈的《送穷文》，"主人使奴星，结柳作车，缚草为船"，然后将"智穷"、"学穷"、"文穷"、"命穷"、"交穷"通通送走。去种下千棵橘子树，就像封了千户侯一样。当然，我辈是不会像汉末的陈登所鄙视的人，不会一心求田问舍的。

"大笑了今古，乘兴便西东"，在古人中是少见的离别心态，在作者看来，离别并不是永别，他以人生何处不相逢的态度相对待，便不同于别人的无端惆怅、痛苦。当然，他也并非都能这样开朗的看待离别，他为李纲、胡铨送别所写的词，都充满了悲愤，这也说明不同的时间、场合和对象，会有不同的分别心情。

徐志摩在其名作《再别康桥》中写过："轻轻的我走了，正如我轻轻的来；我轻轻的挥手，作别西天的云彩。""悄悄的我走了，正如我悄悄的来；我挥一挥衣袖，不带走一片云彩。"这与古人所作很不同，但那已是新诗的时代了。

但使情亲千里近，须信、无情对面是山河
——感情是最重要的

悲欢离合是人类社会常有的事，而人们对于"欢"与"合"的感受，多无对于"悲"与"离"那么强烈，大概这也同尝味道一样，甜味总要比苦味容易接受。古人常有天下不如意事十常八九之叹，宋代更有人将不如意事同难有相知者联系起来，如方岳《别子才司令》有句："不如意事常八九，可与语人无二三。"所以古人都很重视良朋知己。

在与亲人分别时，人们倾诉的是亲情，而与友人分别，则是友情。无论是亲情还是友情，最主要的是一个字——真。有了对亲人、友人的真情，无论离得多远，都会想到远处有一份关怀，有一份温暖，也就不会感到孤独无靠。王勃说，"海内存知己，天涯若

比邻";苏轼说,"但愿人长久,千里共婵娟"。一者为友,一者为亲,都给了后人以永恒的感动。

在宋代词人中,如果说柳永、张先、晏殊、晏几道、秦观、周邦彦、李清照、姜夔、吴文英等是善写男女别情的话,那么,被称为"豪放派"的苏轼、张元幹、辛弃疾等则是善写朋友别情的代表。我们且说后者。苏轼在杭州时,与知州陈襄交厚,在陈调任离杭时,苏轼追送到临平(杭州东北,今余杭),并有《南乡子·送述古》之作:"回首乱山横,不见居人只见城。谁似临平山上塔,亭亭,迎客西来送客行。　归路晚风清,一枕初寒梦不成。今夜残灯斜照处,荧荧,秋雨晴时泪不晴。"《鹊桥仙·七夕送陈令举》一反七夕词写男女情事的传统,用作对友人的赠别。《昭君怨·金山送柳子玉》写得境界清幽而又具深情:"谁作桓伊三弄,惊破绿窗幽梦？新月与愁烟,满江天。　欲去又还不去,明日落花飞絮。飞絮送行舟,水东流。"因被送者与苏轼情兼亲友(其子是苏轼的堂妹婿),"欲去又还不去","飞絮送行舟,水东流",都透出情谊之深,虽无明说惜别之语,却是分外的隽永,耐人回味。尤其是《八声甘州·寄参寥子》更写出了与参寥(即僧道潜)相知之深:

　　有情风万里卷潮来,无情送潮归。问钱塘江上,西兴浦口,几度斜晖？不用思量今古,俯仰昔人非。谁似东坡老,白首忘机。

　　记取西湖西畔,正春山好处,空翠烟霏。算诗人相得,如我与君稀。约它年、东还海道,愿谢公雅志莫相违。西州路,不应回首,为我沾衣。

参寥与苏轼不但友谊深厚,而且两人肝胆相照。苏轼任徐州知州时,他从余杭专程前往拜访,苏轼被贬黄州时,他专门从二千里外赶来,与苏轼相游从,像这样的朋友真是难得,所以词中感慨"算诗人相得,如我与君稀",并有后约:今后要像谢安实现归隐之志,免得老友为我遗憾。

参寥子既与苏轼"诗人相得",又不计朋友的荣通否泰,不避嫌疑，千里追随，诚然是真正的挚友，是可遇而不可求的。朋友相交，即使不能肝胆相照，志趣相投也是很重要的。有了这一点，就不仅是金钱、酒肉的"朋友"，而是由志趣到感情相通的同志。朋友之间，情还是第一位的。辛弃疾有一首《定风波·席上送范廓之游建康》可说明这一点：

听我尊前醉后歌，人生无奈别离何。但使情亲千里近，须信，无情对面是山河。

寄语石头城下水，居士，而今浑不怕风波。借使未成鸥鸟伴，经惯，也应学得老渔蓑。

词中的"但使情亲千里近，须信，无情对面是山河"，写得极好！人生有别离，这是无可奈何的事，但是，只要有真正的情谊，即使相隔千里也觉得近，而倘若无情，面对面地相处，也好像隔了大山、大河。俗话说，"酒逢知己千杯少，话不投机半句多"，这里恐怕更多的是志趣的不相投合，而辛弃疾词中这两句却更是对感情的强调。

古人已矣，他们留下的作品及其中体现出来的哲理却有持续的生命力。陈胜在起初当佣工时，曾与一起干粗活的兄弟们相约："苟富贵，无相忘"。但后来揭竿而起，当了大王以后，却不认故人，以致"故人皆自引去"，可见"一阔脸就变"并非起自现在。当今社会，讲的是商品经济，你来我往，"天下熙熙，皆为利来，天下攘攘，皆为利往"，"情"就变得很淡薄了。而另一些人，则学了影视里的一套，讲的是"哥们义气"，有的人甚至会为"朋友""两肋插刀"，错误地理解"义"，同样也缺乏"情"。明乎此，从古人那里汲取些有益的东西，对我们今天的处人、处事都不无帮助。

八

济世之志

将军白发征夫泪
—— 说说"真元帅"所作的"穷塞主"词

唐朝国力强盛，除了能抵御边裔少数民族政权的侵略外，还经常有开边拓土的行动，而文人也想通过建立边功的途径踏上仕途，常有赴边之举，在边疆从军时，将自己的感触形之于文字，遂使边塞诗成为唐诗的一个重要题材。王昌龄、李颀、高适、岑参等，是盛唐时期边塞诗的主要代表，李白、王维、杜甫也写过不少边塞题材的作品，到中唐时期，国势已弱，但边塞诗的创作仍在继续，李益是此期的代表，只是中唐边塞诗所透露出的气象已非盛唐可比了。

宋朝自立国以来，就一直在对外战争中处于劣势，只好通过向对方输银纳绢以求取和平，所以有作为的政治家都很重视富国强兵、加强边备。"庆历革新"的领袖人物范仲淹就很重视国防问题，他在为官之初，写了《上执政书》，批评朝廷满足于表面的天下太平，不想刷新政事，认为宋朝兵久不用、武备不坚、内外奢侈、官员少有贤能之士，所以一定要发展农业，充实国力，防备外患，慎选官吏，广开言路。庆历三年，进呈《上十事疏》，其中就有"修武备"的内容。范仲淹不仅是说说而已，而且身体力行，在庆历前的仁宗康定元年（1040），正是宋朝与西夏关系紧张

仕女图，清·改琦

　　随着夜来秋风渐起，树叶飘落，廊庑间充满了风声和树叶声，物候之变似乎也象征着人生之变。不是吗？眉头起皱，鬓发渐斑，秋天正如人生的将近垂暮，这怎不叫人为之感叹呢。

风竹图，明·唐寅

草木无情，有时飘零。人为动物，惟物之灵。百忧感其心，万事劳其形，有动于中，必摇其精。

之时，他被调往陕西，任陕西经略副使，担当抗击西夏的军事重任达四年之久。他考察了宋军屡败的原因，团结羌人，巩固了延州边备，屡挫夏军的进犯，被称为"胸中有数万甲兵"，"军中有一范，西贼闻之惊破胆"。在此期间，他曾作过一首《渔家傲》：

　　塞下秋来风景异，衡阳雁去无留意。四面边声连角起，千嶂里，长烟落日孤城闭。
　　浊酒一杯家万里，燕然未勒归无计。羌管悠悠霜满地，人不寐，将军白发征夫泪。

　　词的上片写了边塞的秋天景色。延州因是防范西夏军事进攻的重镇，所以称之为"塞下"，此处与内地风光不同，故以一"异"字总括之。大雁南飞，好像一直要飞到衡阳的回雁峰才肯停下来。"无留意"三字，移情于物，更见出此地的荒凉。李陵《答苏武书》云："侧耳远听，胡笳互动，牧马悲鸣，吟啸成群，边声四起。晨坐听之，不觉泪下。""边声"与号角相连，自然是形成了悲凉的气氛。放眼望去，只见千嶂万壑之中，长烟落日之下，只有这一座紧闭的孤城。虽未说敌情，但历来不乏马背上的民族在秋高马肥时入侵的记录，所以，孤城再用一个"闭"字，已透露出边境紧张、肃杀的形势与氛围，也可见出宋廷当时只能取守势的情况。

　　下片转为抒情。作者担负着戍守的重任，此地离家万里，时间一久，未免动了乡思，可是这浊酒一杯又怎能消释得了浓重的乡愁呢？"一杯"与"万里"的对照实在是太悬殊了。"人情同于怀土兮，岂穷达而异心"，怀归之念是很正常的，但"发乎情"还要"止于礼义"，自己还没有像东汉的窦宪那样打败匈奴，在燕然山勒石纪功，胜利班师，至有"归无计"之语。在思乡之时，并没有忘记自己肩上承担的责任，要排遣两者的重压，是多么的不容易！渐渐地，从黄昏转为入夜，听到的是羌笛悠悠，看到的是霜华满地，又怎能入睡呢？"将军白发征夫泪"一句，极写边地之苦，结出主题，无论是统帅还是士兵，他们都有共同的思家和卫国的矛盾，这是真实的思想感情，没有"先天下之忧而忧，后天下之乐而乐"的胸襟是写不出来的，没有真切的生活体验也是写不出来的。

据魏泰《东轩笔录》所载，范仲淹作了好几首《渔家傲》词，每首都以"塞下秋来"作起句，"颇述边镇之劳苦"，而他的好友欧阳修读后却不以为然，戏称之为"穷塞主"之词。到王素出守甘肃平凉时，欧阳修也作《渔家傲》为之送行，结尾几句是："战胜归来飞捷奏，倾贺酒，玉阶遥献南山寿。"他还对王素说，此词所写才是"真元帅"的事业。以欧阳修所见，范仲淹身为边疆的统帅，将戍边事业写得太苦、太低沉，不像"真元帅"，倒像是个"穷塞主"（少数民族的酋长）。欧阳修与范仲淹是志同道合的朋友，都是"庆历革新"的中坚人物，但是，欧公因擅长各种文体，且对各自的功能都有自己的看法，诗之"言志"与词的"缘情"是不同的，在他看来，词是"小道"，只是酒宴上用来助兴、佐欢的，以歌唱"边镇之劳苦"在酒宴上不宜，所以会有后来的送王素之作，以示自己所理解的"真元帅"面貌。

然而，正如贺裳《皱水轩词筌》所说，此词"深得《采薇》、《出车》'杨柳'、'雨雪'之意"，"令'绿树碧檐相掩映，无人知道外边寒'听之，知边庭之苦如是，庶有所警触。""穷塞主词"表现了真实的戍边生活和思想感情，所以经得起历史的考验，成为宋代边塞词的冠冕。

六朝旧事随流水，但寒烟衰草凝绿
——审视历史的政治家眼光

宋朝在中国的历史上有自己的辉煌，著名学者陈寅恪先生曾说："华夏民族之文化，历数千年之演进，造极于赵宋之世。"以主要是唐史专家的身份而发此言，可见陈先生对宋代文化的高度评价。但是，宋代的"文化"固然是足以令人自豪，其"武化"却不能让人恭维。宋太祖赵匡胤当年可以中气十足地向南方小国宣称："卧榻之旁，岂容他人酣睡！"将个"生于深宫之中，长于妇人之手"的李后主吓得半死。果然不久就大军渡江，李煜肉袒出降，到了宋都，博得个不知是赞誉还是戏弄的评价："好一个翰林学士。"可是，宋代统治者似乎只能对李煜这样的"翰林学士"式人物夸示武力，在那些"只识弯弓射大雕"的党项羌、契丹、女真民族面前，却只能屈服于对方的武力，从"奉之如骄子"，进而"敬之如兄长"，到"事之如君父"。从"积弱"渐到"积贫"，使得不少有识见的政治家为之认真考虑国家的前途、命运，即使在所写的词中，也通过怀古题材来反思历史，思考现实。

王安石的《桂枝香》正是这样一首作品，它是著名的金陵怀古词：

> 登临送目，正故国晚秋，天气初肃。千里澄江似练，翠峰如簇。征帆去棹残阳里，背西风，酒旗斜矗。彩舟云淡，星河鹭起，画图难足。
>
> 念往昔、繁华竞逐。叹门外楼头，悲恨相续。千古凭高对此，漫嗟荣辱。六朝旧事随流水，但寒烟、衰草凝绿。至今商女，时时犹唱，《后庭》遗曲。

金陵是六朝故都，"钟阜龙盘，石城虎踞"，有很好的地理形势，又在江南富庶之地，但却是亡国之都。为此，唐人写了不少以金陵怀古为题材的诗歌。宋人中，在王安石之前有张昇的《离亭燕》，已写出了"多少六朝兴废事，尽入渔樵闲话"的主题。王安石此词，上片写景，下片怀古抒情，立意比张作《离亭燕》要高得多。

在此词的上片，作者描绘了一幅金陵秋色图。登临而放眼远望，只见作为旧国故都的金陵，正沐浴在晚秋清肃的天气、氛围中。千里清澄的江面像白练般的平静柔和，远远近近的、青翠的山峰就如同簇拥在一起。在夕阳之下，来来去去的帆影在江上移动，酒家的店招、酒旗在西风中缓缓飘扬。因前面写了长江上的"征帆去棹"，这里的"彩舟云淡，星河鹭起"，很可能是转写秦淮河，才更合理的引发了下片的怀古之意，和对"商女"、"后庭遗曲"的感慨。上片结于"画图难足"，可见江山胜概不是几笔就能写尽的，从而也反挑起下片的"漫嗟荣辱"，和积极汲取历史教训的作意。换头

"念往昔，繁华竞逐"总冒下片词意，"竞逐"二字，将六朝君主的穷奢极侈、代代攀争作了准确的概括，正因为他们骄奢淫靡，荒废朝政，终于导致了六朝政权一个个的倒台。杜牧《台城曲》有句"门外韩擒虎，楼头张丽华"，典型地概括了隋朝大军已兵临城下、可陈后主还与宠妃张丽华在宫中作乐的情景，词中约写为"门外楼头"，表现出极高的概括力，而"悲恨相续"四字，更是将六朝的更迭作了形象的浓缩。当自己在登临时凭高眺望，只有空叹历史上的兴亡与荣辱了。六朝的兴衰旧事已像流水一样逝去了，都成了陈迹，连宫阙城墙都渐渐废圮，只有寒烟衰草好像在诉说着过去。令人感慨的是，直到如今，那些被杜牧讥讽为"不知亡国恨"的"商女"，竟然时时还在唱着前朝遗留的《玉树后庭花》。

王安石是著名的政治家，他看到了宋朝自真宗到仁宗、英宗数朝，虽表面承平，但实际上因从上到下都追求享受，皇帝赏赐过众，宫廷开销过大，冗官们拿着俸禄却无所事事，未免坐吃山空，搞得民怨渐起，危机暗生。对此，他在给仁宗皇帝和神宗皇帝上书时都有陈述。这首词则借金陵怀古的传统题材表现了对历史教训的重视，以过去只宜于写花前月下的新兴体裁表现了政治家的卓识，开拓了曲子词的境界。尽管王安石在词中有"漫嗟荣辱"之说，实际上，他不仅是空叹历史的兴衰，对已成的陈迹感慨一番而已，而是认为要认真汲取历史教训，从政治、经济上进行重大的改革，富国强兵，国库充盈，才能免蹈前朝覆辙。

今天，虽然学术界对王安石的变法有不同看法，但是，他变法的初衷是为了国家强盛，应无疑义，动机与效果的不尽相符是另一个问题。从词的创作角度讲，以政治家的眼光审视历史，其立意与眼界之高，也是他人所难以企及的。

世事一场大梦，人生几度新凉
——在"奋励有当世志"失落之后

　　王安石因出于对国家命运的思考和担心，曾在为官不久就大胆向仁宗皇帝上《言事书》，以汉代张角、唐代黄巢为例，要求朝廷提高警惕，尖锐地指出了当时的财政危机和吏治腐败等问题，并提出了解决办法，表现出"矫世变俗之志"。在神宗即位后，他得到重用而推行新法。尽管最后变法失败了，但作为一个政治家、改革家，王安石在我国历史上留下的身影是巨大的。如前所说，即使在传统的"小词"中，也在写怀古的题材时，注入了他作为政治家对于历史和现实的思考。如果说王安石主要是政治家，苏轼则更是一位文学家与学者，却因与政治的牵连，其人生遭遇比王安石要坎坷得多（王安石虽两度罢相，却未入狱及多次被贬），因而在他的词中常有对人生的喟叹。

　　苏轼青年时就"奋励有当世志"，三十九岁时作于由海州至密州赴任途中的《沁园春》，就以陆机、陆云兄弟拟自己与苏辙，因"笔头千字，胸中万卷"而自豪，谓"致君尧舜，此事何难"，意气风发而又充满自信的形象跃然纸上。因为在他刚出川参加科考时，正值欧阳修任主考官，读到苏轼的文章大为称赏，次年，与弟苏辙双双及第，少年得志，难怪如此自信。在神宗用王安石变法后，初时对苏轼颇为重视，王欲变科举，兴学校，行新法，苏轼上书多论不宜行之，当神宗召见时，他不顾神宗所愿，认为皇帝"求治太急，听言太广，进人太锐"，建议神宗"安静以待物之来，然后应之"。此说为神宗所不喜，遂改任开封府推官。他先在开封，再通判杭州，然后知密州（今山东诸城）、徐州（今在江苏），再知湖州（今在浙江），每到一地，都有政绩，很得百姓拥护。但是，苏轼常将他对时政的不满表现在诗中，尤其是在到湖州上任的谢表中"以诗托讽"，结果被御史台李定、舒亶、何正臣等人弹劾，朝廷下令逮捕，吏卒把正在坐衙的苏轼押解上路，"拉一太守如驱犬鸡"，到京后，投入御史台所设监狱，此即著名的"乌台诗案"（御史台别称乌台）。太皇太后请求神宗宽赦，连此时已退居金陵的王安石也为之求情，那些整人者本想置苏轼于死地，经过四个多月的监禁，最后由神宗决定责授黄州团练副使，本州安置，不得签书公事。

　　苏轼到黄州后，写了不少诗词文章，其中有《西江月》：

世事一场大梦，人生几度新凉？夜来风叶已鸣廊，看取眉头鬓上。

　　酒贱常愁客少，月明多被云妨。中秋谁与共孤光，把盏凄然北望。

　　此词是苏轼到黄州后第一个中秋节时所写。此时，距作者入狱的日子将近一年，在明月之下，在这一传统的团圆的日子，免不了会回忆过去，思考将来，触发出很多的感慨。当年在密州中秋时，他还为兄弟的不能团聚作过劝慰，以"人有悲欢离合，月有阴晴圆缺，此事古难全"相勉。但当时只是因与变法思想不合而自请外任，此时却不光是政治上失意，而且以戴罪之身遭受歧视，生活上又极为困难，未免情绪低沉。

　　此词的一开头就发出"世事一场大梦"的沉重叹息，这如梦的感觉既因于青年时代理想的破灭，又出于被系御史台监狱、遭受诸多凌辱后的九死一生，所以认为人生充满了虚幻。接着的"人生几度新凉"，应中秋之题，虽然世事是"一场大梦"的虚幻，但人生的"几度新凉"却是真实的，只不过在幻与真之间，作"几度"的感慨是有着流年似水的惋惜、惆怅罢了。随着夜来秋风渐起，树叶飘落，廊庑间充满了风声和树叶声，物候之变似乎也象征着人生之变。不是吗？眉头起皱，鬓发渐斑，秋天正如人生的将近垂暮，这怎不叫人为之感叹呢。当年作者只有四十五岁，但在这原可期待建功立业的好年华，却被贬黄州，不知前途何在，未来将会怎样，难怪他会有迟暮之悲了。

　　下片写自己在中秋之夜的孤独感。"酒贱常愁客少"，不说人贱而说酒贱，其实一个意思，苏轼在因诗获罪、被投入监狱时，旧友多避之不及，到黄州后，因罪人的身份当然是"酒贱"、"客少"。"月明多被云妨"既是中秋时所实见，又有比兴之义，自己虽如明月般高洁，但小人却如浮云遮蔽了光亮。最后说，值此中秋之夜，有谁同我共赏明月呢？孤独之中，只有凄然把盏，向北遥望，寄托对君主和亲朋的怀念了。

　　在失落了"奋励有当世志"后，济时之愿已被忧谗畏讥所代替，我们看到了苏轼思想上消极的一面，但是，他很快就能自我解脱，以看穿忧患、当下即是的态度对待人生，这是很不容易的事。苏轼在政治上虽然失败了，但他在以后与厄运的斗争中并没有失败，他豁达而勇敢地扼住了命运的咽喉，笑对艰难险阻，在战胜自我中，他无疑是胜利者。

三十功名尘与土，八千里路云和月
——民族英雄的慨叹

宋代长于文化而短于"武化"，在对少数民族政权的斗争中经常处于劣势。先是对辽战争，宋太宗亲自统兵而败于高粱河，后来再度分三路出师，又败，大将杨继业被辽的伏兵邀击，被俘不屈，绝食而死。在宋廷转攻为守后，辽政权却采取攻势，在辽兵大举进攻时，大多重臣都主张迁都南方以避其锋，只有寇准等少数人主张抵抗，并力主宋真宗亲往前线督师，此战宋军占有优势，但因宋真宗只盼辽兵早些撤退，遂结"澶渊之盟"，双方约为兄弟之国，宋每年向辽方输纳银十万两、绢二十万匹。至于西夏政权，开始时宋廷采取军事解决与经济封锁相结合的办法，未能奏效，后来西夏改变策略，主动与北宋修好，待元昊继立时，毛羽已丰，连续对宋发起进犯，经过七年战争，再结和议，西夏取消帝号，仍由宋册封为夏国王，宋廷则给予银绢与茶。

在宋朝还只关注辽与西夏时，在北方又兴起了另一个新的民族——女真。女真民族本来被辽政权所统治，因契丹贵族对他们压榨过甚，遂引发了抗辽的斗争，在成立了金国后，屡次打败辽国，最后俘获辽帝，辽亡。当金国屡败辽国时，宋朝与金订立"海上盟约"，欲在取得夹击辽国的胜利后收回燕云之地。但是，在北宋对辽的战争及交割燕云的交涉中，宋廷充分暴露了自己的无能，使得金国能在俘获辽帝后有胆量乘胜侵犯北宋。昏庸的宋徽宗在听到金兵南下的消息后，吓得要死，连忙将皇位传给了儿子赵桓，即宋钦宗。

南下的东路金兵未遇抵抗，长驱直入，渡过黄河，包围开封，向宋廷提出了许多要求，怯弱的最高统治者看不到宋兵及义军的力量，也不能正确估计金兵粮道及退路被断、急欲退兵的形势，竟然答应了赔款割地的要求。在金兵撤退后，河北人民誓死保卫乡土，而金国则继续向宋廷施加军事压力。当北宋君臣对割让之事议论未定时，金兵在无防御的情况下又渡过黄河，攻破开封，将徽钦二帝及后妃、皇子、皇女、宗室、贵戚等三千多人掳掠北去，朝廷的诸多礼器、法物、书籍、地图等，直到工匠、倡优等都被搜罗一空，满载而去。这就是著名的"靖康事变"。这一事变不仅使北宋政权为之覆灭，而且给人民带来了深重的灾难。在随后进行的反侵略战争中，涌现了不少能征善战的将领，其中最为大众熟悉的当数民族英雄岳飞。

岳飞有著名的词作《满江红》：

> 怒发冲冠，凭栏处、潇潇雨歇。抬望眼，仰天长啸，壮怀激烈。三十功名尘与土，八千里路云和月。莫等闲、白了少年头，空悲切。
>
> 靖康耻，犹未雪。臣子恨，何时灭！驾长车，踏破贺兰山缺。壮志饥餐胡虏肉，笑谈渴饮匈奴血。待从头收拾旧山河，朝天阙。

此词大约作于宋高宗绍兴初年。当时，宋金战争的重心在川陕地区，岳飞在同土匪与叛军的作战中，收编了不少士兵，壮大了自己的队伍，被朝廷授予"神武后军"番号。后来又在同刘豫的伪齐军队战斗中屡败敌军，收复了襄阳六郡，取得了第一次北伐的胜利。岳飞被擢升为清远军节度使，当时年仅三十二岁。绍兴五年春，岳飞镇压了洞庭湖地区的杨幺军，兵力猛增，次年，在较大规模的北伐中，岳飞的军队取得了胜利。绍兴七年，宋高宗准备大举北伐，但因遭反对而取消成命，岳飞一度愤而辞职。次年，结束了第一次宋金战争，达成了第一次绍兴和议，岳飞坚决反对和议，不但引起了秦桧的极度痛恨，也导致高宗的不满。不久，宋金第二次战争爆发，岳飞接到高宗下达的北伐命令后，立即统兵北上，开始了轰轰烈烈的对金战争。从此词的内容、口气看，很可能作于绍兴七年或稍后。"怒发冲冠"、"仰天长啸"、"壮怀激烈"等语，都可看出北伐之志受阻所激起的悲愤，"八千里路云和月"的转战，却换来了"三十功名尘与土"的感叹，而"等闲白了少年头"、"空悲切"等语，可见岳飞内心是何等的失望。词的换头重提靖康之耻，并表自己之恨，以下即是打败敌人、重整河山之愿的尽情倾诉。

岳飞忠君爱国，却终因坚决反对对金议和，坚持北伐主张，遭秦桧、甚至高宗之大忌，被诬谋反，以"莫须有"的罪名被处死，卒年仅三十九岁。一代民族英雄竟然是这样的下场，难怪人们会如此惋惜、怀念和敬仰他，也如此仇恨奸臣秦桧！"三十功名尘与土，八千里路云和月"，这不仅是岳飞一人的功业之慨，也将永远为后人所感叹、所记取。

早信此生终不遇，当年悔草《长杨赋》
—— 明里是悔，暗里是恨

"靖康之耻"使北宋政权覆亡，侥幸在外的赵构逃过了金人按宋宗室"花名册"进行地搜捕，建立了南宋政权。随后的一系列金兵南侵及宋金之间的战争，是南宋初年历史的主旋律。绍兴十一年岁末，岳飞及其部将张宪、岳云刚被杀害，绍兴和议也很快就签订了。这头血迹未干，那头墨迹已干，宋廷在搬掉了最大的障碍后，终于能顺利地向强权俯首。绍兴和议的主要条款是：南宋向金称臣，而且要"世世子孙谨守臣节"；宋金两国以东起淮水中流，西至大散关为边界，中间的唐、邓二州皆属金国；南宋每年向金国输银二十五万两，绢二十五万匹。此后，虽然也有过金兵的南侵，如绍兴三十一年就曾发生过完颜亮统领号称六十万兵马的分四路进犯，但因虞允文在采石矶的胜利，阻遏了金兵之势，且金国发生内讧，完颜亮被杀，宋金再度议和，所以在较长的历史阶段，两国基本相安无事。偏安江南的南宋君臣过上了"山外青山楼外楼，西湖歌舞几时休"的生活，确实是"暖风熏得游人醉，却把杭州当汴州"。

　　宋廷中的主和派得势，换来了"和平"、"安定"，但仍有不少爱国志士难以忘怀北方失地与沦陷区的人民，陆游就是其中的一个。陆游三十九岁时被贬出临安，通判镇江，旋移隆兴（府治今江西南昌），后因"力说张浚用兵"，四十二岁被削官，归山阴故里。三年后，又得起用通判夔州。四十八岁时，离通判夔州任，应四川宣抚使王炎之邀，到了南郑，担任四川宣抚使公署干办公事兼检法官。南郑是当时的抗金前线，而王炎又是主张抗金的主要代表，主宾相得，十分投契。陆游曾在此写过《秋波媚·七月十六晚登高兴亭望长安南山》："秋到边城角声哀，烽火照高台。悲歌击筑，凭高酹酒，此兴悠哉。　　多情谁似南山月，特地暮云开。灞桥烟柳，曲江池馆，应待人来。"此词开头的"边城"、"烽火"，渲染了抗金前线的气氛，"悲歌击筑，凭高酹酒，此兴悠哉"，可见出对收复关中的激情和信心，表现了慷慨从戎的豪情壮志。下片因"登高兴亭望终南山"而生发联想：天上的月亮真是多情啊，可不！它好像懂得人的心理，特地从云中露出真容，照亮了这里，也照亮了终南山。令人想起灞桥的烟柳，曲江的池馆，它们如若有情、有知，是应该等待人来的。词中虽未直接说出北伐、收复失地之事，但意思很明确。通过这首词，可以看出陆游因得王炎相知，对抗金大业是充满豪情的。但是，乾道八年冬，王炎被召回临安，陆游也被改命为成都府路安抚司参议官，从南郑退回到成都。

　　人去政息，事业无望，在入蜀后，陆游写了一首《蝶恋花》：

　　　　桐叶晨飘蛩夜语。旅思秋光，黯黯长安路。忽记横戈盘马处，散关清渭应如故。
　　　　江海轻舟今已具。一卷兵书，叹息无人付。早信此生终不遇，当年悔草《长杨赋》。

　　词的上片是对南郑生活的回忆、怀念，以及自己的失望之情。

秋天的梧桐飘叶，鸣蛩夜语，固然是"悲落叶于劲秋"的反映，是物之感人、摇人之情的结果，但又何尝没有主观心情的原因？所以"旅思秋光"是有其特定含义的。"长安路"的"黯黯"，既因于王炎之离去，使得他们共同制订的战略方针再也无法实现，而这一方针的重要内容就是收复长安；又寓有对朝廷（以长安指代临安）改变抗金的重要决策的失望。北望长安而不可进，东望临安而不可行，只有不愿行、却不得不行的南行之路。当此时，最令作者思念的还是横戈盘马的南郑生活，大散关、渭水都牵萦在心，"应如故"三字，包含了多少情感！作者后来在一首诗中有"楼船夜雪瓜州渡，铁马秋风大散关"两句，又提及大散关，可见他以自己一生中最值得纪念的两地的生活，都与抗金事业有关。过片的"江海轻舟今已具"显然是归隐之意，既然理想难以实现，还恋着这份俸禄干吗呢？此时，令自己挂心的是"一卷兵书，叹息无人付"，王炎可以虚心采纳自己"经略长安，必自长安始"的战略思想，现在又有谁会听信己言呢，而朝中又有几人在为国家前途命运着想！作者终于从感叹转为愤慨：要是早知道这一生得不到知遇，何必要去陈述抗金大计、恢复方略呢！西汉学者、辞赋家扬雄为汉成帝游幸长杨宫并纵猎，献赋以讽谏之，作者用此典故，所重在"不遇"，而非在赋。

　　报国无门，英雄失路，心中的怨愤不得不发，却只能婉而出之。"早信此生终不遇，当年悔草《长杨赋》"，明里是悔，暗里却是恨，我们当作如此认识。

时易失，心徒壮，岁将零
—— 功业之念与生命意识的纠缠

　　岳飞的《满江红》是警顽起懦的英雄之作，其中的"三十功名尘与土，八千里路云和月"，是对自己马背上抗敌生涯的总结和感慨，而"莫等闲、白了少年头，空悲切"，则是不要让时光空溜走的自我警示。岳飞虽有"直捣黄龙府，与诸君痛饮"的伟大志向，当他已取得战争的节节胜利，正迫使金兵不得不考虑从河南撤退时，却被宋高宗与秦桧下令班师回朝，只得"忍令十年之功废于一旦"，遵命而回，并被杀害。这真是令人切齿、扼腕之事！人人心中都有一杆秤，直到今天，人们到杭州西湖游玩，在岳坟前看到"青山有幸埋忠骨，白铁无辜铸佞臣"的对联时，都会在心中生出许多的感慨，对民族英雄的敬仰，对奸臣小人的鄙视，是那么的对比强烈！在历来是将爱国与忠君看成一体之两面的中国，人们竟然还发现了二者的矛盾：岳飞既爱国又忠君，却怎么会被君主所弃、所杀呢？于是，在明朝，著名的画家文徵明还写了与岳飞名作同调的《满江红》，不仅斥责奸佞，而且将矛头直指皇帝本人："拂拭残碑，敕飞字、依稀堪读。慨当初，倚飞何重，后来何酷！岂是功成身合死？可怜事去言难赎。最无端、堪恨又堪悲，风波狱。　　岂不念、封疆蹙？岂不念、徽钦辱？但徽钦既返，此身何属？千载休谈南渡错，当时自怕中原复。笑区区、一桧亦何能，逢其欲。"这真是"兜底翻"的实话，真正说出了岳飞被冤死的原因所在。

岳飞被害，绍兴和议签订，宋金间有了较长时间的和平，但是，许多的志士仁人并未忘记北方失地和企盼南师的沦陷区人民，张孝祥就是其中的一个。张孝祥在绍兴二十四年举进士第一，上疏请昭雪岳飞之冤，为秦桧所忌，在任建康（今南京）留守时，因赞助张浚北伐而罢职。张孝祥留下了不少词，其中最有名的恐怕当数《六州歌头》，词云：

　　长淮望断，关塞莽然平。征尘暗，霜风劲，悄边声。黯销凝。追想当年事，殆天数，非人力，洙泗上，弦歌地，亦膻腥。隔水毡乡，落日牛羊下，区脱纵横。看名王宵猎，骑火一川明。笳鼓悲鸣，遣人惊。

　　念腰间箭，匣中剑，空埃蠹，竟何成！时易失，心徒壮，岁将零。渺神京。干羽方怀远，静烽燧，且休兵。冠盖使，纷驰骛，若为情！闻道中原遗老，常南望、翠葆霓旌。使行人到此，忠愤气填膺，有泪如倾。

绍兴三十一年（1161）十一月，金主完颜亮率兵突破淮河防线，直逼长江北岸，在向采石渡江时，被虞允文所督水师击败，两军夹江东下，完颜亮至扬州被部下所杀，金兵退回淮河，战事暂息。张浚奉诏由潭州（今湖南长沙）改判建康府兼行宫留守。次年正月，张孝祥到建康府，在留守张浚宴客的筵席上赋此词。词的一开始就写出了千里淮河竟无关塞可守，只有莽然平川而已，可见战备之空。面对着征尘、霜风、边声，不由得黯然神伤。追想当年的靖康之变，当是天数所定，而非人力所为，想不到连昔时孔子弦歌讲学的洙泗二水，竟然也被金人占领。看着一水之隔的对岸，满是游牧民族居住的帐幕，牛羊遍野，哨所纵横，猎火映照着河川，胡笳与鼓声不断，让人为之惊心。下片转写自己对时局的看法和壮志难酬的心情。作者在去年闻听采石胜利的消息，曾很高兴地表达"我欲乘风去，击楫誓中流"（《水调歌头》）的志向，但如今仍然是报国无门，所以会有"念腰间箭，匣中剑，空埃蠹，竟何成"的感叹，复又明言"时易失，心徒壮，岁将零"，远眺神京（指汴京），觉得更加渺远难及，何时才能光复呢？可叹的是，朝廷不思进取，竟然满足于对敌"怀远"以换取"和平"，使节们纷纷奔驰于道路，向金国交割岁币，祝贺金主生辰等等，真是何以为情！与此相对照的是，中原的遗老是多么盼望王师啊，使得行人到此，也不由得忠愤填膺，泪流如雨。

岳飞为"三十功名尘与土"而不平，以"莫等闲、白了少年头"自我勉励，可见身负抗敌斗争事业的伟大责任感，是对不平凡人生的期待。同样，张孝祥唱出了"时易失，心徒壮，岁将零"，也是对空有抗敌救国之志、却无法实现的自悼自惜。时岁容易流走，人的一生极其短促，作者的生命意识是很强烈的，因为面对着的是主和派的极大势力，无力改变现状，所以只能发出徒有壮心的感慨，时岁将零，草木变衰，人快老去，机会何来？作者对人生、社会、民族、历史的责任感，化成了强烈的功业之念，又与生命意识纠缠在一起，激发出时代的强音。"忠愤气填膺"也是作者的自我写照，读之令人掩卷难忘。

了却君王天下事，赢得生前身后名，可怜白发生
——付出的与换来的

南宋的爱国志士中，最以词见长的是辛弃疾，最具传奇色彩的也是辛弃疾。辛弃疾出身于一个世代为官的家庭，始祖任大理评事，从甘肃狄道（今临洮）迁居济南。高祖、曾祖、祖父，都是宋朝官员。当金兵攻破开封、北宋灭亡，南宋政权建立起来后，祖父辛赞因家庭人口众多，未能携家南向，滞留在济南。刘豫降金，济南沦陷，为求得禄米养家活口，辛赞不得已而在金朝为官。辛弃疾早年丧父，由祖父抚养成人，祖父虽因生计而无奈食禄于金人，但他常心怀异志，企图等待时机以报效宋廷。辛赞常常带领少年辛弃疾登高望远，指画河山，以抒民族之恨，并图谋择机起事。辛弃疾十四岁应乡试中选，次年至燕京应考，首次受祖父之嘱考察河朔，了解金人的政治形势和军事部署。十八岁时，再赴燕京，知晓了地理形势、兵家利害。当金主完颜亮率兵南侵时，为战争需要，大量征集马匹、壮丁、粮食，而当时正值北方灾害频繁，人民水深火热，金政府的强行搜刮迫使人民纷纷起义。当起义之火遍地燃起之时，二十二岁的辛弃疾也聚众二千余人，在济南附近起义了。当时，拥众二十余万的耿京义军是力量最大的一支，辛弃疾率众投奔耿京，被任命为掌书记，与耿京共同掌兵，图谋恢复大计。

辛弃疾追杀叛徒义端和尚，大得耿京信任。后来金人内讧，无力南侵，南宋无心北伐，只求偏安，双方都关注起义军，宋廷希望义军能牵制金兵，而金人则用诱骗分化与镇压两手。此时，辛弃疾建议决策南向，归附南宋政府，耿京采纳了辛弃疾的建议，决定奉表南归。当辛弃疾与贾瑞在建康得到高宗接见并授官时，耿京被叛徒杀害，义军溃散。辛弃疾得此消息后，率五十骑直趋金营，在五万众之中擒获叛徒张安国，昼夜兼程至建康，叛徒被斩首示众。英雄的壮举使怯弱的"圣天子"为之"一见三叹息"。自此，辛弃疾结束了抗金义军的生涯，成为了南宋官员。

辛弃疾南归的那年，宋高宗禅让，传位给了孝宗。高宗当了多年皇帝，自己唯一的亲生儿子在两岁时已夭折，后来再无子女，而宋太宗一系的宗室都在靖康事变时被掳掠北去，不得已只好选立太祖后代。绍兴三十二年，皇太子正式被立，改名赵昚，一月后，高宗下诏举行禅让大礼，宋孝宗登极即位。孝宗一登上皇位，就宣布为岳飞父子昭雪，召回抗战派代表人物，表示抗金的决心。但实际上，他既缺乏政治、军事经验，又对真正的抗战事宜鼠首两端，所以当张浚发动北伐而在符离战败后，主和派又掌握了大权，在隆兴二年（1164）与金国签订了屈辱的"隆兴和议"。辛弃疾向皇帝上《美芹十论》，未得任何反响，后又向宰相虞允文呈送《九议》，也未被采纳。他先后出知滁州，任江南西路提点刑狱，讨捕"茶寇"，然后又先后任京西转运判官、湖北安抚使、隆兴知府兼江西安抚使、大理少卿、湖北转运副使、湖南转运副使、潭州知州兼湖南安抚使等，转徙湖湘，步履匆匆。在任湖南安抚使一年，取得昭然政绩后，又调任隆兴府知府兼江西安抚使，在救荒济困中作出了很大成绩，但却遭人嫉恨，被弹劾落职。

辛弃疾在地方官任上转徙十年，虽空怀抗金大志，但每到一地都很有作为，却被迫闲退二十年（当中曾被短期起用为提点福建路刑狱公事等职），这不能不让他有太多的感慨。其中，就有第一次闲退时所作的《破阵子》：

醉里挑灯看剑，梦回吹角连营。八百里分麾下炙，五十弦翻塞外声，沙场秋点兵。

马作的卢飞快，弓如霹雳弦惊。了却君王天下事，赢得生前身后名。可怜白发生。

此词的题目是："为陈同甫赋壮词以寄"，可见是一首写给他的志同道合朋友陈亮的"壮词"。词中的"八百里"既指当年所参加的耿京义军的阵营范围，又可指牛（《世说新语·汰侈篇》："王君夫有牛，名八百里驳，常莹其蹄角。"），苏轼有诗："要当啖公八百里，豪气一洗儒生酸。"（《约公择饮是日大风》）若作后解，即给部下分发烤牛肉之意。"五十弦"原指瑟，此处泛指乐器。"的卢"是烈性快马。此词用浪漫主义与现实主义的虚实结合方法，来表现自己的壮志和悲愤，其中既有当年抗金义军生活的真实体会，又有对投身北伐大业的拟想。作者设想着自己能参加到收复中原、完成统一的事业中，建功立业，以轰轰烈烈的人生赢得生前与身后的名声，但因实际上办不到，所以只能托之于醉和梦，故以"可怜白发生"结尾，点醒真情，回到眼前。

如果付出的是血汗辛劳，换来的是功业、名声、白发，也是足慰平生之事。但事实上是空怀壮志，连任职地方、造福百姓都难以持久，只落得免职闲居。辛弃疾心中的怅恨该是多么难以排遣！

却将万字平戎策，换得东家种树书
——一生的理想在现实面前碰得粉碎

辛弃疾在南归宋廷后，先任江阴签判，不久，任满去职。此后数年，他精心准备，就宋金两国的形势和军事斗争前途，作了详尽而精辟的分析，写成十篇论文，名之为《美芹十论》（美芹，典出《列子》，说以前有一人喜食芹菜，以为美食而对人称赞不已。辛弃疾之所以如此命名，是表其人贱物微，将所爱之物献上，却不失忠诚）。冒着越职之罪，奏进朝廷，时为乾道元年（1165）。

"十论"有审势、察情、观衅、自治、守淮、屯田、致勇、防微、久任、详战十篇。在前三篇中，辛弃疾精辟分析了金统治者外强中干的情况，认为金虽国土辽阔，但因实行民族压迫，使得矛盾重重，且逐渐激化，倘遇战争，极容易形成土崩瓦解之势，故其"地广"实不足虑。金政权虽有南宋的岁输金帛，却不能用来养兵，从人民搜刮来的，又多入于官吏私囊，遇战争就豪夺民财，必致民怨沸腾，故"财多"亦不足虑。从表面看来，金政权有"士众"优势，但统治区内的汉族人民多有民族宿怨，当被驱上战场与同族兵戎相见时，极易反戈一击。女真对契丹民族的压迫历来残酷，契丹人被从塞外胁迫从军，常会逃走。军中的不同民族、地区士兵相互不信任，难成一气，所以"士众"也不足虑。

由于有"离合之衅"可乘，"地广"、"士众"、"财多"也不足虑，民心的向背对金政权不利，所以在后七篇中，辛弃疾力主破除流行的"南北定势"论，建议停止向金人输纳岁币，并迁都金陵。他认为，这样一来，可以对内"作三军之气"，对外"破敌人之心"，造成一种战争的形势。三军思奋发，中原人民也将待机而起，停输岁币则内可得养兵费用，外可从精神上压倒敌人。辛弃疾还主张，将北方来归的军民安置在两淮地区，平时为农，战时为兵，利于在战时打击敌人。他还认为，对将帅应在身边安排参谋人员，既可监督将帅，又可使参谋熟悉战略战术。对将帅应量功行赏升迁，使其在战时知勇，还主张将帅与士兵同衣同食，关心士兵的劳苦伤病，多赏少役，安抚孤寡，照料遗属，这样才能上下一心，舍死而战。辛弃疾大胆批评太上皇赵构"用秦桧一十九年而无异论者"，是当废而不废；而孝宗赵昚因符离一役之败就撤张浚的职，是不当废而废。他希望孝宗不信谗言，不只看小节，信之深，任之笃，主战派才能得久任，才能恢复有望。最后，辛弃疾提出了恢复中原的战略规划，即先出兵山东，因山东的金人备边力量单薄，如出兵山东，人民必然起来响应，得山东则可得河北，得河北则可复中原。

《美芹十论》表现出辛弃疾的远见卓识，其战略思想是切实可行的，但因南宋朝廷苟安已久，符离新败使上下更无斗志，主和派代表史浩上奏，反对用兵山东和北伐，"十论"未得采纳，辛弃疾当然不会受到重用。五年后，他得到了孝宗的召见，在对答中论南北形势和人才问题，持论过直，仍是"十论"的观点，不合皇帝胃口，仍然未得到重视。

不久后，辛弃疾又向宰相虞允文呈送陈述恢复大计的《九议》，分论用人、长期作战、敌我长短、攻守、阴谋、虚张声势、富国强兵、迁都、团结。当时尽管和局形成已久，但宋廷中已有战备之论，辛弃疾在战论方起之时，就论其抗金北伐、恢复失地的战略战术思想，再度表现出自己的卓识。在《九议》中，辛弃疾又针对"南北定势"论发表见解，在批判了投降论后，又认为对金作战"无欲速"，在敌强我弱的背后，有民心向背的不同，应对敌行离间分化之策，并示怯以使其骄傲，若骄之不成则拒输岁币而令敌人劳师远征，我方以逸待劳，战而胜之。他还再度陈述由沭阳出兵山东，进而占据河朔、再图燕京的北伐路线。又由于辛弃疾此时任司农寺主簿，所以很重理财之道，提出了战前的"惜费用"、"宽民力"政策及具体措施。由于坚信自己所见的正确，他向虞允文保证，如采用他的建议而不胜，或不用他的建议而能制胜，他都甘愿被杀头，以堵天下大胆妄言者之口。很可惜，虞允文虽有在采石击败完颜亮的战绩，又有知人善任之名，但实际上并无深邃的眼光，《九议》未能得到他的重视，所拟的措施没有一条被采纳。在向虞允文呈《九议》前后，辛弃疾还向宋廷上《论阻江为险须藉两淮》和《谏议民兵守淮》两疏，但也像《九议》一样，同样未得重视。

　　《美芹十论》和《九议》是很周详的抗敌复国大计，既显示出辛弃疾出众的战略思想，非凡的军事才能，又体现了广大人民的意愿，倘能得到重视，采纳并实施之，战胜敌人、收复失地将并不是梦想。可惜，由于宋廷偏安已久，不思进取，使得爱国志士的崇高理想化为泡影，一腔热忱付诸东流。著名诗人刘克庄在《辛稼轩集序》中说："乾道、绍熙奏篇及所进《美芹十论》、上虞雍公《九议》，笔势浩荡，智略辐凑，有权书衡论之风。其策完颜氏之祸，论请绝岁币，皆验于数十年之后……以孝皇之神武，及公盛壮之时，行其说而尽其才，纵未封狼居胥，岂遂置中原于度外哉！"可见，历史是最能考验人的。可惜，辛弃疾一生不得其遇，到后来韩侂胄发动开禧北伐时，请出辛弃疾，仅是想利用他的名声而已，一待自以为时机成熟，就不让人假手。辛弃疾非但不能参与决策军机，反而失去了一路帅守之职，仅被派往出任镇江知府。即使如此，辛弃疾在镇江任上积极备战时，就任仅一年，就被调走，当他还未到新任，又被弹劾落职，最终满怀忧愤，赍志以殁。

　　上面，我们之所以不厌其烦地将《美芹十论》和《九议》讲了那么多，是因为这两者本不应成为一纸空文，它们不仅关系着辛弃疾本人的荣辱升降，而且也关系着南宋政权和北方沦陷区人民的命运。可惜的是历史不能重写，也不能假设，后人也只能面对既成的史实，为辛弃疾本人，也更为南宋人民惋惜长叹。

辛弃疾在第二次被迫闲退于瓢泉之时，曾写过《鹧鸪天·有客慨然谈功名因追忆少年时事戏作》：

  壮岁旌旗拥万夫，锦襜突骑渡江初。燕兵夜娖银胡䩮，汉箭朝飞金仆姑。
  追往事，叹今吾，春风不染白髭须。却将万字平戎策，换得东家种树书。

此词上片回忆了当年抗金义军的生活，和得知耿京被害后擒获叛徒张安国的传奇性经过："赤手领五十骑，缚取于五万众中，如挟兔，束马衔枚，间关西奏淮，至通昼夜不粒食"（洪迈《稼轩记》）。自己率领的士兵多为北方人，故称"燕兵"，他们连夜整治武器，清早就对敌人发起了攻击。在追想往事时，很为自己的今天感叹，春风虽能又绿江南岸，却不能将我的白须染黑了。追想过去，最让人感到失望的恐怕就是当年向朝廷、向宰相所上的《美芹十论》、《九议》，竟然毫无用处，还真不如向人换来种树书，倒有经济上的价值呢！

"却将万字平戎策，换得东家种树书"，作者在"戏作"中，用强烈的对比，鲜明的形象，表现了极其沉痛的内心感情。时间虽已逝去，青壮年不能唤回，但总不能忘记过去的一切。一生的理想在现实面前已碰得粉碎，这是个人的政治悲剧，又何尝不是时代的悲剧，进而是南宋人民的人生悲剧呢！

报国无门空自怨，济时有策从谁吐
—— 难伸其志，令人扼腕

南宋朝廷中，有不少主战派的人士在政治斗争中遭受过打击，除人们所熟知的民族英雄岳飞、大诗人陆游、大词人辛弃疾外，前期的李纲、赵鼎、胡铨，后期的吴潜，都入于此列，都有过被贬的经历，也有报国无门的情怀自诉于词。如李纲，即有多首咏史词，表现历史上不少有作为的皇帝在民族战争中的胜利,意在激发当朝君臣的斗志。他在遭受打击而被贬后,颇见心中愁苦:"江湖倦客,年来衰病,坐叹岁华空逝。往事成尘,新愁似锁,谁是知心底。五陵萧瑟,中原杳杳,但有满襟清泪。"(《永遇乐·秋夜有感》)赵鼎在同秦桧的斗争中,因宋高宗的偏袒后者,致使被贬岭南,在贬所写下的《洞仙歌》也表现了凄怨与愤慨:"可怜窗外竹,不怕西风,一夜潇潇弄疏响,奈此九回肠,万斛清愁,人何处、邈如天样。纵陇水秦云阻归音,便不许时闲,梦中寻访?"后又被贬吉阳军(今海南三亚),曾写有《行香子》:"草色芊绵,雨点阑斑。糁飞花,还是春残。天涯万里,海上三年。试倚危楼,将远恨,卷帘看。　举头见日,不见长安。谩凝眸、老泪凄然。山禽飞去,榕叶生寒。到黄昏也,独自个、尚凭阑。"其心绪之凄凉不难窥见,终致在此绝食而亡。胡铨更有著名的《好事近》:"富贵本无心,何事故乡轻别?空使猿惊鹤怨,误薜萝秋月。　囊锥刚要出头来,不道甚时节!欲驾巾车归去,有豺狼当辙!"据《宋名臣言行录》:"胡铨以上书论王伦、秦桧,谪吉阳军,又贬新州。张棣(秦桧党)曰:'铨何故未过海?'铨偶为词曰:'欲驾巾车归去,有豺狼当辙。'棣即迎桧意,奏铨怨望,于是送南海编管,流落几二十年。"从上面的几个例子可见,在南宋初的和战之争中,主战派普遍受到压制、打击,多被贬南方荒蛮之地,在他们的词中,虽怕遭受进一步的迫害,而未免掩抑其辞,但其悲怨、愤懑仍多有流露。

　　南宋后期,在对北方少数民族政权的斗争中,悄然中又更换了对手。历史是惊人的相似,正像北宋的女真政权后来居上,消灭了原来奴役自己的契丹政权一样,南宋到宋理宗当政时,逐渐强大的蒙古军压倒了金政权,并包围了金朝的行都南京开封,金哀宗只得出逃蔡州。更为相似的是,正如当年的北宋与金约定共同夹击辽一样,此时的南宋也与蒙古军相约夹击金军,终于攻破蔡州,金朝灭亡。当年的灭辽,是来了更强大的金,终致"靖康之变",北宋灭亡;如今的灭金,又来了更厉害的蒙古军。南宋政权本想利用金朝灭亡之机收复黄河以南地区,结果三京(东京开封府,西京河南府,南京应天府)未能夺回,反而在蒙古军反攻洛阳时被打得大败,蒙古政权以此为借口，对南宋发动了大规模的进攻。自此，四十多年间，南宋一直都在蒙古政权的虎视眈眈之下。

吴潜生活在宁宗、理宗时代，在理宗开庆元年（1259）蒙古军包围鄂州，形势危殆时，任左丞相。理宗命贾似道领兵救鄂州，并拜为右相，全权指挥四川、湖广、两淮前线全部宋军。此时，蒙古军已屡屡受挫，但贾似道却秘密派遣亲信到忽必烈军中求和，遭到拒绝。吴潜采纳他人建议，请理宗命令贾似道移兵黄州，将鄂州防务另交他人。贾似道认定是吴潜有意加害于己，心中记仇，入朝后，利用吴潜与理宗在立太子问题上的矛盾，唆使人弹劾吴潜，理宗将吴潜罢相，流放循州（今广东龙川），并死于此地。吴潜的词，在此前的所作更能体现其被贬官时的心情，如《满江红·豫章滕王阁》的下片："秋渐紧，添离索。天正远，伤飘泊。叹十年心事，休休莫莫。岁月无多人易老，乾坤虽大愁难著。向黄昏、断送客魂消，城头角。"此词写于淳祐七年（1247），十年来，他多次落职，近六年多被罢乡居，刚复官不久，又被贬谪，所以"十年心事，休休莫莫"表现出往事不堪回首的沉痛。再前推十年所写的《满江红·送李御带珙》，则明确道出了报国无门的苦闷：

> 红玉阶前，问何事、翩然引去？湖海上、一汀鸥鹭，半帆烟雨。报国无门空自怨，济时有策从谁吐？过垂虹、亭下系扁舟，鲈堪煮。
>
> 拚一醉，留君住。歌一曲，送君路。遍江南江北，欲归何处？世事悠悠浑未了，年光冉冉今如许！试举头、一笑问青天，天无语。

此词应是吴潜任平江知府时，为辞官后经过此地的李珙而作。"报国无门空自怨，济时有策从谁吐"，道出了离朝引去的原因所在。杨慎《词品》卷五说：这两句"亦自道也。"是说出了其中底里。不论是李珙，是吴潜，还是其他人，他们都难有作为，"报国无门空自怨，济时有策从谁吐"具有极大的涵盖性。综观历史，有多少人难伸报国之志，空有济时之策，读其词，让人掩卷长叹。

九 流落之悲

芳菲歇，故园目断伤心切
——民族斗争中的人生悲剧

著名学者钱钟书先生在《宋诗选注·序》的开头说："宋朝收拾了残唐五代那种乱糟糟的割据局面，能够维持比较长时期的统一和稳定，所以元代有汉唐宋为'后三代'的说法。不过，宋的国势远没有汉唐的强大，我们只要看陆游的一个诗题：'五月十一日夜且半，梦从大驾亲征，尽复汉唐故地'。宋太祖知道'卧榻之侧，岂容他人酣睡'，会把南唐吞并，而也只能在他那张卧榻上做陆游的这场仲夏夜梦。到了南宋，那张卧榻更从八尺方床收缩而为行军帆布床。"可就在这"大床"收缩为"帆布床"的过程中，发生了历史的激变——靖康之耻。前面已说，在北宋政权对少数民族的斗争中，始终是处于劣势，对外政策之从"奉之如骄子"，到"敬之如兄长"，再到"事之如君父"，这三部曲的此消彼长，已足可说明这种劣势的走向。但是，再怎么讲，赵宋毕竟是独立的国家，生活在汴京的老百姓只见"太平日久，人物繁阜"，早已习惯"垂髫之童，但习鼓舞，斑白之老，不识干戈"。而汴京城的繁华在历史上也是少见的："举目则青楼画阁，绣户珠帘，雕车竞驻于天街，宝马争驰于御路，金翠耀目，罗绮飘香。新声巧笑于柳陌花衢，按管调弦于茶坊酒肆。"（孟元老《东京梦华录序》）突如其来的靖康事变，粉碎了从上到下的繁华梦，汴京城破后，不但徽、钦二帝及后妃、太子、公主、宗戚、官吏、内侍、倡优等被劫北行，政权倾覆。在金兵搜刮金银、礼器、冠服、法物、图籍同时，十多万百姓被掳掠成为奴隶。黄河数百里间人烟灭绝，淮泗间村落荡然。这无疑是一场历史的大劫难。

宋徽宗赵佶有非凡的文艺才能，却因荒淫而失国，他在被俘北上后，写过《眼儿媚》词：

玉京曾忆昔繁华，万里帝王家。琼林玉殿，朝喧弦管，暮列笙琶。

花城人去今萧索，春梦绕胡沙。家山何处，忍听羌笛，吹彻梅花。

其《燕山亭·北行见杏花》的下片还写道：

凭寄离恨重重，这双燕，何曾会人言语。天遥地远，万水千山，知他故宫何处。怎不思量，除梦里有时曾去。无据，和梦也新来不做。

从这些话看，俨然就是李后主再世。

突如其来的劫难，不仅使国家覆亡，习惯于和平、安逸生活的宋朝人民，其人生也发生了极大的变化。自称是"清都山水郎"的朱敦儒，"诗万首，酒千觞"的日子已成为过去，他加入到难民的队伍中，一路南逃，他的《水龙吟》自谓"念伊、洛归隐，巢、由故友，南柯梦，遽如许！"面对着这样的形势，他感叹"回首妖氛未扫，问人间、英雄何处？"而自己只能在逃难中"但愁敲桂棹，悲吟《梁父》，泪流如雨。"张元幹在《兰陵王·春恨》词中回忆了汴京生活，以眼前的漂泊实出意外："寻思旧京洛。正年少疏狂，歌笑迷著。障泥油壁催梳掠。曾驰道同载，上林携手，灯夜初过早共约。又争信漂泊？"感慨国运、"黍离之悲"、流离漂泊几乎成为了当时词中的主调。试看：

> 天涯路，江上客。肠欲断，头应白。空搔首兴叹，暮年离折。
>
> ——赵鼎《满江红·丁未九月南渡泊舟仪真江口作》

> 心折。长庚光怒，群盗纵横，逆胡猖獗。欲挽天河，一洗中原膏血。
>
> ——张元幹《石州慢·己酉秋吴兴舟中作》

连后来成为秦桧门下十客之一的康与之也写过《喜迁莺·秋夜闻雁》，有句：

> 回首塞门何处？故园关河重省。汉使老，认上林欲下，徘徊清影。

在当时的词人词作中，向子諲是很有代表性的一位。他是南宋初年的主战派大臣，靖康之难，他请康王赵构率兵渡河，以求出其不意地打击敌人，救出徽、钦二帝。建炎三年（1129），当金兵进攻湖南、围困长沙时，他率领军民与金兵血战八昼夜。后因忤秦桧而致仕，归隐山林。他写过《秦楼月》词：

> 芳菲歇，故园目断伤心切。伤心切，无边烟水，无穷山色。
>
> 可堪更近乾龙节，眼中泪尽空啼血。空啼血，子规声外，晓风残月。

（按，"乾龙节"指宋钦宗赵桓的生日）

此词的"芳菲歇，故园目断伤心切"，可看成当时人民共同的感受。生活发生了巨大的变化，也带来了词坛的变化。

只言江左好风光，不道中原归思转凄凉
—— 不难体会的和难以忘怀的

江南是好地方。晋室南渡后，原先的中州士女就发现了南方的美景要胜过北方，《世说新语》中就有不少记载，如："从山阴道上行，山川自相映发，使人应接不暇，若秋冬之际，尤难忘怀。""千岩竞秀，万壑争流，草木朦胧其上，若云兴霞蔚。"都是其中有名的"段子"。在经过南北朝二百多年的对峙后，现在的南京完成了六朝首都的使命，隋唐统一了南北方。"天可汗"唐太宗更是大大的拓展唐朝的势力，到唐玄宗的开元年间，唐朝达到了极盛，但随之而来的"安史之乱"却使之逐渐走向了下坡路。后来宦官专政，军阀割据，到晚唐，又是乱世。词人韦庄避乱于江南，曾写过《菩萨蛮》词，有云："人人尽说江南好，游人只合江南老。春水碧于天，画船听雨眠。垆边人似月，皓腕凝霜雪。未老莫还乡，还乡须断肠。"而南方的西蜀、南唐两个政权，也因受到战乱的影响较小，所以能在经济和文化上都有发展，在文艺史上，这两地也以绘画和写词著称。

靖康事变后，又开始了新的一轮"中州士女南迁"。这新"南迁"的过程伴随着太多的痛苦，也在当时人的心灵上留下了不可磨灭的创伤。我们不妨可以看看吕本中所写的《兵乱后杂诗》：

晚逢戎马际，处处聚兵时。后死翻为累，偷生未有期。积忧全少睡，经劫抱长饥。欲逐范仔辈，同盟起义师。

万事多翻覆，兰萧不辨真。汝为误国贼，我作破家人。求饱粪无糁，浇愁爵有尘。往来梁上燕，相顾却情亲。

蜗舍嗟芜没，孤城乱定初。篱根留敝屦，屋角得残书。云路渐高鸟，渊潜羡巨鱼。客来缺佳致，亲为摘山蔬。

这种种情形，与靖康之前相比，岂非地下天上？所以孟元老《东京梦华录序》所说的"出京南来，避地江左，情绪牢落"，应当是普遍的现象。

吕本中的词《南歌子》比起他的诗来，因句式的长短变化，语言的婉转流利，而更为动人：

> 驿路侵斜月，溪桥度晓霜。短篱残菊一枝黄，正是乱山深处过重阳。
>
> 旅枕元无梦，寒更每自长。只言江左好风光，不道中原归思转凄凉。

词的上片写旅途：天还没亮，就要迎着斜照的月亮，踏着小溪桥上的晓霜，匆忙赶路了。无意间瞥见短短的篱笆旁，小小的园子中，还有开残的菊花，一枝黄花显得那么招眼，这才猛然想起已是重阳节的时候了，可自己却在乱山丛中度过节日，哪有把酒赏菊的闲情雅致呢！下片说，在旅途上经常失眠，睡不着（"元无梦"并不是睡得好），所以就感到秋夜里寒风吹来的打更声显得特别悠长。此时，想起人们都说江南的风光美好，现在自己已身在江南了，却并没有感到有多少喜悦之情。为什么呢？因为中原的故乡已被金人占领，回不去了。因为有这份"归思"，也就使得情绪更转为凄凉。

无独有偶，陈与义也写过在避乱途中过节的词，而比吕本中写得更为深隐。且看《临江仙》：

> 高咏《楚词》酬午日，天涯节序匆匆。榴花不似舞裙红。无人知此意，歌罢满帘风。
>
> 万事一身伤老矣，戎葵凝笑墙东。酒杯深浅去年同。试浇桥下水，今夕到湘中。

此词是作者在南渡后流寓湖南时所写。在端午节时，正值国家多难、兵荒马乱的日子，此时凭吊屈原，尤多感慨。特别是下片的

"万事一身伤老矣",在身世之感的背后又有难以言尽的时世之叹。联系他在另一首《临江仙》中所写的"二十余年如一梦,此身虽在堪惊",可见陈与义在词中虽无激烈、明显、痛楚的语言,但正如水面下有漩涡,其实并不平静。

战争、动乱,都会给和平的人民带来痛苦,在古代作品中,留下了太多的"伤痕文学"。"只言江左好风光,不道中原归思转凄凉",是流落江南的北方士人的深切体会,江左的好风光不难领略,而北方的故土更是难以忘怀。二十世纪的中国,自1937年的"九·一八"事变后,我国的东北地区被日本军国主义的侵略军占领,大量的无辜百姓被残酷杀害,不少人流落到了关内,甚至到了南方。他们也可能是第一次领略"杏花、春雨、江南"的美丽景色,但因失去了家园,离开了生于斯、长于斯的土地,他们还是满怀悲愤地唱起了"我的家在东北松花江上"。今天,我们国家强大了,但台湾还没有回到祖国怀抱,那里的不少老人怕也有"不道中原归思转凄凉"的体会,但愿他们不要带着于右任老先生的遗憾离开人世,而这,也是我们全民族的共同希望。

旧时天气旧时衣,只有情怀不似旧家时
——历尽沧桑后的淡语深情

靖康事变后,北方人士流落到南方。在"中州士女"的南渡大军中,既有诸多的官员,也有普通的老百姓,既有像李纲、赵鼎这样的名臣,又有朱敦儒这样的隐士,还有如李清照这样的才女,他们因身份、地位、抱负、胸襟的不同,而有词中的不同情感抒发,但如同吕本中的"归思转凄凉",却几乎是共有的基调。

比起男子来,李清照自有她毫不逊色的才情,她的"生当作人杰,死亦为鬼雄。至今思项羽,不肯渡江东。"历来为人所传唱。"南渡衣冠欠王导,北来消息少刘琨",也可见出她对历史及时人的评判。但是,李清照对于词,有着"别是一家"的认识,所以她的词见不到此类内容,而多个人的情感抒发和生活感受。她在

十八岁时与太学生赵明诚结婚,赵在婚后曾任莱州、淄川等地太守。因夫妻二人都爱好文学,经常诗词唱和,又都酷爱金石图书,努力于收藏,赵明诚撰写《金石录》,李清照也参与其事,夫妻相得,其乐融融。所以,在李清照的前期词中,虽有因丈夫远宦、两下分离的思念,以至于"人比黄花瘦",但并未出于闺怨范畴。可当靖康之难起,李清照只得与丈夫渡淮南逃,成了难民,多年搜集的金石书画大都丧失。建炎三年(1129)八月,赵明诚病死于建康(今南京)。此后,李清照就辗转流落于杭州、越州、台州、金华一带,在颠沛流离中度过了孤苦无依的后半生。

建炎三年,是宋室南渡后的第三个年头。此年的初春,赵明诚尚在,李清照写了《临江仙》词:"庭院深深深几许?云窗雾阁常扃,柳梢梅萼渐分明。春归秣陵树,人老建康城。　感月吟风多少事,如今老去无成。谁怜憔悴更凋零。试灯无意思,踏雪没心情。"因为主战的李纲早已被罢相,宋高宗任用奸佞黄潜善、汪伯彦等人,岳飞上书奏请恢复中原,斥黄、汪辈误国,获越职言事罪而被罢官。为此,李清照深感中原的恢复无望,遂有"春归秣陵树,人老建康城"的感叹。下片"感月吟风多少事,如今老去无成"是今昔对照,过去过的是吟风弄月的风流生活,如今只能看着岁月空去人欲老,将是一事无成。即使是元宵前的试灯,也觉得引不起兴趣,往日踏雪寻诗之类的雅事,也没有心情去做了。后来,李清照在丈夫死后继续流寓浙江,晚年又有不少作品在表现自己孤苦无依的同时,表达了对过去北方生活的思念。如《永遇乐》:"落日熔金,暮云合璧,人在何处?染柳烟浓,吹梅笛怨,春意知几许!元宵佳节,融和天气,次第岂无风雨?来相召,香车宝马,谢他酒朋诗侣。中州盛日,闺门多暇,记得偏重三五。铺翠冠儿,捻金雪柳,簇带争济楚。如今憔悴,风鬟雾鬓,怕见夜间出去。不如向、帘儿底下,听人笑语。"尽管李清照丈夫已死,无儿无女,景况凄凉,但因她的文才出众,家世显赫,今日在临安过元宵节,还有不少贵族妇女作为她的酒朋诗侣,乘着宝马香车来邀她参加元宵的诗酒盛会。但此时的李清照却转向了过去汴京繁华时的回忆,因闺门闲暇,故特别重视正月十五的元宵佳节。这一天的晚上,会与闺中的女伴一起，戴上插着翠鸟羽毛的帽子，以及用金线捻丝制成的、状为雪柳的头饰，打扮得整整齐齐地上街游赏了。在历尽家国之痛以后，不仅已从"簇带争济楚"的昔日爱俏少女，变成了今天"风鬟雾鬓"的憔悴老妇，而且还从过去的争着上街看热闹，变为今天的"怕见夜间出去"，只是躲在帘子后听人家的欢声笑语。这种心态的衰老，并非仅仅因为年老的原因，而是时代巨变、家国沧桑的影响所致。

李清照晚年所写的《南歌子》，可谓准确传递出她历尽沧桑后的情怀：

> 天上星河转，人间帘幕垂。凉生枕簟泪痕滋。起解罗衣聊问夜何其。
>
> 翠贴莲蓬小，金销藕叶稀。旧时天气旧时衣，只有情怀不似旧家时！

词中以"天上"与"人间"相对照，帘幕中的自己若非长夜未睡，又怎能看到星河在天幕上旋转呢！"天上"与"人间"也并不是简单的用词对偶，而应有今昔对比犹如天上人间、自己与丈夫已是天人永隔之潜在意义。所以才会"凉生枕簟泪痕滋"，不知夜之深浅，"起解罗衣聊问夜何其"。换头两句应上"罗衣"而写衣上变化：用翠羽贴成的莲蓬已变小，以金线嵌锈的莲叶也已变稀。还是这旧时的天气，还是这旧时的衣服，但岁月已经流走，衣服也已穿旧，我的情怀当然也不像旧时了。"旧时天气旧时衣，只有情怀不似旧家时！"淡语深情，背后又有多少沧桑之感！

寻寻觅觅，冷冷清清，凄凄惨惨戚戚
——"公孙大娘舞剑手"的难抑悲情

"昔有佳人公孙氏，一舞剑器动四方。"这是杜甫为唐代著名的剑器舞舞蹈家公孙大娘写下的诗句。而宋代的李清照也被人称为"公孙大娘舞剑手"，原因出于她的《声声慢》词：

寻寻觅觅。冷冷清清。凄凄惨惨戚戚。乍暖还寒时候，最难将息。三杯两盏淡酒，怎敌他晚来风急？雁过也，正伤心，却是旧时相识。

　　满地黄花堆积。憔悴损，如今有谁堪摘？守着窗儿，独自怎生得黑！梧桐更兼细雨，到黄昏、点点滴滴。这次第，怎一个愁字了得！

　　因此词开头的十四个叠字非凡手可出，所以就被张端义的《贵耳集》称为"公孙大娘舞剑手"。其实，这只是从表面的艺术技巧看问题，李清照在词中表达的感情有动人的力量。

　　李清照随赵明诚南渡后不久，就成了寡妇。如果说她以前所写的是伤春悲秋，是恨离怨别，是对时序变换的敏感，是生离的难堪，是暂时的空虚，是有所期待，是可望团圆；那么现在就是死别的凄然，是永恒的寂寞，是不可期待，是无法重逢。个人的痛楚同国家的苦难交织在一起，所以这首词写得文浅情深，沉痛无比。开头的十四个叠字，是艺术上的新奇创造，但更是心理感受的逼真表现。"寻寻觅觅"正所谓"怅然若失"，因为空虚孤苦，不能希求，不敢追忆，无所寄托，难于排遣，起而又坐，止而又行，就形成了这种"寻寻觅觅"的状态。因如有所失，欲有所觅，而旧欢不来，新愁又至，袭上心头的唯有孤独之感，所以觉得"冷冷清清"。如果"寻寻觅觅"是由内至外的神态，"冷冷清清"则是由外境引起的内情。这内情由冷清而加剧，变成了"凄凄惨惨戚戚"，由轻转重，由浅入深，复又由"戚戚"的较淡转出。以上七组叠字分三层意思，可谓文情并茂。遭遇既苦，心情又坏，值此秋天"乍暖还寒"之时，自己这因愁而损的身体更觉得难以将养了。两三杯淡而寡味的酒，怎能抵得住晚上急风带来的寒意呢？雁飞高空，鸣唳不止，使人伤心，在大雁是因为避寒就暖，而我的由北而南，与"旧时相识"会于此地，却是由于国难所致。这种伤心似淡却浓，可谓刻骨铭心。下片说，北雁南飞之时，正是满地黄花之日，缤纷的落英，憔悴伤损，任其堆积。倘在承平之时，菊花应插满头，现在谁有雅兴摘花呢？愁是酒浇不去，风又吹个不停，征雁飞，落花积，自己一人闷坐在窗前，怎样打发这时光呢？时间给人的是折磨，而不是享受，此时，黄昏渐临，细雨梧桐，淋淋漓漓，点点滴滴，更增人愁思。而因愁人的敏感，才更觉得雨声点点滴滴的清晰。以上种种，终于逼出了"这次第，怎一个愁字了得"。

如果只欣赏十四个叠字，还只是皮相之见，"公孙大娘"舞剑手所塑造出来的自我形象，是遭受国难家愁的结果，如果没有真情，就只能作无病呻吟，是写不出这样感人的作品的。

李清照晚年所作，还表现出对故乡的深沉怀念。如《菩萨蛮》：

> 风柔日薄春犹早，衣衫乍著心情好。睡起觉微寒，梅花鬓上残。
> 　故乡何处是，忘了除非醉。沉水卧时烧，香消酒未消。

此词是作者晚年流寓越中时所作。在经过了一冬、春天即将到来之时，心情总是比较愉快的。感受着柔和的风儿和微弱的阳光，可知道春天的脚步已经悄悄地临近了，换去冬衣，刚穿上夹衫，心情是特别的好。毕竟还是早春，早上睡起还觉得微微的寒意，插戴在鬓发上的梅花已经凋残。早春犹寒，可梅花已残，真正的春天很快就要降临人间，但词人心中的欢乐却是转瞬即逝，为什么呢？因为想起了故乡。现在孤身一人流落在南方，故乡的桑梓，父母的坟茔，儿时的欢乐，青年时的幻想，都多么令人难以忘怀！多少次引领眺望，又是多少次的失望！故乡铭刻在心中，是永远无法从记忆中抹去的，要想忘了她，除非是喝醉了酒，"借酒浇愁愁更愁"，在醉乡中可以暂时忘掉故乡，但醒来后却会更加想念。明知如此，又不得不用酒来麻醉自己。可不？睡时点着的沉香，烧了很久，现在香已烧完，但酒还没醒。这种矛盾的心态和细腻的描写，可看出对故乡反反复复的思念之情。

战争、动乱给李清照原本幸福、和美的家庭带来了灾难和痛苦，与丈夫已成天人永隔，与故乡也相见无期。以一个贵妇人尚且如此，更不必说那些普普通通的老百姓了。古人曾说，宁作太平犬，不作离乱人，当然这是极端的说法，不过从中也可以体现过来人的惨痛体验。历史上有过太多的战争、动乱,上个世纪更有过两次世界大战,无辜的生灵死去无穷无数。现在正当新世纪,衷心祈求和平应是全人类的共同愿望。

休舞银貂小契丹,满堂宾客尽关山
—— 从"商女不知亡国恨"得到的启发

杜牧的《泊秦淮》是很有名的七绝:

> 烟笼寒水月笼沙,夜泊秦淮近酒家。商女不知亡国恨,隔江犹唱《后庭花》。

此诗所写到的《后庭花》即《玉树后庭花》,是南朝荒淫误国的陈后主所作。人谓其"玉树后庭花,花开不复久"是"诗谶",因为陈后主的确是享乐不久就政权覆亡。杜牧是很重视南朝的历史教训的,他的这首《泊秦淮》诗,就是借历史来警告晚唐的当政者,表明了自己对于国事的隐忧。从表面看,好像是责备歌女们不知好歹,竟然还演唱前朝的亡国之音《玉树后庭花》,而实际上是作者用曲笔谴责那些在座中听得津津有味的官僚贵族,是他们在晚唐的多事之秋不以国事为重,而是征歌逐舞,寻欢作乐,从中可见诗人对于大厦将倾的预感。

多少年来,"商女不知亡国恨"成了被人沿用不已的诗句,用来概括形势危殆却歌舞升平的特殊现象。在北宋被金政权灭亡后,许多人都对历史进行了反思,其中颇有胡乐乱政的看法。当然,我们今天不能简单的看待北宋灭亡的原因,宋徽宗喜好文艺只是荒政误国的一个缘由,以偏概全是不可取的。但是,历史上又的确是有过不少因沉迷于歌舞享乐而导致亡国亡身的例子。在南宋时期,一些较清醒的政治家或官员,对此都是会有感触的,尤其在某些特殊场合,还会激发出忧国之情。范成大的《鹧鸪天》似乎就是这样一首词:

休舞银貂小契丹，满堂宾客尽关山。从今袅袅盈盈处，谁复端端正正看。

　　摸泪易，写愁难。潇湘江上竹枝斑。碧云日暮无书寄，寥落烟中一雁寒。

　　此词是作者离开广西经略安抚使兼静江知府任，将赴成都任四川制置使时所写，显然，是别宴上所作。首句所说的"银貂小契丹"是一种少数民族的舞蹈，穿白色的貂裘和绣靴是这种舞蹈的服装特点。王安石有《出塞》诗；"涿州沙上饮盘桓，看舞春风小契丹。"而范成大也有《次韵宗伟阅番乐》诗："绣靴画鼓留花住，看舞春风小契丹。"都可证。而且可以知道这种舞蹈很美，很吸引人。之所以"休舞"，是因为"满堂宾客尽关山"，参加宴会的都不是本地人，正如王勃《滕王阁序》所说："关山难越，谁悲失路之人；萍水相逢，尽是他乡之客。"客中送客将会更使离愁加重。带着深深的离愁而去，今后谁还能欣赏这袅袅盈盈的美妙舞蹈，认认真真的看这样的演出呢？

　　下片说，要将流泪写出来是容易的，但真正写出心中的愁绪就很难了。潇水和湘江上的斑竹，枝上斑斑驳驳，就好像人的泪痕一样，一眼就能看见。但是，泪水是因为内心的痛苦而流的，要看见人的内心就不是那么容易了。江淹写过《拟休上人怨别》，有"日暮碧云合，佳人殊未来"句，此词的"碧云日暮无书寄"即化用江诗。意思是，我在今后恐怕很难收到你们的来信了，只有看着日暮的碧云，空中的寒烟，和寥落、孤单的大雁。

　　不可否认，此词是写别情之作，但是，我们又应结合作者的为人，作论世而知人的理解。范成大不但是"中兴四大诗人"之一，而且在写此词之前五年（1170），曾有过出使金国而不屈其节的经历，他在《州桥》一诗中写道："州桥南北是天街，父老年年等驾回。忍泪失声询使者：'几时真有六军来？'"对北方的遗民怀着深切的同情。所以，我们应越过别情这一层，而要进一步看到更深的意蕴。契丹曾建立强大的辽国，长期在对宋朝的战争中处于优势，但却亡于金人。如今，欣赏"银貂小契丹"的舞蹈，难道不会想起契丹民族曾有过的强盛时期？他们当年虎视宋朝时，是多么不可一世，而亡国后，却成了女真人的奴隶。今天在欣赏"银貂小契丹"的表演，是不是会有些类似"商女不知亡国恨"的感慨呢？恐怕很难说完全没有！倘如此，"从今袅袅盈盈处，谁复端端正正看"，就不仅是因别情太重而无心观赏歌舞了，这里似乎也隐藏着对国事的隐忧。宋孝宗虽有过北伐之举，但在遭受符离战败后，与金人签订"隆兴和议"，宋廷又对金称侄纳贡，想恢复中原已是完全无望。你说，当看到契丹舞蹈时，难道就不会想起辽国的亡国，进而也想到南宋的命运吗？

"商女不知亡国恨，隔江犹唱《后庭花》。"尽管场合、内容都不同，联想却可以相同。范成大是不是从杜牧那里得到启发？虽然不能肯定，但我们可以有这样的联想。

若比广陵花，太亏他
——不仅仅是"黍离之悲"

读南宋词及后人的评价，常可看到"黍离之悲"一语。此语出《诗·王风·黍离》，兹录首章：

> 彼黍离离，彼稷之苗，行迈靡靡，中心摇摇。知我者谓我心忧，不知我者谓我何求。悠悠苍天，此何人哉！

余冠英《诗经选》今译：

> 黍子齐齐整整，高粱一片新苗。步儿慢慢腾腾，心儿晃晃摇摇。知道我的说我心烦恼，不知我的问我把谁找。苍天苍天你在上啊！是谁害得我这个样啊？

据《毛诗序》说，此诗是周人东迁后有大夫行役到了故都，看到原来的宗庙和宫室都已成为了田地，种满了黍稷，他心中忧伤，彷徨不去，因"闵周室之颠覆"，作了这首诗。后人多从此说。

由于靖康事变，北宋政权覆亡，南渡词人有感于这段痛史，怀着"闵周"之旨，在他们的作品中表现出"黍离"之悲。像张元幹的《贺新郎·送胡邦衡待制》是明言之：

> 梦绕神州路。怅秋风，连营画角，故宫离黍。底事昆仑倾砥柱，九地黄流乱注？聚万落千村狐兔……

而姜夔《扬州慢》则是在词中流露：

> 淮左名都，竹西佳处，解鞍少驻初程。过春风十里，尽荠麦青青。自胡马窥江去后，废池乔木，犹厌言兵。渐黄昏，清角吹寒，都在空城。

前者为西风吹拂下的画角连营感到无比怅惘，想象汴京的故宫已是"彼黍离离"，更忍不住悲愤填膺地发问：为什么昆仑山会倾倒，砥柱山会崩塌？为什么黄河会在九州大地上乱流？而千村万落竟然都是不见人烟，狐兔横行。这"狐兔"二字，既应是实写，又应是对侵略者的拟喻。而后者却从扬州这一著名繁华城市的特定角度来写其遭受金兵侵略后的变化。扬州是淮河南面的"名都"，是杜牧以"谁知竹西路，歌吹是扬州"（《题扬州禅智寺》）诗句称道的"佳处"。可当自己在完颜亮南侵此地十五年后到达时，看到的却是一片残破景象。过去被杜牧称为"春风十里扬州路，卷上珠帘总不如"的繁华世界，竟然"尽荠麦青青"，昔日的豪宅名园，只剩下废池乔木，"名都"、"佳处"成了一座空城。张词写了从汴京到千村万落的北方中国，姜词只写了扬州一个点。前者悲愤，后者叹息，而对宋朝遭受侵略、破坏后引起的"黍离之悲"，则是共同的。

南宋词人刘克庄与张元幹、姜夔都不同，他的"黍离之悲"是从咏物角度来写的。试看《昭君怨·牡丹》：

曾看洛阳旧谱，只许姚黄独步。若比广陵花，太亏他。
　　旧日王侯园圃，今日荆榛狐兔。君莫说中州，怕花愁。

　　如果说姜夔是从实地出发作自度曲，命名为《扬州慢》的话，那么刘克庄此词以《昭君怨》为调，其选择应具深意。历史上的王昭君和亲远嫁匈奴，而靖康事变时，徽钦二帝被掳北行，后妃也相从而流落金国，南宋的爱国诗人、词人每念及此，无不感到愤懑悲伤。姜夔在其咏梅名篇《疏影》中，有"昭君不惯胡沙远，但暗忆江南江北"之句，用以寄托自己的感情。刘克庄此词既用《昭君怨》调名，又咏牡丹命运，两相结合，有很深的托喻。欧阳修曾写过《洛阳牡丹记》，指出牡丹以姚黄、魏紫最为著名："姚黄者，千叶黄花，出于民姚氏家。""魏家花者，千叶肉红花，出于魏相仁溥家。"此词独以姚黄代指洛阳牡丹的名品，头两句点出了花中之王牡丹以姚黄独步天下的事实。三四句换意，说如果比起扬州的名花琼花和芍药来，洛阳牡丹就太亏了，为什么呢？因为扬州虽经战火，但毕竟还在宋金边界的淮河以南的南宋一侧，而洛阳却在沦陷区，在敌人的统治下。下片的"旧日王侯园圃，今日荆榛狐兔"，是中原地区的今昔鲜明对照，黍离之悲油然而出。因为对中州爱之太深，又因未能收复而感到有愧，移情于花，深表关切，故以"君莫说中州，怕花愁"作结句。

　　古代诗词常以名花比美人，李太白更有《清平调》三章，以"云想衣裳花想容"拟杨贵妃，又谓"名花倾国两相欢，常得君王带笑看"。所以词中牡丹之沦落于敌酋铁蹄下，很容易让人想起身陷绝域的后妃、宫女。因为刘克庄此词具有这一特殊的角度，其涵义也就越出了一般的"黍离之悲"。人们不是常说女人是祸水吗？可带来这场民族浩劫的并不是当代的杨玉环，而是昏庸腐朽、重用奸佞、崇奉道教、追求享乐，却不知道整军经武的当代李隆基——宋徽宗。作者以花拟人，表现出对国变中身遭不幸的女子的深切同情，其价值当不在姜夔《疏影》之下。

更听胡笳，哀怨泪沾衣
——身处异域者的真切感受

南宋学者洪迈《容斋三笔》曾记录了一则材料：靖康事变以后，成为俘虏的宋朝帝王子孙和宦门仕族，在被押解到金国后都成了奴隶，要为他们的主人服务。每人每月只能领到五斗稗子，让自己舂成米，可得一斗八升，用作糇粮。每年支麻五把，用来做衣服。此外就再没有一钱一帛的收入。如果男子中有人不能将麻析为缕、连成衣服，那么就只能一年到头光身子。如果遇到好心的主人能可怜他，就让他烧火煮饭，这样尽管常常对着火得到暖气，可才到外面取柴回来，再坐到火边，一冻一热，皮肉就会脱落，过不了多久便会死去。只有那些有专长、有手艺的人，比如医生、绣工之类，能得到主人的喜欢。他们平时只是团团坐在地上，用破席子或芦苇衬着身体，等到有客人来开筵时，让那些会乐器的人去演奏。等到酒阑客散，还是回到老样子，依旧环坐在一起刺绣。主人不管他们的生死，把他们看得如同草芥一般。这就是历史！当时的宋金两国，文明发展的程度很不相同，王孙成了奴隶，只能是这样的命运。历史已经过去，今天我们可以平静地看待当年的民族压迫，在中华民族的大家庭中"相逢一笑泯恩仇"。但是，具有正确历史观的人，也不必讳言过去，因为那毕竟是曾经存在过的事实。

洪迈所说应是完全可信的，因为他的父亲洪皓曾被留金国十五年，见到、听到的都十分可靠。而洪皓本人在词中也留下了身处异域的深切感受，读来令人鼻酸。

洪皓在高宗建炎三年（1129）以徽猷阁待制假礼部尚书的身份，奉命出使金国。完颜宗翰（粘罕）逼他仕刘豫，坚决不从，在经历了死亡的威胁和富贵的利诱后，被流放至冷山，后转至燕京，仍力拒金人官职，并多次派人密奏金朝政情，意在"复故疆，报世仇"，前后留金凡十五年，备尝艰辛，直到绍兴十三年才回到临安。洪皓在留金的日子里，曾写过不少怀念家国的词。如：

无偏。故国迢迢，千万里、共婵娟。但陟屺瞻驰，高楼念远，宁不凄然。

——《木兰花慢·中秋》

　　茫茫，去国三年，行万里、过重阳。奈眷恋庭闱，矜怜幼稚，堕泪回肠。凭栏处空引领，望江南、不见转凄凉。羁旅登高易感，况于留滞殊方。

——《木兰花慢·重阳》

　　冷落天涯今一纪，谁怜万里无家。三闾憔悴赋《怀沙》。思亲增怅望，吊影觉欹斜。

——《临江仙·怀归》

都表现了身处异域之人对于祖国、家庭和亲人的怀念，词不以艺术技巧见长，因是真情实感，仍然非常感人。

　　当洪皓在金时，形势发生了变化，1142年，宋金和议成。高宗明确放弃淮河以北土地，对金称臣，岁贡银绢，金则同意送回徽宗的棺木及高宗母亲韦后。在留金十四年之际的冬至日，洪皓听到迎接韦后等的使者将至，并有感于在别人家宴上听到歌女唱《江梅引》的"念此情、家万里"，夜不能寐，追和四章。其中第一首《忆江梅》云：

　　天涯除馆忆江梅。几枝开。使南来，还带余杭、春信到燕台？准拟寒英聊慰远，隔山水，应销蕊，赴诉谁！　　空凭遐想笑摘蕊，断回肠，思故里。漫弹绿绮，引《三弄》、不觉魂飞。更听胡笳、哀怨泪沾衣。乱插繁花须异日，待孤讽，怕东风，一夜吹。

　　此词上片说，自己作为被羁北方的宋臣，非常向往南方的红梅，期盼着南宋的使者能将载有杭州春信的梅花带来，但想到路途遥远，花会凋落，心中的话也无从诉说了。下片表达思念故乡之情，抚着绿绮琴弹奏《梅花三弄》,好像魂灵回到了故乡,但耳边传来的胡笳声又告诉自己,还是在金朝,满腔的哀怨化作泪水打湿了衣襟。想满插梅花须待来日,要一人吟诗,就怕一夜风吹,花也飘零,美好的期盼将化作泡影。

洪皓是被羁留的使臣,境遇当然要优于已成为奴隶的王孙贵族,但那种身处异域的感受,绝对不是沉迷于"西湖歌舞几时休"的人所能理解的。读其词,会令人想起当年的苏武。而读其子洪迈所记,则不啻是一幕真实的《哀王孙》。洪皓终于在被留十五年后回归南宋了,而悲惨地客死他乡的,又不知有多少公子王孙!国运竟然如此密切关系着他们的人生,这是不是也有"现代启示录"的意义呢?形式虽然不同,回答应该是肯定的。

回首天涯旧梦,几魂飞西浦,泪洒东州
——亡国之音哀以思

和平环境中的人们,是很难理解战争会带来什么。我出生在抗日战争时的陪都重庆,是在日本飞机的轰炸下侥幸存活的,而日机的每一次轰炸,都会造成大量平民的死伤,被炸死者的内脏甚至飞挂到了电线杆上。当然,这是在我懂事后父母才告诉我的,襁褓中的婴儿,又怎能知道这个可怕的世界啊!人们都希望和平,不愿意发生战争,但是,我们对战争与和平的认识,并不是可以用本能来决定的。"文化大革命"开始时,我是大学四年级的学生,在被动地被"革命"裹挟一年多后,我对"造反派"的"夺权"及斗争"走资派"躲之惟恐不及,因为在这场"城门失火,殃及池鱼"的"大革命"中,我成了"另类",推己及人,对这样的"革命"会积极参加吗?但是,众目睽睽之下,连"逍遥派"也当不成,在到中学参加"教育革命"调查后,不知何故竟很幸运地成了"电影大批判组"的成员,专门担负批判"苏修"电影的任务。在上海电影译制片厂看"内部电影",看过《 个人的遭遇》、《雁南飞》、《海之歌》等"修正主义"电影,也写过批判文章。事隔三十多年,已想不起

写过什么了，但看电影时的真实感受却记得很清楚。说实话，我是被这些电影深深震撼的，德国法西斯的侵略，造成了多少家破人亡的人间悲剧，从战争的创伤中走出来，当然反对战争，希望和平，有志于建设。但在当时不能这样理解，只能不顾苏联人反省战争、痛定思痛的真情，而是违心地批判"和平主义"、"活命哲学"。今天看来，其实那些电影的镜头都很"干净"，一点都没有暴力和鲜血，《雁南飞》的男主人公在战争行将结束时，死于敌人冷枪的子弹，一个个大树旋转的画面，然后是轰然倒下，而后是手捧鲜花迎接战士凯旋的女友遍找不到自己的心上人，头顶上飞过了最初就出现过的南飞的大雁。今天看来，这些甚至显得有些幼稚，但在当时，却使我久久难以忘怀。

在我国的历史上发生过很多的战争，前面说过，宋朝先后受到契丹、党项羌、女真民族各个政权的侵略，最后亡于蒙古族的元。在元兵攻占南宋的过程中，当然又有许多军民死于战火，《宋史记事本末》卷一百零六《蒙古陷襄阳》载之甚详，据卷一百零七《元伯颜入临安》："元人索宫女、内侍及诸乐官，宫女赴水死者以百数。"这短短数语，就可知当时是怎么个情形。在元兵攻占临安后，学者、词人周密离京流亡，在绍兴登蓬莱阁后，写下了《一萼红·登蓬莱阁有感》：

　　步深幽。正云黄天淡，雪意未全休。鉴曲寒沙，茂林烟草，俯仰千古悠悠。岁华晚、飘零渐远，谁念我、同载五湖舟？磴古松斜，崖阴苔老，一片清愁。

　　回首天涯旧梦，几魂飞西浦，泪洒东州。故国山川，故园心眼，还似王粲登楼。最负他、秦鬟妆镜，好江山、何事此时游！为唤狂吟老监，共赋消忧。

此词上片主要写登蓬莱阁所见。在此地，可以看到贺知章告老还乡时被赐得的鉴湖一曲，和王羲之等人兰亭雅集的茂林修竹。当年王羲之俯仰天地，发出"死生亦大矣"之叹，而今天自己的登临，俯仰千古，不胜感慨，孤身漂泊，不能像范蠡那样携西施泛舟五湖，对着四周景色，只有一片清愁。下片抒发思念故国故园的心情。在回首往事时，多少次在绍兴魂飞泪洒（西浦、东州都是绍兴地名）。心中所想，眼中所见，故国与故园已今非昔比，此时的心情就像当年的王粲登楼。有负于如同发髻的秦望山，像镜子般的鉴湖，即使唤上贺知章一起咏诗，也不能销去心中的忧愁。

失去祖国是最大的痛苦。"亡国奴"的称呼虽非起于古代，但这种感受应是古代就有。周密本是世胄公子，他前期的作品多是湖山游赏、伤春悲秋、闲情雅思、咏物题画之类，只有少数感怀现实、关注国事之作。可当元兵攻破临安后，他身经离乱，词作也就发生了很大的变化。如："一片古今愁，但废绿平烟空远。无语销魂，对斜阳衰草泪满，又西泠残笛，低送数声春怨。"（《献仙音·吊雪香亭梅》）"萋萋望极王孙草，认云中烟树，鸥外春沙。白发青山，可怜相对苍华。"（《高阳台·寄越中诸友》）与他早先所作很不同。

"亡国之音哀以思"，"回首天涯旧梦，几魂飞西浦，泪洒东州。"这魂飞泪洒，不是亡国的悲凉之音又是什么？可贵的是，周密在宋亡之后，能坚持民族气节，以故国文献自任，留下了不少重要著作，给后人了解当时的社会提供了方便。

悲欢离合总无情，一任阶前点滴到天明
——忧患余生的今昔对比

南宋政权到了后期，朝政非常腐败。在蒙哥登上汗位后，蒙古军大举攻宋，蒙哥亲率主力攻四川，命令忽必烈领军攻鄂州（治所在今湖北武昌），另一路大军由兀良合台率领，绕道云南攻交趾（今越南），转而又攻潭州（治所在今湖南长沙）。三路大军都遇到宋军的抵抗，蒙哥在双方激战时死于军中，忽必烈听到蒙哥的死讯，为急于赶回北方争夺汗位，答应了贾似道的议和请求而撤兵。在蒙古军强大的军事压力面前，宋理宗却沉湎于酒色，宠信宦官，排斥忠良，使得朝政愈形腐败。由于贾似道谎报大捷，博得了宋理宗的欢

心，遂被召入临安，入主朝政。贾似道将左相吴潜排挤出朝，在宋度宗即位后，被尊为"师臣"，更是大权独揽，一手遮天。忽必烈得到汗位后，再度对南宋发起进攻，并将主攻方向从长江上游转向了长江中游。襄樊失陷后，南宋的长江防御体系几近崩溃，元相伯颜统兵沿汉水和长江东下，可称是势如破竹。宋恭帝德祐元年（1275），在实在不得已的情况下，贾似道勉强拼凑起一支十三万人的军队，又派人向伯颜求和，遭拒绝，双方交战于今安徽铜陵附近，宋军大败，贾似道逃至扬州，后被革职，在被贬的流放途中死于押解官之手。在击溃宋军后，元兵乘胜南下，攻陷建康府，又在镇江府大败宋将张世杰，直逼临安。谢太后等不顾文天祥、张世杰等人的反对，带宋恭帝出降。扬州守将李庭芝、姜才，潭州守将李芾等，都坚持抗战，最后壮烈牺牲。文天祥与陆秀夫、张世杰等人拥立宋度宗之子宋端宗即位于福州，坚持在江西、福建、广东一带抗元。最后文天祥兵败被俘，誓不降元，在大都英勇就义。陆秀夫、张世杰都坚持抗元直至海上，最终失败，为国献身，南宋终在祥兴二年（1279）灭亡。

　　在宋元易代之际，许多人在战乱中颠沛流离，饱尝了人生的忧患，也留下了自己的作品，蒋捷就是其中的一位。蒋捷的先世是宜兴大族，他大概在宋度宗咸淳十年（1274）中进士，几年后宋朝就灭亡了。宋亡后，他也过了一段流亡生活，在元大德年间，有人荐其才，但终不就。在元兵攻占了词人的家乡宜兴及常州、苏州一带后，不久又占领了临安，他为衣食奔走于苏州等地，《贺新郎·兵后寓吴》记录了当时的流浪生活。词云：

　　　　深阁帘垂绣。记家人、软语灯边，笑涡红透。万叠城头哀怨角，吹落霜花满袖。影厮伴、东奔西走。望断乡关知何处，羡寒鸦、到着黄昏后。一点点，归杨柳。

　　　　相看只有山如旧。叹浮云、本是无心，也成苍狗。明日枯荷包冷饭，又过前头小阜。趁未发、且尝村酒。醉探枵囊毛锥在，问邻翁、要写《牛经》否？翁不应，但摇手。

词的开头回忆往日的生活：在垂着锈帘的深阁中，家人围坐灯边，吴侬软语，笑意从红润的脸上透出，现出了酒窝。但是，骤然发生了巨变，作者不能直写元兵暴行，"万叠城头哀怨角，吹落霜花满袖"的象征性，可令人想见老百姓的遭遇。自此，作者就开始了只有影子相随的流浪生活。下片先表达河山易主之悲，再写自己具体的流浪生涯，以及求取衣食的艰辛。

如果说上面的《贺新郎》是具体的流浪者之歌，那么蒋捷的《虞美人·听雨》就是以典型的场面构成画卷，在忧患余生的今昔对比中，概括了自己的一生。且看：

少年听雨歌楼上，红烛昏罗帐。壮年听雨客舟中，江阔云低、断雁叫西风。

而今听雨僧庐下，鬓已星星也。悲欢离合总无情，一任阶前、点滴到天明。

此词用"听雨"为主线，分别贯穿起青年、壮年、老年三个生活断面，最后用"悲欢离合总无情"来总括，表明了自己对人生的看法。歌楼听雨，罗帐红烛，这是何等浪漫，作者如此写来，当是为了与后面相对照。壮年在客舟中听雨，显然是为谋生而奔走，生活已变得有些苦涩了。而今在流浪途中，听雨在僧庐之下，人已入老年，竟然不得定居，所以终有最后无奈的总结。三个听雨场面分写青年时的欢乐，中年时的奔波，到老年时的流浪，一生的遭遇、苦乐都浓缩在这里了。

我们不必责怪作者为什么不能像文天祥、张世杰那样拿起武器，走向抗元的队伍，为国献身，因为这样的义举不是文人能轻易做到的。我们要看到最广大的人民在战乱年代所遭受的苦难，通过作品去了解当时的社会生活，更多的应该是同情。悲欢离合对于人生来说，是极其普遍的遭遇，但是，在战争年代，却有着不同寻常的意义。当年，孟子曾有过"仁政"的设计方案，为老年人定下了五十衣帛、七十食肉的"生活标准"，在战国争霸中当然不能实行。蒋捷所写的老年流浪，听雨僧庐之下，与孟子所说相对照，差别何其显然。所以，我们真应为今天的和平、发展而深感庆幸。

三月休听夜雨，如今不是催花
——淡语难掩的深痛

　　蒋捷写了《虞美人·听雨》，无独有偶，张炎也写到听雨一事。

　　张炎是"中兴名将"之一的张俊之后，张俊被封为循王，张炎作为他的六世孙，当然是世胄公子，而且他的曾祖张镃、父亲张枢都是词人，使他接受到良好的教育、熏陶。他生长在一个既有地位、又很富足的家庭，有园林之盛，有不少文士出入门下，又有众多的歌姬。如果一直是承平时世，他大概也会像曾祖一样举行"牡丹会"，让家姬们十人一组，穿同样的服装，演唱古人的牡丹词，然后不断地更换人员、服装，演出歌舞，为客人劝酒，以排场和好客而传为佳话。但是，在张炎二十多岁时，元军攻下了襄阳城，不久，元军渡过长江，文天祥起兵第二年，临安城破，二十九岁那年，南宋灭亡。覆巢之下，岂有完卵？国破家亡，张炎的贵族公子生活结束了，他开始漂泊各处，来往于杭州、四明、天台、苏州、南京之间。过去，他家中常有不少文人寄食，此时自己却不得不寄食于人。

　　宋亡之前，张炎曾参加文人们组织的诗社活动，他的成名之作《南浦·春水》当是社中题咏。词的上片写道："波暖绿粼粼，燕飞来，好是苏堤才晓。鱼没浪痕圆，流红去，翻笑东风难扫。荒桥断浦，柳阴撑出扁舟小。回首池塘青欲遍，绝似梦中芳草。"此时，不仅是年轻的张炎，连老成的周密都没有忧患意识，也许是一手遮天的贾似道将消息封锁得太严密，临安城里的文人们都没有感到大厦之将倾，以至于他们的作品写得"绝似梦中芳草"。骤然而至的国破家亡，惊醒了张炎芳草地上的仲夏夜之梦，他面对的是河山变色，只能抱着亡国之痛流浪各地。在宋亡后重游西湖时，他写有《高阳台·西湖春感》，感叹"更凄然，万绿西泠，一抹荒烟"。下片又说："当年燕子知何处？但苔深韦曲，草暗斜川。见说新愁，如今也到鸥边。"当年的燕子无归，应是主人不知何去，而且"旧时王谢堂前燕，飞入寻常百姓家"已有盛衰兴亡、今昔对照的特定含义，用于此处，显然是故国之思的体现。"韦曲"是唐朝长安的地名，韦氏大族世代居于此，如今苍苔已深，可让人想到张氏家族随时世之变而衰落。"斜川"在江西星子县，陶渊明曾作《游斜川》诗，此处借指宋亡前西湖边的文士雅集之地，"草暗"足见其荒凉之状。连新愁都来到了本该是自由自在的鸥鸟边，虽未说人，既然连鸥鸟都如此，人之愁已可见出。宋亡后，张炎的家被籍没，在重经旧居时，他写下了伤心的词句："望花外、小桥流水，门巷悒悒，玉箫声绝。鹤去台空，佩环何处弄明月？十年前事，愁千折、心情顿别。露粉风香谁为主？都成消歇。"（《长亭怨·旧居有感》上片）

宋元之易代，无论对于国还是家，都是巨大的改变，对于张炎来说，更是如此，因为此中有特殊的原因。张炎的祖父张濡，在担任独松关守将时，曾杀元使廉希贤、严忠范，元军破临安后，张濡被杀，家产被没收。原先的贵公子，竟然要为生计到处奔忙，生活的落差太大，所以体会尤深。当重过旧居时，能无感慨、能不悲凉吗？

大概由于张炎特殊的家庭背景和身份，也由于元蒙在对南宋征服之初会高张文网，张炎的词不得不敛抑其情，将剧痛深情化作淡语而出之。《清平乐》可称代表：

采芳人杳，顿觉游情少。客里看春多草草，总被诗愁分了。
去年燕子天涯，今年燕子谁家？三月休听夜雨，如今不是催花。

此词的起头显得很突然，不是常用的渐起，却是陡然而出，一句"采芳人杳"恰如佛家所说的"扫处即生"，生发出下面的意思。春天时分，人们都喜欢采芳拾翠，这里说采芳者少了，显然是因为春天已即将过去，对此众芳凋零的景象，顿时觉得游兴减少，也是很正常的事情，但在此背后还有别的原因，作者按下不表，转说其他。春意正浓的时候没有好好欣赏，草草而过，待到春天将去，却又生遗憾了，其中还有一个原因分掉了看春的兴趣，这就是"诗愁"。前说"客里",此说"诗愁",那么究竟是什么呢?作者还是没有说,而词却转至了下片。下片也没有说出"客里"、"诗愁"指的是什么,但燕子的意象绝对不只是燕子而已,这里显然是词人的自喻。张炎曾在元世祖至元二十七年(1290)北上大都,参与写金字藏经事,原因或在于生计所迫,第二年就南归,所以"燕子天涯"可能指去大都事。而"今年燕子谁家"的自问,则可见词人对自己生活毫无自信,惯于漂泊,却又不甘于如此。通过两说燕子,"客里"、"诗愁"指的是什么应很清楚了。词的结尾自谓"休听夜雨",因为三月的夜雨属于"摧花"而非"催花"之雨,岂不闻"夜来风雨声,花落知多少"?当然,这是字面上的意思,其内心深处隐然是身世之感、家国之痛。

蒋捷说:"悲欢离合总无情,一任阶前点滴到天明。"张炎说:"三月休听夜雨,如今不是催花。"在富贵闲人的耳中,春雨是非常美妙的,而在愁人听来,却只能增人愁绪。失去了国,也失去了家,还有什么个人的幸福可言?国家、国家,二字连用,真是密不可分。尽管在李煜看来"朕即国家","四十年来家国,三千里地山河"都是自己的,但也知道"一旦归为臣虏,沈腰潘鬓销磨",从帝王降为俘虏,人生的变化有多大!张炎在南宋亡后,家产被籍没,漂泊无依,从"张春水"变为"张孤雁",所品味的人生也是只有苦味了。蒋捷不是帝王,也不是贵族,却同样饱尝国破后的颠沛流离之苦。

古人古事和半个多世纪前日本侵华的历史都告诉我们:有国才有家。爱国主义并不是空话,在和平时期,可以很轻快地唱起"我们都有一个家,名字叫中国,兄弟姐妹都很多,景色也不错。"但绝对不要忘了"中华民族到了最危险的时候"和"冒着敌人的炮火前进"!

代结语

人情不似春情薄，守定花枝，不放花零落
——让我们满怀感情，贴近古人，走进他们的生活

　　以上，我们通过宋词作品，从爱情、闲情、性情、济世之志、人生体验、羁旅行役、流落之悲，以及节序活动与相关民俗、咏物等方面，对宋人的社会生活和思想感情，匆匆作了一番巡礼。过去，人们常说文学是社会生活的反映，后来，又说文学就是人学。持"反映论"的强调客观，持"人学论"的强调主观。其实，文学史既应是人类的心灵史，也应是人类的社会生活史，宋词就很全面地将生活史与心灵史融为一体。在文学史的流程中，宋词成为了"一代之文学"，又在其流传过程中，一直给人以感动，直到千年之后，我们还可以在阅读中感受当年的生活，和古人的心灵悸动，仿佛可以看到一幕幕生活场景和男男女女的音容笑貌。

　　西方从工业革命以来，社会结构和人的生活都发生了巨大的变化，尤其是进入到信息时代以后，生存状态与思想观念的变化更是前人难以想象的，"地球村"与"世界经济一体化"概念的提出，就是最好的证明。我们国家在结束了"文化大革命"的十年浩劫之后，重新打开了关闭已久的国门，此时又一次痛苦地发现，我们比起先进的国家，竟然落后了那么多年！中国人不得不再一次睁开眼睛看世界，并奋起直追，以求尽快地缩短与先进国家的差距。新时期以来的三十

多年，我国发生了翻天覆地的变化，在邓小平理论的指引下，各项事业都有很大发展，经历了这一段历史变化的人们，在回首前尘时，恐怕都会毫无例外地发出惊叹。是啊，三十多年前，谁能想象出今天到处高楼林立、高速公路贯通南北东西的情景，在样样都要票证的时代，能设想今天的买方市场吗？物质生活的巨大变化是有目共睹的，同样，精神生活的变化也是显著的。在无畏实为无知的"红卫兵"向"封资修""宣战"，大破"四旧"之时，有多少优秀的文化遗产被付之一炬！"八亿人民八个戏"的日子持续了十年，全国统一、别无分店的新华书店里，除了革命导师的著作外，大概只有"样板戏"剧本、剧照和少量作家的"革命小说"了。在那个时代，"手抄本"小说以"地下工作"的方式流传，侥幸未毁于"秦火"的唐诗宋词选本，同样也是采取"地下"方式阅读。是啊，当时还真没有过勇敢的设想，会想到竟然有大量出版物摆满书店的一天。

不过，经历了巨变的中国人也会发现，随着改革开放、打开国门，也的确带进来一些苍蝇蚊子，在阶级斗争、"斗私批修"的"革命"炼狱中走出来以后，我们不必为了想一睹《天鹅湖》的优美舞姿，而反复观看革命影片《列宁在一九一八》，但是，在外国电影纷纷进入已久，不少人感兴趣的往往不再是崇高和美，而是娱乐性，是拳头和枕头。相关的书籍阅读也往往与之类似，除了功利性、实用性的阅读外，审美被降到了极其次要的地位，而文学的功能似乎大部分转移到了娱乐性、游戏性一侧。当年的一切，早已成为过去，青年人对于三十多年前发生的事情，几乎看成是天方夜谭。

文艺不应是纯然的崇高，老是让人肃然挺立或正襟危坐，是难以接受的，也是无法做到的。人类普遍具有儿童般的天性，需要娱乐、游戏、放松、休闲，但是，人类在物质文明不断进步的同时，也不应在精神上沉沦。走出了中世纪黑暗的欧洲人，在喊出博爱、平等、自由的口号同时，也知道真善美的追求是人类的共同目标，甚至是终极目标。世界变得愈来愈小，经济在很快地一体化，也有人开始对文化的民族性与世界性的关系提出了新看法。但是，正如政治上不应是单极世界一样，文化更不应是单一的，强调民族性并没有成为过时的话题。在我国经济与社会迅速发展的今天，我们不应忘却自己民族曾有过的辉煌，不应在迅猛的发展中割断与历史的联系，未来的文化发展并不意味着在"全新"基础上的新生。我们虽不必再对"老牛车水慢悠悠"的农业文化缅怀不已，但也不能忘却曾有过的精神家园……

没有名气的南宋词人管鉴在其《醉落魄》词中写道：

> 春阴漠漠，海棠花底东风恶。人情不似春情薄，守定花枝，不放花零落。

宋代众多的词人曾以满腔深情关注过身边的生活、事情、人物，曾袒露出自己的心灵和感情。千年之后，依然给我们以感动。我们也不应冷落古人，我们还可以同他们进行灵魂的对话。对宋词这笔文化遗产，我们很可以本着"人情不似春情薄，守定花枝，不放花零落"的态度，珍视她，爱惜她，理解她。尽管她实际上已随着历史而零落了，但我们至少还应将她看成是护花的春泥。

让我们满怀感情，贴近古人，走进他们的生活和内心世界……